# TARA SIVEC

# Uma TACADA e um ACIDENTE

Traduzido por Mariel Westphal

1ª Edição

The GiftBox
EDITORA

2022

| **Direção Editorial:** | **Arte de Capa:** |
| Anastacia Cabo | Michelle Preast Illustration and Design |
| **Tradução:** | **Adaptação de Capa:** |
| Mariel Westphal | Bianca Santana |
| **Preparação de texto:** | **Diagramação:** |
| Wélida Muniz | Carol Dias |
| **Revisão Final:** | **Ícones de diagramação:** |
| Equipe The Gift Box | Freepik/Flaticon |

CIP-BRASIL. CATALOGAÇÃO NA PUBLICAÇÃO
SINDICATO NACIONAL DOS EDITORES DE LIVROS, RJ
Meri Gleice Rodrigues de Souza - Bibliotecária - CRB-7/6439

S637t

Sivec, Tara
  Uma tacada e um acidente / Tara Sivec ; tradução Mariel Westphal. - 1. ed. - Rio de Janeiro : The Gift Box, 2022.
  240 p. (Ilha Summersweet ; 2)

  Tradução de: Swing and a mishap
  ISBN 978-65-5636-194-9

  1. Romance americano. I. Westphal, Mariel. II. Título. III. Série.

22-79451          CDD: 813
                  CDU: 82-31(73)

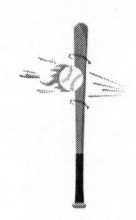

# GLOSSÁRIO DE BEISEBOL

**Campo externo:** área que compreende a parte externa do campo onde ficam as bases. No campo externo estão: campo esquerdo, campo central e campo direito.

**Outfielders:** jogadores que atuam na defesa do campo externo.

**Center Fielder:** jogador que atua na defesa do campo central externo.

**Right Fielder:** jogador que atua na defesa do campo direito externo.

**Left Fielder:** jogador que atua na defesa do campo esquerdo externo.

**Home Plate:** base em que o jogador fica quando está atuando como rebatedor, e também é a base considerada como a base final, a base "lar", quando os jogadores conseguem passar por todas as bases e marcar ponto para a equipe.

**Home run:** quando o rebatedor consegue fazer uma rebatida que manda a bola para fora do campo, possibilitando que ele percorra todas as bases e volte para o *home plate*.

**Arremessador:** jogador que fica no meio do campo e arremessa a bola para o rebatedor.

**Rebatedor:** jogador que fica no *home plate* e rebate a bola jogada pelo arremessador.

**Receptor:** jogador que fica agachado atrás do rebatedor no *home plate* e recebe a bola do arremessador.

**Swing:** movimento que o jogador faz com o taco para rebater a bola lançada pelo arremessador.

**Swing no vazio:** quando o rebatedor faz o movimento muito cedo e acaba não acertando a bola.

**Strike ou Strikeout:** quando o rebatedor erra três vezes a rebatida e não acerta a bola.

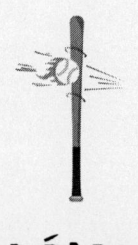

# PRÓLOGO

*Dois anos atrás...*

Shepherd Oliver Oficial: Oi! Faz tempo que não nos falamos! Espero que você não ache esquisito eu te mandar mensagem privada depois de não nos falarmos desde, hum, alguns anos depois do ensino médio. Me sinto um pouco estranho ao conversar assuntos pessoais nas redes sociais, onde o mundo inteiro pode ver, então achei melhor trazer para cá nossa conversa sobre o vídeo que você postou.

Shepherd Oliver Oficial: Ok, isso me fez parecer uma celebridade chiliquenta. Eu NÃO sou chiliquento, juro. Vou pirar se não tiver chiclete de uva no vestiário em dias de jogo, mas é uma superstição e para o bem-estar de meu time, e não tem absolutamente nada a ver comigo me comportando como uma princesa exigente. Esta privacidade tem menos a ver comigo e com meus assuntos pessoais e mais com meus amigos e família e a vida DELES. Nossos fãs são incríveis, mas raivosos. Alguém apareceu na casa do meu primo David uma vez com um presente para mim, porque David comentou em uma das minhas fotos, e essa fã foi até os cafundós do Google para encontrar o endereço dele.

> Shepherd Oliver Oficial: Essa fã não entrou na casa dele, nem matou um cachorro nem nada assim, também não deixou um dos próprios dedos na varanda do David, nada desse tipo. Na realidade, o presente foi um scrapbook muito bonitinho que ela fez. Um monte de adesivos legais. E só dez páginas de montagens com fotos de nós dois em posições comprometedoras junto com um poema que dizia o quanto nosso amor é verdadeiro. E tudo bem. Nada de mal aconteceu, e agora ela está segura atrás das grades.

> Shepherd Oliver Oficial: Uau, eu super estou dando a entender que é uma ideia maravilhosa continuar a falar comigo. Tudo bem, pode me bloquear agora. Vou entender completamente. Diga a todos que sinto muito por não ter conseguido ir ao reencontro da turma do ensino médio alguns anos atrás.

> Wren Bennett: HAHAHA! AI, MEU DEUS!

> Wren Bennett: Desculpa! Apertei "enviar" sem querer. Talvez porque eu estivesse morrendo de rir. Ou chorando? Não sei. Sua vida é estranha, mas muito mais emocionante do que a minha. E tudo bem trazer nossa conversa para o privado. Eu entendo. Você é um jogador profissional de beisebol agora, famoso e importante e tudo mais. Sério, parabéns por todo o seu sucesso, Shepherd! É incrível. E obrigada pelo conselho que você me deu sobre o vídeo que eu postei do meu filho rebatendo pela primeira vez no jogo da semana passada. Ele rebateu em vez de recuar, e conseguiu um triplo no jogo seguinte. Gritei tão alto que não consegui falar por dias. Hahaha!

TARA SIVEC

Shepherd Oliver Oficial: Puta merda, que incrível! Que bom que ele conseguiu. Não há nada melhor do que aprender uma nova habilidade e ver ela dando certo. É meio maluco acontecer de eu estar on-line depois de tanto tempo, e o seu vídeo ser a primeira coisa que apareceu para mim. Faz séculos que não entro nas redes sociais. É uma pessoa da publicidade que lida com tudo isso para mim, mas ela está de férias, e minhas sobrinhas adolescentes ficam gritando comigo por eu não ser o tio legal ou por não saber usar o SnapGramInstaWeb ou o que quer que isso seja. De qualquer forma, seu filho tem um swing natural, e chamou minha atenção. Estou feliz por ter podido ajudar. Sério, qualquer pergunta sobre beisebol que você tenha, não hesite em perguntar.

Shepherd Oliver Oficial: Desculpe, estou ultrapassando algum limite? Tenho certeza de que o pai dele pode ajudar quando for necessário.

Wren Bennett: Você não está ultrapassando nenhum limite. E o pai dele… não é muito ligado em esportes. Então é claro que agradeço seus conselhos.

Shepherd Oliver Oficial: Eu não tinha certeza se ele era presente ou não, e não queria ser idiota e vir perguntar diretamente. Não tem nenhuma foto dele no seu perfil, nem nada do tipo. Não que eu estivesse stalkeando (eu estava totalmente stalkeando). Assim como, ZERO fotos do seu filho (sarcasmo). Uau, é como se você nem mesmo se importasse por ser a mãe dele.

Wren Bennett: Ha-ha, muito engraçado. Já percebi que há um número alarmante de fotos e vídeos do Owen nas minhas redes sociais. Seja como for, não me julgue. Eu vou diminuir o ritmo daqui a um ano, quando ele for adolescente e reclamar que eu estou sendo ridícula, e que ele não quer nada comigo. *emoji chorando*

*uma TACADA e um ACIDENTE*

Shepherd Oliver Oficial: É claro que eu não estou julgando você. Acho incrível você ter tanto orgulho dele. Além disso, você viu o perfil da minha mãe recentemente? Não sei onde eu estava com a cabeça quando comprei um celular para ela e a ensinei a usar. Ela postou uma foto antiga minha na liga júnior, a primeira vez que joguei como center field. Estou deitado de costas fazendo anjos de grama no campo externo enquanto limpava o nariz.

Wren Bennett: Eu sei. Minha irmã imprimiu a foto para pendurar no escritório dela do campo de golfe.

Shepherd Oliver Oficial: Por "minha irmã", você quer dizer você, certo?

Wren Bennett: Preciso ir, estou atrasada para o trabalho!

Shepherd Oliver Oficial: Que facada nas costas! Me compense me assistindo jogar esta noite. Jogo em casa contra os Longhorns, horário nobre, no canal 3.

Wren Bennett: Pode ser. Vamos ver se consigo chegar cedo em casa depois do trabalho. Acho que nunca vi nenhum dos seus jogos. Desculpa!

Shepherd Oliver Oficial: O QUÊ?! A facada cravou mais fundo do que quando April Miller me deu um pé na bunda dois dias antes do baile de formatura.

TARA SIVEC

Wren Bennett: AI, MEU DEUS! Eu tinha me esquecido disso! Foi a primeira vez na história do Summersweet High School que o rei do baile não teve um par. Se faz você sentir melhor, April Miller é meio que uma piriguete agora. Gina, do Doces Starboard me contou que April foi para uma despedida de solteira em Las Vegas no mês passado e voltou para casa com herpes que pegou de um barman com quem ela ficou em uma apresentação estilo Magic Mike, e agora ela não consegue alguém nem a pau.

Shepherd Oliver Oficial: Então os rumores são verdadeiros; herpes realmente é o presente que nunca acaba. Essa notícia me deixou feliz. Facada perdoada.

Shepherd Oliver Oficial: Boa virada na vitória contra os Rangers ontem à noite! Diga ao Owen para virar mais o quadril quando estiver fazendo o swing. O quadril precisa estar mais adiantado que os ombros antes de ele apoiar o pé de trás. Ele é tão pequeno quanto eu era nessa idade. Ajeitar a posição do quadril vai ajudar a mandar a bola longe, igual é com os garotos maiores e mais forte que dele.

Wren Bennett: Você sabe que não comecei a falar com você de novo apenas para me aproveitar do seu conhecimento de beisebol. Mas obrigada!

Shepherd Oliver Oficial: Ah, eu sei. Claro que o motivo é a minha personalidade brilhante e como eu fico ótimo com a calça de beisebol. Além disso, eu te disse há duas semanas o que você poderia fazer por mim para me agradecer pelo meu brilhantismo. Você cuidou disso? Não achei no inbox o vídeo que pedi.

Wren Bennett: Você sabe que o seu pedido foi esquisito, né? E se você voltasse para casa para visitar Summersweet de vez em quando, não precisaria de um vídeo, e poderia experimentar o que deseja ao vivo e em cores.

Shepherd Oliver Oficial: Ainda não consigo acreditar que não voltei para a ilha desde que fui embora. Faz o quê... treze anos? É difícil com a minha agenda e agora que meus pais moram no continente, mais perto de minhas irmãs e da família delas. E como meus pais são aposentados e ficaram viciados em viajar, eles sempre querem voar para onde quer que eu esteja para me visitar. Eu sei. Eu sou um merda.

Wren Bennett: Você é um merda mesmo. Você é um ser humano tão horrível por comprar para os seus pais uma casa nova e muito linda em Norfolk para que eles possam usar a daqui na ilha como casa de veraneio e fazer ser possível que eles nunca mais precisem voltar a trabalhar, e também por montar a Fundação Pequenas Chuteiras, uma instituição de caridade que doa, todos os anos, mais de cinco mil uniformes da liga júnior para equipes que não podem pagar por eles. Estou meio enojada por estar falando com você agora. *emoji vomitando*

Shepherd Oliver Oficial: Não me lembro de você falar tanta merda no ensino médio.

Wren Bennett: Eu já vi muita merda, então eu falo merda.

Shepherd Oliver Oficial: Continue assim. Cai bem em você, Bennett. Além disso, me envie o vídeo que pedi e que sei que você gravou. AGORA!

Wren Bennett: AI, MEU DEUS...

Wren Bennett: *anexo de vídeo* E não, eu NÃO coloquei música pornô, seu pervertido esquisito.

Shepherd Oliver Oficial: Sério? Você nem conseguiu gravar em câmera lenta para mim? Você, mergulhando a mão em um recipiente de bala de caramelo do Coma Isso, enquanto deixa as deliciosas pepitas embrulhadas em papel manteiga caírem da sua mão a uma velocidade normal é simplesmente cinematografia inútil e de má qualidade.

Wren Bennett: Você foi atingido na cabeça por um arremesso recentemente?

Shepherd Oliver Oficial: Xiu... Estou na décima terceira visualização deste vídeo. Eu quase posso sentir o gosto deles. Sinto falta dessa bala de caramelo, cara. Me mande outro vídeo da próxima vez que você estiver lá. E pelo amor dos deuses da bala de caramelo, GRAVE EM CÂMERA LENTA. Faça um close de você desembrulhando uma também. Beeeeeeeeem devagar.

Wren Bennett: Vou bloquear você.

Shepherd Oliver Oficial: Ei, você ainda está acordada? Tenho uma pergunta muito importante.

uma TACADA e um ACIDENTE

Wren Bennett: Quem é?

Shepherd Oliver Oficial: Sério? Estou enviando uma mensagem para você da minha conta oficial do Instagram, como sempre. Meu nome e foto estão literalmente bem na sua frente.

Wren Bennett: Você poderia ser um fake se passando pelo famoso jogador de beisebol profissional, Shepherd Oliver, com quem eu estudei no ensino médio. Tem muito maluco no mundo hoje em dia. Elvis me seguiu no Twitter ontem. Ao que parece, ele está vivo e muito bem de saúde lá em Tucson e tem 136 seguidores. Você vai precisar fazer algo para me provar que você é realmente quem diz ser antes que eu possa continuar esta conversa. Me diga algo que só o verdadeiro Shepherd Oliver saberia.

Shepherd Oliver Oficial: Ou você pode simplesmente subir a tela e ver as dez mil mensagens que você me enviou nos últimos meses desde que voltamos a conversar. Você é muito carente.

Wren Bennett: Quem me mandou uma mensagem duas noites atrás do supermercado porque não conseguia decidir entre sorvete de chocolate com menta ou de cookies? Ah, isso mesmo. Você que NÃO foi, porque você é um fake fingindo ser Shepherd Oliver. TCHAU.

Shepherd Oliver Oficial: Sua família é dona de uma das melhores sorveterias do mundo. Quando estou tendo uma crise de sorvete, é CLARO que vou mandar mensagem para a rainha do sorvete. E posso te lembrar que a demora da sua resposta durante essa crise me fez ser reconhecido por um torcedor? Eu tive que aguentar sete selfies, todas com filtros diferentes, na porra da seção de congelados e fiquei tão chateado com isso que acabei colocando um sorbet no carrinho. Sorbet é a morte do sorvete, Wren.

TARA SIVEC

Wren Bennett: Um fake poderia facilmente pesquisar no Google essas informações sobre mim. Não é bom o suficiente, FAKE.

Shepherd Oliver Oficial: Tudo bem. Algo que só o verdadeiro Shepherd Oliver saberia? Ok, então, depois de exatamente três vodcas e meia, você acha que sabe cantar e gosta de enviar vídeos de si mesma fazendo isso às duas da manhã. #VozDeTaquaraRachada #MeusTímpanosEstouraram

Wren Bennett: Foi UM vídeo duas noites atrás, e você sabe que eu não queria enviar para você. Era para ir para a minha irmã, para animá-la. Você é uó. Juro por Deus que é melhor você ter deletado aquele vídeo.

Shepherd Oliver Oficial: Claro que eu deletei! Falando da sua irmã, vi que Birdie ainda está jogando indiretas nas redes sociais falando de pessoas mostrando a verdadeira face. O melhor amigo ainda não falou com ela?

Wren Bennett: Não. Nenhuma palavra em meses. Eu me sinto tão mal por ela, mas não sei mais o que fazer.

Shepherd Oliver Oficial: Lembro de ver Palmer Campbell com vocês algumas vezes no ensino médio. Ele parecia um cara legal, e não há dúvida de que ele é foda no campo de golfe. Você é uma boa irmã. Não esquenta com isso. Tenho certeza de que eles vão se acertar.

Wren Bennett: Sim, você deve estar certo. Eles vão se acertar em algum momento. De qualquer forma, qual era a pergunta importante que você tinha para me fazer?

Shepherd Oliver Oficial: *anexo de vídeo*

Shepherd Oliver Oficial: Minha pergunta é: quando você reproduz este vídeo, os cães da ilha começam a uivar e as janelas da sua casa começam a quebrar?

Wren Bennett: Eu estou te odiando pra caramba no momento. Você disse que tinha deletado!

Shepherd Oliver Oficial: Meus dedos estavam cruzados quando eu digitei isso.

Wren Bennett: Se você tivesse que escolher entre os Devils ou os Warhawks para jogar em um time de beisebol, qual você escolheria?

Shepherd Oliver Oficial: Joguei pelo Warhawks. É mais caro, mas na minha opinião vale o dinheiro extra. Com eles, seu filho terá muito mais treinamento individual durante os treinos do que com os Devils. E os Warhawks financiam os custos dos torneios com arrecadação de fundos, então no fim das contas, você provavelmente nem pagará as taxas de torneio. Quando for levar o Owen para os testes, pergunte pelo Brian Riggle e diga a ele que eu mandei vocês. Ele é o responsável pela faixa etária do Owen.

Wren Bennett: OBRIGADA!

Shepherd Oliver Oficial: Estou no aeroporto me preparando para embarcar para Houston para um jogo, mas assim que chegar ao hotel, enviarei alguns vídeos do YouTube de alguns exercícios de repetição que ele pode fazer para se preparar para as provas.

TARA SIVEC

Shepherd Oliver Oficial: Socorro. Estou morrendo.

Wren Bennett: Você está sendo dramático demais, ou eu realmente preciso ligar para a emergência?

Shepherd Oliver Oficial: Quando eu sou dramático demais?

Wren Bennett: Você me enviou um áudio de nada além de você gritando no outro dia quando eu te disse não.

Shepherd Oliver Oficial: Eu perguntei se você já me assistiu jogar pela televisão. Que reação seria esperada depois de uma resposta tão atroz e indiferente?

Wren Bennett: Estou um pouco ocupada no trabalho agora. Você vai demorar para chegar ao objetivo desta mensagem?

Shepherd Oliver Oficial: Ei, não fui eu que disse para você deixar o trabalho de lado e checar as redes sociais durante o horário de trabalho. De qualquer forma, não é nada demais, estou apenas me escondendo no banheiro masculino de uma balada em Los Angeles, e tenho certeza de que alguém está recebendo prazeres orais em algum desses reservados, e agora não posso sair ou eles saberão que estou aqui e vai criar um clima estranho.

Wren Bennett: Você... está usando o banheiro agora??????

*uma* TACADA *e um* ACIDENTE

Shepherd Oliver Oficial: Não!

Shepherd Oliver Oficial: Também, possivelmente sim.

Shepherd Oliver Oficial: Olha, agora não tem a ver comigo. Vamos nos concentrar no que é importante. Eu estou em uma inauguração de uma boate idiota por causa de um amigo de um amigo, e só apareci porque David Beckham disse que nunca mais falaria comigo se eu não viesse, e então meu pai nunca mais falaria comigo se ele parasse de ganhar ingressos grátis de futebol. Agora que as fotos acabaram e não há mais comida grátis sendo distribuída (os melhores bolinhos de caranguejo que já comi na vida, e o garçom me disse que era porque eles usam produtos frescos), estou entediado pra caramba, então eu estava me escondendo no banheiro, jogando Paciência no celular e estava prestes a bater minha pontuação máxima quando duas pessoas entraram aqui pensando que o banheiro estava vazio. Não consigo me concentrar no jogo de cartas com todos esses gemidos e tragadas.

Wren Bennett: É informação demais para uma mensagem só. Vou precisar de um minuto.

Shepherd Oliver Oficial: Ah, não se apresse. Estou preso aqui há quarenta minutos, e parece que não vai acabar tão cedo. Esse cara tem muita resistência. Aposto que ele toma suplementos de Ginkgo Biloba.

Wren Bennett: Quarenta minutos???? É melhor você ir verificar se a pobre da mulher está bem. Capaz de ela nunca mais poder usar a mandíbula.

Shepherd Oliver Oficial: Eu nunca mais vou cagar em um banheiro público.

Shepherd Oliver Oficial: Sabe, se era isso que eu estava fazendo, mas não era.

TARA SIVEC

Wren Bennett: Eu odeio turistas, sério.

Wren Bennett: Não, não odeio; retiro o que eu disse. Eles são maravilhosos e compram sorvete suficiente para pagar nossas contas. Ah… você entendeu! Como está o seu dia?

Shepherd Oliver Oficial: Que se dane meu dia. O que há de errado? O que aconteceu?

Wren Bennett: Acabaram de gritar comigo por quinze minutos, porque eu não tenho nenhum sorvete que não tenha gosto de sorvete.

Shepherd Oliver Oficial: Eu nem sei como responder.

Wren Bennett: Pois é. Exatamente.

Shepherd Oliver Oficial: Que idiota. Me diz quem é. Vou falar com o cara no campo e fazer com que ele jogue no telão logo antes de um intervalo comercial com a legenda #OtárioNaÁrea

Wren Bennett: HAHAHA! Obrigada, mas estou bem agora. Ela finalmente foi embora alguns minutos atrás, e eu a vi entrar no Hang Five Fliperama, então tenho certeza de que ela está reclamando que eles têm muitos jogos de fliperama.

Shepherd Oliver Oficial: Se ela voltar, não diga nada. É só fazer sinal de negativo para ela e cara feia.

Wren Bennett: Não me lembro de suas habilidades de atendimento ao cliente serem tão ruins quando você trabalhava na Girar e Mergulhar no ensino médio.

Shepherd Oliver Oficial: A sua mãe teria me dado um peteleco na orelha se eu fizesse algo assim naquela época. Além disso, eu era um adolescente idiota. Agora sou um homem, querida.

Wren Bennett: Aham, claro. E ainda precisa de mim para te ajudar a escolher sapatos que combinam com a roupa que planeja usar para o evento beneficente na sexta-feira, homem crescido?

Shepherd Oliver Oficial: Olha, a moda é cheia de regras, e eu estive em muitas listas dos mais bem vestidos para estragar tudo agora.

Wren Bennett: Você esteve em UMA, e foi só porque eu disse para você queimar aquele terno roxo que você planejava usar.

Shepherd Oliver Oficial: Eu jogo no Washington Hawks. A cor do nosso uniforme é roxo, e vários membros da equipe ganharam ternos iguais porque #EspíritoDeEquipe

Wren Bennett: Se você usar um par de tênis Nike velho e surrado com seu smoking para UM EVENTO DE CARIDADE DE GALA, eu nunca mais falo com você.

Shepherd Oliver Oficial: Viu? Foi tão difícil assim? #MaisBemVestidoParaSempre

Shepherd Oliver Oficial: Eu tenho algo muito incrível para te contar, mas estou muito, muito bravo com você, e nunca mais vou falar com você, então isso tem que vir primeiro.

Shepherd Oliver Oficial: Você me ouviu? Nunca mais falo com você, Wren Bennett.

TARA SIVEC

Wren Bennett: E ainda assim, você ainda está falando, Shepherd Oliver.

Shepherd Oliver Oficial: O time de beisebol do Owen estava com três mil dólares a menos do que eles precisavam para jogar nas finais do torneio em Myrtle Beach, e VOCÊ NÃO ME DISSE! MEU DEUS, ESTOU TÃO FULO AGORA QUE PODERIA QUEBRAR MEU TACO COM O JOELHO.

Shepherd Oliver Oficial: Mas isso doeria e provavelmente quebraria meu joelho em vez do taco. MAS TANTO FAZ, PORQUE EU NUNCA MAIS VOU FALAR COM VOCÊ.

Shepherd Oliver Oficial: Sério, Wren. Por que você não me disse que eles precisavam daquele dinheiro?

Wren Bennett: Você não aguenta nem cinco minutos sem falar comigo. Você não é muito dedicado à sua raiva.

Shepherd Oliver Oficial: Pare de ser fofa quando estou com raiva de você.

Wren Bennett: Então pare de ficar bravo comigo. Você deve ter visto um post antigo, porque eu montei uma campanha de arrecadação de fundos de última hora, e agora temos o dinheiro de que precisamos para ir ao torneio.

Shepherd Oliver Oficial: Eu não previ que a minha amiga por correspondência me trairia desse jeito. Da próxima vez que você precisar de QUALQUER COISA, especialmente se tiver a ver com o beisebol do Owen, é melhor você pedir ajuda.

Wren Bennett: Amiga por correspondência? Você voltou a 1983 e escreveu isso no seu diário?

Shepherd Oliver Oficial: Sim. Com adesivos da Lisa Frank e um lápis roxo com cheirinho de uva.

Wren Bennett: Sua carteirinha do clube dos machos está começando a pegar fogo.

Shepherd Oliver Oficial: Você esqueceu que eu tenho irmãs mais velhas? Elas fizeram isso no dia em que eu nasci e me vestiram com as roupas das bonecas delas. É uma coisa muito boa que eu fique INCRÍVEL no meu uniforme. Com meu cabelo castanho escuro, essa camisa roxa e branca faz mesmo meus olhos azuis se destacarem. É um espetáculo a ser visto. E sim, amiga por correspondência. Nós moramos a quase cinco mil quilômetros um do outro, e você não liga, não visita, não assiste aos meus jogos na televisão.... É como se você nem se importasse.

Shepherd Oliver Oficial: Além disso, qual foi o problema com o post vago da sua irmã na outra noite que apenas disse "ele é um putz" várias vezes?

Wren Bennett: Esse é o apelido novo que demos ao Palmer, o ex-amigo dela.

Shepherd Oliver Oficial: Capcioso. Gostei. Pode continuar.

Wren Bennett: Não tem muita coisa para contar. Ele ganhou um torneio de golfe importante, e ela fez o post bêbada antes que pudéssemos impedir. É por isso que eu ainda não contei a ela que você e eu temos conversado todo esse tempo. Ela está tão triste e desanimada na maioria dos dias, não quero vomitar minha felicidade em cima dela quando ela está tão chateada.

TARA SIVEC

Shepherd Oliver Oficial: Ser minha amiga por correspondência deixa você feliz, não é? Você vê corações e arco-íris quando recebe uma nova mensagem minha? Sou propenso a unicórnios brilhantes (vide Lisa Frank). Agora tenho a informação por escrito, então você não pode voltar atrás.

Wren Bennett: Não, mas eu com certeza posso pegar de volta o pacote que deixei no correio hoje de manhã.

Shepherd Oliver Oficial: AIMEUDEUSAIMEUDEUS você me mandou mais caramelo??? Já faz uma semana que comi o último do último pacote que você mandou. Foi na hora do treino, e eu chorei lá na droga da gaiola de rebatidas. CHOREI, Wren. E não foi bonito.

Wren Bennett: Eu sei. Você me enviou trinta e duas mensagens desde que comeu o último, me dizendo que comeu o último.

Shepherd Oliver Oficial: Você não está feliz por eu ter comentado no vídeo que você postou da primeira vez do seu filho com um taco? Foi naquele jogo de quase um ano atrás. E foi o que nos levou a nos tornar os melhores amigos por correspondência do mundo, e agora eu sempre tenho bala caramelo da Ilha Summersweet, e seu filho incrível está a caminho de jogar nas ligas principais.

Wren Bennett: Devagar aí; ele acabou de fazer treze anos. Mas sim, fico feliz por seu sábio conselho, especialmente porque ele está jogando no meio de campo agora.

Shepherd Oliver Oficial: Meu Deus, Wren, é o CAMPO CENTRAL. Você sabe, a mesma posição em que eu jogo e arraso? A ESPN me nomeou um dos cinco melhores Center Field por sete anos consecutivos.

uma TACADA e um ACIDENTE

Wren Bennett: Eu só sei que você é um jogador de beisebol famoso porque você não para de falar disso. Você sabe que eu só assisto quando meu filho está jogando.

Shepherd Oliver Oficial: Juro por Deus que minha alma literalmente deixa meu corpo toda vez que você digita essas palavras.

Wren Bennett: Posso ir dormir agora, ou você me manteve acordada até tarde só para me irritar?

Shepherd Oliver Oficial: Ah, merda! Como eu pude esquecer a coisa incrível e foda que eu precisava te dizer antes de gritar com você por ME DEIXAR MUITO, MUITO ZANGADO? Não posso esquecer meu principal motivo de mandar mensagem e trazer FELICIDADE E ALEGRIA E UNICÓRNIOS E ARCO-ÍRIS E LISA FRANK PARA A SUA VIDA!!!!

Wren Bennett: Vou bloquear você agora.

Shepherd Oliver Oficial: Ah, meu Deus, não faz isso. Senão haverá DUAS irmãs Bennett postando indiretas nas redes sociais sobre seus ex-amigos. O mundo só pode aguentar até um certo ponto antes de implodir. De qualquer forma, eu queria agradecer por me dar um chacoalhão e me dizer para fazer o que eu queria com minhas negociações de contrato em vez de ouvir outras pessoas. Eu não precisava de um maldito aumento de salário; eu precisava de segurança no trabalho. Estou feliz em dizer que a cláusula que não permite a troca permanecerá em vigor até o final do meu contrato, e a porcentagem que eles me dariam a mais no pagamento agora irá para a Fundação Pequenas Chuteiras, como eu queria desde o começo.

Wren Bennett: Parabéns! Eu disse que eles dariam o que você pedisse. Nunca duvide de mim novamente, Shepherd Oliver.

TARA SIVEC

Shepherd Oliver Oficial: Querido Diário, minha amiga por correspondência é superlegal e inteligente! Talvez algum dia ela arranje uma alma e assista a um dos meus jogos pela televisão e realmente comece a gostar de beisebol.

Wren Bennett: É melhor esperar sentado. #ChatoDemais #IgualAssistirAcorridaDe LesmaEmCâmeraLenta #PrefiroFazerMeu ImpostoDeRenda

Shepherd Oliver Oficial: *Shepherd Oliver denunciou você por conduta ofensiva*

Shepherd Oliver Oficial: *Shepherd Oliver BLOQUEOU VOCÊ*

Wren Bennett: Boa tentativa. Você não pode se livrar da sua amiga por correspondência assim tão fácil. Eu sei onde você mora, e sei o seu sabor favorito de bala de caramelo. #ÉdeBaunilha #PorqueVocêÉbásico

Wren Bennett: Ei, você está bem? Faz dias que você não dá notícia. Gabriela Rojas passou pela Girar e Mergulhar ontem à noite. Estávamos falando daquele trote que vocês organizaram, quando encheram os corredores com milhares e milhares de patos de borracha. Lembra disso?! Alunos e professores ainda encontram patos de borracha aleatórios escondidos pela escola de vez em quando. Nunca vai deixar de ser engraçado.

Wren Bennett: Oi?? Esse negócio está ligado?? O Owen fez um home run na noite passada. Você viu o vídeo?!! Acho que nunca vou parar de sorrir!!!! Cadê vocêêêê?!!!

*"Os torcedores do Hawks ainda estão em choque depois que o Center Field Shepherd Oliver sofreu uma lesão na noite passada que será o fim da temporada para ele. O incidente ocorreu na quinta entrada dos playoffs contra o Chicago. Ele passará por cirurgia ainda hoje, mas no momento não está claro se essa será uma lesão que encerrará sua carreira."*

TARA SIVEC

# CAPÍTULO 1
## "BOA SEQUÊNCIA, PARA QUE TE QUERO?"

### shepherd

*Presente...*

— Você vai mesmo fazer isso. Vai se mudar para uma ilha no meio do nada. Shepherd Oliver, o melhor Center field da história dos Hawks, se aposentando para se tornar a droga de um treinador de beisebol de ensino médio.

Torço a tampa de uma garrafa de cerveja, a única coisa que resta na minha geladeira no momento, e a deslizo sobre o balcão da ilha da cozinha. Meu amigo e ex-companheiro de equipe, Nick DeVera, olha ao redor da casa em que moro em Puget Sound, em Washington, há quase quatorze anos, desde que fui recrutado. A não ser por algumas caixas de papelão perto da porta da frente e um sofá na sala de estar, não resta mais nada na casa moderna de quinhentos metros quadrados feita de aço e cedro com verniz preto. Então nossas vozes ecoam nas paredes agora nuas.

— Está tão vazio e frio aqui. Igualzinho à sua alma.

Nick bufa com a garrafa de cerveja pressionada na boca, e logo a inclina para trás e toma um gole, ao mesmo tempo que dois dos carregadores voltam para dentro e caminham pela casa de planta aberta e vão até a sala de estar para pegar o sofá. Nick e eu ficamos em silêncio enquanto os homens trabalham. Desde cedo na nossa carreira como profissionais no beisebol, aprendemos a sempre ter cuidado com o tipo de informação pessoal que falamos quando estranhos estão presentes. Uma vez, eu contratei um cara para vir uma vez por semana e cuidar das cartas de fãs para mim. Tive que demiti-lo depois da segunda semana, pois ele gravou uma conversa particular que tive ao telefone com meu empresário e depois a vendeu para os tabloides.

Enquanto os dois levantam o sofá que fica bem em frente às janelas que vão do chão ao teto com vista panorâmica para o Sound, olho ao redor, tentando ver o imóvel da perspectiva de Nick, quando brincou que o lugar agora está frio e vazio. Para mim, a aparência e a sensação são exatamente as mesmas. Seja abarrotada com todos os móveis, obras de arte, tapetes e bugigangas inúteis que meu designer de interiores decorou, seja com os quartos e paredes completamente vazios de qualquer coisa, sempre estará frio e vazio.

Não há pinturas de valor inestimável ou peças de mobiliário marcantes o suficiente no mundo para compensar a falta de calor, amor e barulho que outras pessoas trazem para uma casa, ou para me impedir de sentir falta da minha própria família com a qual imaginei que encheria esta casa enorme. Foi a única razão para eu ter comprado um imóvel tão grande ainda tão novo. O beisebol sempre foi a coisa mais importante na minha vida, e eu ficava dizendo a mim mesmo que tinha muito tempo para todo o resto. Ano após ano, coloquei o jogo acima de tudo, e a troco de quê? De uma casa fria e vazia, porque todo esse tempo passou por mim mais rápido do que minha velocidade de corrida, e agora estou com quase trinta e cinco anos e ainda sozinho.

— Fazia meses que ninguém via nem ouvia falar de você, desde que a Alana te largou, e aí, do nada, recebo um telefonema dizendo para vir e te ajudar a terminar de embalar as coisas — Nick por fim conclui o que tinha a falar, depois que os carregadores carregam o sofá para o caminhão.

Eu não sinto ânsia de vômito quando Nick diz o nome da minha ex--namorada, então pelo menos é um progresso. Um ano atrás, no *home plate*, quando dei a rebatida vencedora que nos levou aos playoffs, ela armou um circo midiático ridículo ao me pedir para tornar nosso relacionamento exclusivo, mas pelo menos a mulher teve a decência de terminar tudo, em particular e sem causar alarde, depois da minha lesão, e após eu dizer a ela que estava pensando em me aposentar e nunca mais jogar profissionalmente.

— E ainda assim você está aqui há vinte minutos e não embalou nada — zombo.

— Nem você. Você contratou carregadores e empacotadores, seu babaca rico e preguiçoso — Nick responde com um sorriso malicioso, indicando que estou perdoado por ter ficado sumido esse tempo todo. E por deixá-lo desamparado no campo externo.

Nick foi convocado um ano depois de mim para ser o *right fielder* titular dos Hawks. Em nossa equipe, um arremessador reserva virá entre as entradas e aquecerá com o *left fielder*, deixando os *center fielders* e *rights* aquecerem um com o outro. Nick e eu fomos forçados a forjar uma amizade e um vínculo desde o primeiro dia, gostando um do outro ou não, se quiséssemos que nossa equipe tivesse sucesso. Felizmente, nenhum de nós é muito idiota, e nos demos bem de cara. Agora eu o estou deixando com um *center fielder* novato e egoísta cuja opinião sobre si mesmo no momento é maior do que sua média de rebatidas.

— Eu tenho que fazer isso, cara. Summersweet não é uma ilha no meio do nada. Fica bem na costa da Virginia, e é de onde eu sou; você sabe disso. Eles precisavam de um treinador de beisebol para o ensino médio, e eu precisava de um emprego novo — lembro a ele, com um encolher de ombros, e viro a tampa da cerveja dele entre os dedos.

— Já faz um milhão de anos que você saiu do lugar; você não é mais de lá. Seus pais nem moram mais na ilha. Não dá para mentir para um mentiroso. — Nick ri, termina a cerveja e desliza a garrafa vazia pelo balcão até mim, para que eu possa jogá-la no lixo. — O treinador me disse que o médico estava feliz com a melhora do seu joelho e autorizou a sua volta a tempo para treinar para a pré-temporada. Todos pensamos que sua lesão fosse grave ao ponto de você não voltar, e que foi por isso que você não falou com nenhum de nós nem deu nenhuma entrevista, seu idiota.

*Maldito treinador.*

Eu adoro aquele cara de paixão. Ele o mais próximo de um pai que tive aqui em Washington quando meu próprio pai não podia estar aqui o tempo todo. Eu confiava nele e nos seus conselhos, e ele sempre era a primeira pessoa a quem eu procurava quando eu tinha um problema e meu pai estava ocupado. Mas ele faz mais fofoca do que toda a pequena ilha de Summersweet junta.

— Eu tive muito tempo para pensar durante tudo isso...

— Claro que teve — Nick me interrompe, se levanta do banco e dá a volta no balcão para pegar outra cerveja da minha geladeira. — Você se trancou em um condomínio nas montanhas por seis meses e nunca atendeu minhas ligações nem respondeu minhas mensagens. Você tem noção de quantos memes engraçados eu mandei naquela época e que você nem se dignou a responder?

— Acredite em mim, eu vi todos os memes de Jesus que você enviou — respondo quando ele volta para a banqueta e abre a cerveja.

— Ah, qual é! Aquele com ele batendo na porta da frente de alguém e que diz "abra a porta, cara; eu tenho que cagar", foi hilário!

Dou alguns minutos para Nick rir enquanto ele se lembra de todas as mensagens ridículas que me enviou enquanto eu estava no fundo do poço, antes de continuar.

— Quando escorreguei na terceira base durante aquele jogo, ouvi os tendões e ligamentos da droga do meu joelho estalarem, e sabia que tinha sido grave antes mesmo de o meu corpo bater no chão.

Nick estremece, mas felizmente já passou tempo o bastante para que eu não ouça mais aquele som na minha cabeça a cada minuto do dia; nem me faz mais acordar suando frio no meio da noite. Eu só posso imaginar como meus colegas de equipe se sentiram, presos no banco de reservas, assistindo o cara engraçado da equipe, aquele que nunca calava a boca nem parava de tentar melhorar o humor das pessoas e que aguentou e superou todas as lesões com um sorriso no rosto, se contorcer, agarrando o joelho e gritando de dor. Nada foi engraçado depois disso, e eu parei de dar a mínima se alguém estava de bom humor, inclusive eu.

— Durante todos aqueles dias no hospital, todo o tempo de recuperação após a cirurgia, e meses e meses de fisioterapia, eu não tinha ideia de que voltaria a jogar, e isso me deixou com um medo do caralho — digo a ele, todos os pensamentos que me fizeram agonizar saíram de mim depois de ficarem trancados um tempão na minha cabeça porque eu não tinha ninguém com quem conversar sobre isso. — Mas não foi porque eu tinha medo de nunca mais jogar. Aquele medo todo foi porque o pensamento de nunca mais jogar profissionalmente de novo... não me fez perder a cabeça. Eu fiquei *aliviado*. Então comecei a fazer uma lista de todas as coisas que me fazem amar jogar beisebol em comparação com todas as que me fazem odiar. E vou te falar uma coisa, agora que estou com trinta e cinco anos, essa lista está muito diferente da de quando eu tinha vinte e poucos.

— Bem, isso é óbvio — Nick revira os olhos. — Você era jovem e bonito naquela época e estava com tudo. Agora você está velho e acabado, fica sem fôlego quando chega à segunda base, e toda a sua magia está indo para os novatos.

Deixo cair a tampinha que ainda estou girando entre os dedos para dar um soco no ombro do Nick. Não forte o suficiente para machucá-lo, já que ele ainda tem que ser capaz de pegar uma bola. Apenas forte o suficiente para irritá-lo. E o soco não é por causa da perda de companhia feminina constante. Eu não dou a mínima para isso há...

*Exatamente dois anos, quando de repente fiquei obcecado em checar minhas redes sociais.*

No momento, Nick está me encarando enquanto esfrega o ombro, porque mesmo com a lesão no joelho que sofri, e mesmo sendo considerado "velho" pelos padrões do beisebol profissional e que, na verdade, esteja na idade de me aposentar, meu tempo de corrida ainda é o melhor da equipe. Eu ainda posso pegar ou parar cada bola que vem para mim no campo externo. E eu ainda sou uma fera atrás das bases. A lesão não me fez perder a habilidade; simplesmente não tenho a mesma paixão.

— Eu não amo mais o esporte igual a antes. O dinheiro e a fama não me dão alguém com quem conversar, alguém que entenda quando estou tendo um dia de merda, ou para ligar quando estou sozinho na estrada. Não me dá alguém para alegrar meu dia depois de um treino cansativo de oito horas, e não me dá filhos com os quais jogar bola no jardim — explico a ele, e abaixo a cabeça para olhar para os dois bonés de beisebol sobre o balcão nos quais estou mexendo agora. — Você não entende. Você tem tudo isso. Você tem a Amanda e as crianças, e tem uma razão para querer continuar a dar o seu melhor e levar seu corpo ao limite pelo jogo e sustentar todos eles com o seu salário. Eu tenho dinheiro suficiente para nunca mais ter que trabalhar. Mas, cacete, por quem eu ainda estou fazendo isso?

— Não, eu entendo. De verdade — Nick assente. — Se eu não tivesse a Amanda e os meninos, não poderia me imaginar fazendo isso e não ter todos eles para quem voltar quando chegasse em casa.

— Achei que eu estivesse fazendo a escolha certa tentando sossegar e ficar sério com a Alana, e ela seria isso para mim...

— Ah, pode parar, você nunca esperou isso dela — Nick me repreende, e aponta a garrafa de cerveja para mim. — Você tomou uma decisão precipitada sob pressão em rede nacional para não parecer um idiota diante do mundo inteiro. Ela era uma influenciadora sem graça de rede social que você conheceu em uma festa que te fez carregar a bolsa dela em público para que ela pudesse tirar dez mil selfies. A garota nunca seria a pessoa certa para você, e ela provou isso quando deu um pé nessa sua bunda gorda assim que descobriu que você não seria mais um jogador de beisebol famoso e importante, e ela não teria mais quem a levasse às melhores festas e às inaugurações de boates.

Tudo o que posso fazer é suspirar, porque ele está certo. Alana Caldwell tinha sido conveniente. Eu disse sim a um encontro com ela, porque a pessoa que eu queria de verdade morava a cinco mil quilômetros de distância. E concordei em tornar nosso relacionamento em algo sério e exclusivo semanas depois, porque a pessoa com quem eu queria muito ter um relacionamento sério e exclusivo estava fora do mercado.

*Ou foi o que eu pensei.*

Não passei apenas os últimos seis meses afogado em autopiedade por causa da minha lesão e da minha vida vazia. Antes de ela pôr um fim ao nosso relacionamento, cada minuto que eu passei sozinho no hospital quando Alana estava muito ocupada para me visitar, ou cada vez que eu ligava e ela dava uma desculpa atrás da outra para me dispensar e não ter tempo para conversar, nunca ficou mais óbvio a má decisão que tomei. E não apenas ao concordar com um relacionamento exclusivo diante do mundo inteiro nem ao dizer sim para aquele primeiro encontro. Mas com minha decisão ridícula de cortar abruptamente todo e qualquer contanto que eu tinha com uma das pessoas mais importantes da minha vida depois daquele fiasco na televisão há um ano, porque achei que era a coisa certa a fazer.

*E porque eu pensei que ela estava fora do mercado. Todo esse maldito tempo.*

Ela teria colocado a própria vida em espera e passado horas ao telefone comigo depois da minha lesão, se fosse o que eu precisava.

Ela teria me enviado mais mensagens do que Nick para tentar me animar quando eu estava me recuperando, e provavelmente teria sido a única a ter sucesso.

Com certeza ela teria pegado um avião para vir até mim se eu pedisse.

Mas eu estraguei tudo e abri mão dela, porque nunca pensei que ela fosse uma opção para mim. E eu sabia que a única maneira de seguir em frente com minha vida era seguir sem ela, por mais merda que fosse e por mais merda que me fizesse sentir.

— O treinador também deixou escapar que você voltou para Summersweet algumas semanas atrás, mas disse que você mal ficou lá por vinte e quatro horas antes de dar meia-volta e voltar para Washington. Quando eu perguntei a ele que merda aconteceu em tão pouco tempo para você entregar sua demissão e arrumar sua vida aqui, ele disse que eu precisava perguntar a você. Mas tenho certeza de que já sei a resposta.

Nick faz uma pausa, e um sorriso lento se espalha por seu rosto.

— Você não vai voltar para casa porque quer novos ares nem por causa de um trabalho de que não precisa. Você está voltando para casa para finalmente conquistar sua amiga por correspondência! É fofo ao ponto de me fazer querer vomitar.

O canto da minha boca se contorce com a animação de Nick enquanto ele soca no ar e remexe aquele corpo imenso em cima da banqueta. Nick era a única pessoa que sabia sobre meu relacionamento de um ano de "amigo por correspondência" com Wren Bennett, e foi só porque me pegou sorrindo para o meu celular muitas vezes. Uma vez ele chegou a arrancar o aparelho da minha mão no treino, quando eu estava no banco, com uma bolsa de gelo no ombro, e Wren acidentalmente me enviou um vídeo dela bêbada, cantando muito, muito mal, mas ela estava tão fofa. Nick, é claro, presumiu que eu estivesse rindo de um meme engraçado que não tinha compartilhado com ele e só me devolveu o telefone depois de ler quase todas as nossas mensagens.

— Estou feliz por você, cara, mas tem certeza disso? Você quer mesmo se aposentar da liga profissional para ser um... treinador de beisebol de ensino médio?

— Se Jack Carter pode fazer isso, eu também posso. Ele está perfeitamente feliz depois de se aposentar e virar treinador na Fullton State — lembro a ele, ao me referir ao nosso amigo que jogou pelo Mets e foi um dos melhores arremessadores que o beisebol já viu.

— Jack Carter é uma anomalia, não esquece; ele tem a Kitten dele para deixar tudo melhor. Estou supondo que já que você já empacotou toda a sua vida e tomou essa grande decisão e seguiu meu conselho de se desculpar com sua amiga por ser um idiota, ela te perdoou, e agora vocês vão viver felizes para sempre em uma ilha no meio do nada? Quando é o casamento? Posso usar roxo? — Nick pergunta, rindo e protegendo o rosto com os braços quando levanto o punho e ameaço dar outro soco.

Nick não gostou de eu ter cortado toda a comunicação com Wren um ano atrás, principalmente porque isso me transformou no mais mal-humorado dos idiotas. Ele está me dizendo para pedir desculpas a ela desde que eu comi a última bala de caramelo e passei quinze minutos gritando com ele no vestiário, o acusando de ser um amigo de merda, já que ele me enviou coisas gostosas de surpresa pelo correio. Eu não sentia falta só do maldito caramelo, e Nick sabia disso. Eu sentia falta *dela*. Sentia saudade de a ouvir contar como foi seu dia, sentia saudade dela falando merda pra mim o tempo todo. Sentia saudade de lhe dar conselhos sobre o modo como Owen jogava beisebol. E eu até sentia falta do filho dela, e nunca o conheci.

Eu tinha visto vídeos suficientes e a ouvido falar tanto dele que parecia que o conhecia.

Quando recebi a liberação do meu cirurgião e do médico dos Hawks, e meses depois aquela sensação de vazio ainda não tinha me deixado, eu sabia por quê. Eu sabia o que estava faltando, e sabia o que tinha que fazer, aonde precisava ir, e quem era a única pessoa que poderia fazer esse sentimento ir embora. Eu queria mais de Wren na primeira vez que conversamos novamente depois do ensino médio. Ela me fez rir quando eu estava me sentindo triste e sozinho em um quarto de hotel em Minnesota, comendo serviço de quarto sozinho na cama e assistindo ao noticiário local. Eu tinha ficado hipnotizado por uma escultura de uma mulher feita de manteiga, enquanto o resto da minha equipe tinha saído para jantar com namoradas e esposas.

Mas quando falamos sobre o pai do filho dele ainda fazer parte da vida deles, ela nunca me corrigiu. Eu, como seria de se esperar, presumi que eles ainda estivessem juntos. Eu nos transformei em amigos por correspondência e nos mantive estritamente na *friendzone* por respeito a ela. Nunca voltei a perguntar sobre o cara, e ela nunca o mencionou, mas ele estava sempre lá, pairando no fundo da minha cabeça. Esse homem sem nome e sem rosto que conseguiu ver o sorriso no rosto de Wren ao dizer algo que ela achou engraçado, que conseguiu ouvir sua voz quando ela disse seu nome completo, porque ele disse algo que a irritou. O homem que a abraçava quando ela estava tendo um dia ruim, que celebrava com ela quando tinha um bom dia e que tinha o privilégio de acordar em sua cama todas as manhãs.

Era difícil não odiar um homem que eu nunca tinha conhecido.

Toda vez que eu via uma mensagem nova aparecer no meu inbox, toda vez que ela dizia algo para me fazer rir, toda vez que eu me sentia menos solitário na estrada quando ela me mandava dez fotos de chuteiras e me perguntava qual era a melhor para Owen, eu quase cedia e dizia a ela que daria meu braço esquerdo para que ela estivesse bem na minha frente, em vez de a milhares de quilômetros de distância. Meu braço direito para ver se o gosto dela era tão bom quanto eu imaginava. E toda a minha carreira no beisebol e todo o dinheiro que ganhei para vê-la vestindo nada além da minha camisa do time e ouvi-la gemer meu nome enquanto a vestia.

Eu tinha toda a intenção de ir direto para Wren assim que cheguei à Summersweet algumas semanas atrás e me desculpar assim que a visse, imploraria para que voltasse a ser minha amiga, mesmo que nunca pudéssemos ser mais que isso. Eu ficaria feliz de aceitar qualquer coisa que ela me desse e que o cara com quem ela estava aceitasse aquilo. E então ela não estava no campo durante o jogo do filho quando eu estava na cidade, porque teve que trabalhar. E ouvi algumas conversas da família de Wren enquanto assistia à última hora do jogo, para me fazer perceber que uma viagem rápida a Summersweet para pedir desculpas a ela nunca seria suficiente.

Aparecer apenas para implorar para ela ser minha amiga outra vez definitivamente não era mais uma opção.

Vê-la de novo e depois dar meia-volta e voltar para Washington para viver e descobrir que o resto da minha vida não era mais para mim.

Sabendo o que eu sei agora... da próxima vez que eu vir aquela mulher, eu nunca, *nunca* vou deixá-la novamente.

Ao pensar naquele jogo de algumas semanas atrás, eu nunca estive mais agradecido por descobrir que Birdie, a irmã de Wren, era tão tagarela quanto costumava ser no ensino médio.

*"Ela vai ficar chateada por não te ver, se você estiver só de passagem. Aquela mulher tem mais camisetas, moletons e bonés com seu nome nas costas do que qualquer outra pessoa que eu conheço, assiste a cada jogo com uma devoção religiosa, e Deus me livre se qualquer um a interromper enquanto você está jogando."*

*"Queria que Wren não estivesse trabalhando. Há muitas regras de beisebol que eu não conheço nem entendo. Nunca pensei que diria isso, mas ela seria bem útil agora, já que é louca por beisebol desde criancinha e esses jogos devem ser a única coisa que ela já assistiu na televisão desde que aprendeu a usar o controle remoto quando criança."*

*"Falei para vocês que o doador de esperma da Wren talvez venha a Summersweet para ver o Owen? Aquele merda não põe os pés nesta ilha há anos, só liga quando quer alguma coisa, e agora acha que pode vir aqui e foder a vida deles pessoalmente, em vez de fazer isso por telefone ou mensagem, como sempre."*

*"Ele disse que ela estava com cara de velha da última vez que veio. Dá para acreditar nessa merda?! Ele também já está na esposa número quatro agora, enquanto Wren continua triste e sozinha como sempre, então é simplesmente ótimo."*

*"Eu juro que algo estava rolando com ela alguns anos atrás, e pensei ela que tivesse conhecido alguém. Ela estava sempre tão feliz e saltitante, chegava a dar nojo; mesmo quando o doador de esperma ligava e tentava acabar com ela. E então: puf! Acabou, e ela voltou a ser a mesma Wren triste e solitária que faz tudo pelos outros e nunca tem tempo para a própria felicidade. Sério, ela precisa de algo novo em sua vida para agitar as coisas. Não aguento mais ver a minha irmã assim."*

uma TACADA e um ACIDENTE

— Não. Eu ainda não tive a chance de vê-la nem de pedir desculpas — finalmente admito para Nick, me fazendo voltar ao presente. — Quando cheguei lá e percebi que não queria mais ir embora, concluí que precisaria de um plano antes mesmo de tentar falar com Wren de novo e acertar as coisas entre nós.

Decidido a tomar uma cerveja com meu amigo antes de ter que ir para o aeroporto, pego a última na geladeira, torço a tampa e ergo a garrafa entre nós. Nick bate o gargalo de sua garrafa na minha, e nós levamos a bebida à boca, mas paro com um sorriso no rosto.

— E também percebi que Wren Bennett tem um monte de explicações para dar.

# CAPÍTULO 2

## "SANTA LOUCURA."

### wren

— O que é que você está comendo?

Me inclino para mais perto do celular que apoiei em uma pequena vela no meio da mesa da cozinha e dou outra bocada na minha colher.

— Gelatina para adultos. Aqui é vida louca! — Eu grito antes de me inclinar para trás e mergulhar minha colher de novo na tigela para mexer tudo.

— Parece que você pegou um dos pacotes de gelatina do Owen da geladeira, jogou em uma tigela de cereal e depois derramou vodca por cima.

Dou outra bocada na gelatina de vodca de morango e sorrio para o rosto da minha melhor amiga na tela do celular, que no momento está me julgando a milhares de quilômetros de distância.

— Talvez sim, talvez não — dou de ombros.

— Wren Elizabeth Bennett!

— Emily Jean Flanagan! — revido.

Seu longo e lindo cabelo ruivo balança em um rabo de cavalo alto quando ela balança a cabeça para mim, os olhos verdes brilhantes me encaram através da tela quando dou outra bocada na minha mistura.

— Tudo bem, agora parece que você está tomando sopa de vodca gelatinosa. Larga isso agora mesmo! — ela ordena.

Faço o que ela diz e largo a tigela na mesa ao lado do telefone, empurrando-a para fora do meu alcance para não ficar tentada a continuar bebendo/tomando sopa de vodca.

— Eu sinto sua falta. Queria que você estivesse aqui. — Suspiro dramaticamente.

Nenhuma de nós diz nada durante alguns segundos, apenas nos encarando com cara de cachorrinho triste. Minha irmã Birdie e sua melhor amiga Tess Powell trabalham juntas no Clube de Golfe da Ilha Summersweet. Birdie como diretora de redes sociais e marketing, e Tess como bartender no clube. Eu sempre tive uma inveja insana por elas trabalharem juntas e se verem o tempo todo, e ainda mais nos últimos dois anos. Enquanto crescíamos, sempre fomos nós quatro, mas como Birdie e eu somos irmãs, e até mesmo irmãs que são melhores amigas precisam de um tempo uma da outra de vez em quando, Emily Flanagan, com seu cabelo de fogo e seu espírito livre, sempre foi a minha fiel escudeira. A única pessoa para quem eu conto tudo, que só me julga se for para o meu próprio bem e que sempre, *sempre* vai me dizer a verdade.

Desde que Emily se mudou da ilha há quatro anos para seguir seus sonhos, Birdie e Tess nunca me fazem sentir como se estivesse segurando vela quando estou com elas, mas sempre sinto a ausência de Emily. Especialmente quando Birdie, Tess e eu nos reunimos na sorveteria da minha família, a Girar e Mergulhar, para algo que gostamos de chamar de Bebidas e Reclamações. Um momento para nos reunir e beber vodca na sorveteria enquanto ficamos sentadas à mesa de piquenique roxa em que gravamos nossos nomes quando éramos crianças, reclamando do que está nos incomodando.

Geralmente Emily consegue fazer uma videochamada para participar conosco de cada Bebidas e Reclamações, mas ela tem estado ocupada nos últimos meses, e não conseguimos falar com ela nessas noites. Sou uma amiga tão boa que pensei em convidá-la para o meu próprio Bebidas e Reclamações no conforto da minha própria cozinha enquanto meu filho está na escola, e foi uma ideia brilhante.

— Pare de ficar triste. E pelo amor de Deus, pare de assistir à gravação do pedido de casamento da sua irmã em rede nacional — Emily exige.

Culpada, eu me afasto do celular, pego o controle remoto da mesa, aponto-o para a pequena televisão que fica no balcão da cozinha e passo para um jogo de beisebol. Bem quando Birdie estava alcançando o buraco dezoito em um torneio em que Palmer jogou no Havaí alguns dias atrás, de onde eu sei que ela vai tirar a bola da tacada vencedora que ele deu, bem como uma caixinha preta.

A coisa mais romântica que já vi, e provavelmente sou imparcial, porque aconteceu com a minha irmã mais nova. Palmer combinou com o jogador de golfe que estava jogando antes dele no torneio para enfiar a caixa do anel no buraco depois que o cara fez a jogada, para que estivesse lá quando Palmer desse sua próxima tacada. Já que Birdie e Palmer têm essa tradição em que ela corre e pula em seus braços no final de qualquer torneio que ele jogue, Palmer a colocou de pé depois que ele deu a tacada e pediu que ela pegasse a bola no buraco para ele. Todos os espectadores no campo de golfe no Havaí e todos no mundo assistindo pela televisão soltaram um suspiro coletivo e um "ahhh" quando Birdie se levantou com uma expressão confusa e a bola e a caixinha na mão, em seguida se virou para encontrar Palmer ajoelhado no gramado.

Minha mãe e eu sabíamos do pedido. Palmer Campbell, sendo o cara fofo que era, foi à Girar e Mergulhar algumas horas antes de ele e Birdie partirem para o aeroporto e pediu nossa permissão para pedi-la em casamento enquanto estivessem no Havaí. Minha mãe e eu começamos a chorar imediatamente, e Palmer se desculpou por não nos perguntar antes, mas ele estava com medo de que nós... bem, agiríamos assim a cada minuto que estivéssemos perto de Birdie até que ela tivesse o anel no dedo. O que fazia sentido.

Minha mãe e eu mal conseguimos manter a boca fechada quando nos despedimos deles na doca da balsa. Birdie percebeu que algo estava acontecendo conosco e supôs que estávamos chorosas e estranhadas aos nos despedir porque sabíamos de algo ruim sobre o avião de que ela não sabia. Palmer teve que literalmente pegá-la no colo e colocá-la na balsa para levá-los ao continente, com Birdie gritando o caminho inteiro de que aquela seria a última vez que ela o deixaria pegá-la e colocá-la onde ele a queria.

Como minha mãe e eu sabíamos quando o pedido de casamento aconteceria, e depois de quinze anos de amor não correspondido, Birdie finalmente a teria seu felizes para sempre, é claro que tomei as providências para gravar a coisa toda. Eu estava muito feliz pela minha irmã e pelo amor de sua vida. Ela merecia ser feliz com um homem que a trata como uma rainha. Eu só estava um pouco triste e um tico de inveja porque eu provavelmente nunca experimentaria algo assim. Tive a minha chance, e estraguei tudo por manter minha boca fechada por tempo demais.

— Tenho que continuar assistindo a esse pedido até que eu esteja totalmente entorpecida — explico a Emily. — Segundo meus cálculos, mais umas vinte e sete vezes, e pronto. O avião de Birdie e Palmer pousou um tempinho atrás, e ela está vindo direto para me mostrar o anel, e eu vou ficar feliz e sentada quietinha, enquanto minha irmã conta cada mísero detalhe do pedido pelo menos cinco vezes antes de pegar um fichário. Tenho certeza de que o voo para casa foi cheio de páginas e mais páginas de ideias para o planejamento do casamento. Estou feliz demais por ela.

— Da próxima vez, tente dizer isso sem fazer careta — Emily sugere antes de continuar. — E eu sei que não tenho falado tanto com Birdie quanto você ultimamente, mas sinto que posso afirmar com alguma certeza de que ela vai te contar sobre o pedido de casamento *pelo menos* vinte vezes e pode apostar que ela preparou o fichário no voo de volta para casa, e provavelmente também fez um para você, então se prepare. E, ei, tudo bem ficar um pouco triste. Temos trinta e quatro anos e ainda estamos solteiras e sem quaisquer perspectivas de namoro.

— Pelo menos você tem um quarterback gostoso para cobiçar.

— Cobiçar, mas não tocar. Você sabe das regras com que concordei quando me tornei líder de torcida do California Vipers. As líderes de torcida têm que ficar bem longe dos jogadores. O que não faz nenhum sentido quando a gente para para pensar no assunto. Jogadores de futebol e líderes de torcida foram feitos um para o outro, e nós somos maiores e vacinados.

Emily sempre foi o tipo de pessoa que age primeiro e pensa depois. Como dançarina e ginasta a vida toda e líder de torcida no ensino médio e na faculdade, ela decidiu em seu trigésimo aniversário que tentaria riscar um dos itens da sua lista de desejos: voar para a Califórnia e tentar ser líder de torcida profissional de uma das equipes de futebol americano mais populares do país.

As líderes de torcida do California Vipers são um símbolo dos Estados Unidos, e todos no país e no mundo já ouviram falar delas. Os uniformes sensuais e minúsculos são icônicos, e réplicas são vendidas para festas a fantasia de adultos em todas as lojas de fantasias. O calendário delas para a caridade bate novos recordes a cada ano que é lançado. E não só elas dançam em todos os jogos dos Vipers, televisionados nacionalmente, mas também são contratadas para viajar por todo o mundo para se apresentarem em alguns dos eventos mais divulgados que existem, como o Grammy e no exterior para se apresentar para as tropas que estão em serviço.

Os três meses de testes exaustivos pelos quais passou, terminaram com ela entrando na equipe, o que a deixou chocada. Mas eu sabia, sem sombra de dúvida, que ela conseguiria. Eu também sabia que quando ela foi embora e disse que só ficaria com eles por um ano e então voltaria para casa, que provavelmente mudaria de ideia quando chegasse lá e visse tudo o que o mundo tinha a oferecer. Ela era talentosa e incrível demais para ficar aqui em Summersweet e não seguir seus sonhos pelo tempo que quisesse. Pelo menos conversamos o tempo todo, e eu a vejo quando ela vem para casa no Natal, para visitar os pais, e essas visitas são algo que passo meses e meses planejando e esperando. Eu também posso vê-la na televisão, o que é a coisa mais legal de todas.

— Podemos voltar a discutir o motivo de você fazer sopa de vodca antes do meio-dia? Por favor, me diga que a mensagem que você me enviou era uma piada e que Kevin não está mesmo planejando ir a Summersweet — Emily implora, ao levar o pé até a cadeira em que ela está sentada e descansar o queixo no joelho.

— Bem, ele *diz* que está vindo, mas você sabe como é. Ele faz muitas promessas que não cumpre. Acho que ouviu que o treinador de beisebol de Owen pediu demissão e que agora o time de calouros está sem treinador. Ele está *muito* preocupado com o progresso do filho e quer falar com o diretor esportivo sobre a razão para eles estarem demorando tanto para contratar um substituto. — Eu assinto com um olhar de completa seriedade no meu rosto, o que faz Emily bufar.

— Será que ele sabe em que posição Owen joga?

— Ainda acha que ele é um arremessador — digo, com um revirar de olhos. — Porque, de acordo com Kevin Stratford, o arremessador é o único jogador com quem alguém se importa e é o que recebe o maior salário na liga principal. Ele é um merda. O que me deu na cabeça para transar uma única vez com um merda desses?

— Hum, porque naquela noite o garoto por quem você se apaixonou no ensino médio e nunca teve coragem de contar foi escolhido para jogar do outro lado do país, em Washington, e pagamos Julie Mayer para nos comprar uma garrafa de tequila, porque tínhamos apenas vinte anos, e você continuou triste e bêbada pra cacete, aí foi para a cama com um cara bonito de fraternidade que disse um monte de coisas fofas e maravilhosas para você, que não tínhamos ideia de que, na verdade, era uma pilha de lixo humano da Carolina do Norte sob aquela carinha de turista queimado de sol. — Ela inala dramaticamente depois dessa diatribe.

Apoio os braços na mesa da cozinha, inclino a cabeça para frente e a deixo bater no tampo de madeira. No momento não tenho certeza se estou agitada porque tive que ouvir mais uma vez o quanto fui idiota quinze anos atrás, ou se é porque a menção ao garoto por quem eu tinha uma quedinha no ensino médio, e por muito tempo depois, faz com que minhas entranhas pareçam ter murchado e morrido. De novo. Porque isso já aconteceu uma vez há um ano, depois que ele se tornou uma parte tão importante da minha vida e então desapareceu sem dizer uma única palavra.

Uma buzina abafada soa na entrada da minha casa e me faz levantar a cabeça da mesa para olhar a hora no celular, sei que é mais provável que o barulho seja o anúncio de que Birdie finalmente voltou do Havaí.

— *Olá, moradores de Summersweet! Eu estou noiva!*

Eu rio, apesar da minha situação atual, quando ouço minha irmã gritar da entrada da garagem para qualquer pessoa na minha rua ouvir, sabendo que ela deve estar gritando isso desde o minuto em que desceu da balsa.

— Parece que Birdie chegou — Emily ri enquanto Birdie continua a anunciar as boas notícias repetidas vezes tão alto que até ela ouviu pelo telefone. — Tenho treino esta noite, mas devemos terminar às nove. Se vocês fizerem o Bebidas e Reclamações mais tarde, quero participar. Diga a Birdie para me enviar uma foto do anel.

— Pode deixar. Amo você, Emmy. — Eu mando seus beijos, e ela faz o mesmo.

— Também te amo, Wrenny. E pelo amor de Deus, tome um banho e faça outra coisa além de um coque bagunçado nesse seu novo cabelo escuro e lindo antes de ir trabalhar mais tarde. Nunca se sabe quando um cara gostoso e solteiro que não seja uma pilha de lixo humano vai parar para comprar um sorvete.

Reviro os olhos quando ela pisca para mim; mando um último beijo antes de desligar e me levanto da mesa no momento em que a porta da frente se abre com tanta força que bate na parede.

— Estou noiva, vadia!

Minha irmã quatro anos mais nova está à porta, com o longo cabelo loiro solto em volta dos ombros, os olhos azuis brilhando de felicidade; a pele está com um bronzeado bonito por causa dos dez dias no Havaí, e uma pedra gigante em seu dedo que reflete quando o sol brilha através da porta aberta. Vestindo uma calça jeans skinny escura, uma sandalha de salto bege e uma batinha floral turquesa com alças finas, ela está deslumbrante e obviamente resplandecendo amor e felicidade.

Meu cabelo costumava ser do mesmo tom de loiro-dourado com reflexos caramelo até alguns meses atrás, quando levei Owen para o continente para que pudesse jantar com Kevin, que me disse que eu estava com cara de velha. Acabei dando uma de Emily no seu estilo *"agir primeiro, pensar depois"*, peguei uma balsa para um salão no continente alguns dias depois e voltei com um tom chocante de castanho-escuro. Mesmo com cores de cabelo diferentes, Birdie e eu ainda poderíamos passar por gêmeas na maioria dos dias, com o mesmo um metro e meio de altura, a mesma constituição esbelta e os mesmos olhos azul-claros.

*Mas meus olhos nunca brilharam com felicidade como os dela, e meu corpo nunca vibrou com animação como o dela.*

Afasto toda a inveja e tristeza, minha irmã e eu berramos a plenos pulmões antes de correr pela minha casa e nos encontrar no meio da sala em um abraço gritando, chorando, pulando para cima e para baixo.

— Você está noiva! — eu grito, apertando meus braços ao redor de sua cintura com mais força enquanto continuamos pulando juntas.

— Estou noiva! — Birdie grita em resposta quando paramos de pular e nos separamos o suficiente para enxugar nossas lágrimas, e eu posso pegar sua mão esquerda, puxando-a para mais perto do meu rosto.

— Puta merda, é enorme — sussurro com admiração, virando a mão para dar uma olhada melhor no diamante de quatro quilates e corte princesa, emoldurado por diamantes redondos que se ramificam em três fileiras de diamantes extras para compor o anel de ouro branco em torno de seu dedo.

— Foi isso que ela disse — Birdie responde com uma risada através das lágrimas de felicidade remanescentes, assim como eu sabia que ela faria. — Sério. Foi o que eu disse várias e várias vezes no Havaí. Sendo sincera, nem sei como consigo andar. Parecia que toda vez que Palmer olhava para baixo e via o anel no meu dedo, o pau dele crescia três vezes nesse dia. E então o verdadeiro significado do sexo veio à tona, e Palmer encontrou a força de dez paus, multiplicado por dois!

Tudo o que posso fazer é balançar a cabeça para a citação distorcida que minha irmã fez de *"O Grinch"*, sentindo um pouco do meu próprio monstrinho verde tentando erguer sua cabeça feia depois de tantos meses tendo que ouvir que o meu futuro cunhado é ótimo na cama.

*Que nojo. E também, aah eu sinto falta de sexo... até mesmo de sexo ruim. Pelo menos era sexo.*

— Tudo bem, chega de falar de mim — Birdie diz, de repente, ao puxar a mão da minha, agarrar o meu braço e me puxar para o sofá. Ela me empurra para as almofadas e, em seguida, se senta na borda da mesinha de centro, de frente para mim, com nossos joelhos se tocando. —

Vamos falar de você e de todas as coisas emocionantes que aconteceram enquanto eu estava fora.

Seu sorriso está ainda mais largo do que quando ela irrompeu pela porta. E ela está pulando para cima e para baixo em cima da mesinha enquanto me encara.

— Hum, você não quer me contar tudo de como Palmer fez o pedido? — pergunto, confusa.

Birdie acena com a mão para mim antes de apoiá-la no meu joelho.

— Passou na televisão. Você já viu tudo o que Palmer fez quando me pediu em casamento. Agora me conte *tudo* o que aconteceu enquanto eu estava no Havaí. Não deixe nem um detalhe de fora.

Agora as duas mãos dela estão apertando meus joelhos, e estou começando a me perguntar se ela pegou sol *demais* no Havaí, e o calor derreteu um pouco de seu cérebro.

— Você não tem um fichário ou algo assim para mim? Eu sei que você comprou pelo menos dez revistas de noivas no aeroporto e marcou todas as páginas que eu preciso ver — falo, olhando atrás de Birdie para ver se talvez ela tenha deixado cair as revistas quando nos abraçamos.

— Há muito tempo para planejar o casamento. Me conte sobre você. Pensei que tudo isso pelo menos teria te forçado a fazer outra coisa com seu cabelo — Birdie murmura, olhando para todas as mechas errantes de cabelo escuro que se soltaram do meu coque mais do que bagunçado neste momento. — Ou talvez vestido algo diferente das camisetas velhas de beisebol do seu filho.

Olho para a camisa de algodão azul do Warhawk que foi o uniforme de Owen na última temporada de jogos fora de casa e dou de ombros.

— Não tenho uma filha com quem compartilhar roupas. Tenho um filho adolescente do mesmo tamanho que eu, e vou aproveitar isso ao máximo. As camisas são confortáveis — lembro a ela. — E não sei do que você está falando, mas nada aconteceu enquanto você estava fora. Nada de emocionante acontece em Summersweet, a não ser por aquela vez em que Palmer voltou depois de não falar com você por dois anos, e você quase acertou um driver no crânio dele. — Calhou de ela estar com o taco para tacadas de longas distâncias naquela ocasião.

— Um taco número nove.

— O quê?

— Quase acertei o crânio dele com um *taco número nove* — Birdie me corrige. — A cabeça de um driver é muito grossa e redonda e nunca atravessaria osso e tecido.

Mais uma vez, eu apenas encaro minha irmã e balanço a cabeça.

— Então, *nada* aconteceu enquanto eu estava fora? — Birdie pergunta novamente, o brilho feliz em seu olhar começa a escurecer um pouco.

*Sério, que merda está acontecendo agora? Por que minha irmã não está que nem louca falando do pedido de casamento?*

— Hum, eu trabalhei, lidei com alguns turistas irritantes que queriam reclamar de tudo, jantei com a nossa mãe algumas noites... — Vou parando de falar, tentando pensar no que fiz nos últimos dez dias desde que Birdie foi viajar. Algo... *qualquer coisa* que satisfaça qualquer obsessão que ela tenha no momento e a faça largar o osso. — Vamos ver... Eu e outros pais da equipe de Owen estamos agindo como treinadores até contratarem o substituto, então isso está tomando uma boa parte do meu tempo. Chad e Nadine me pediram para levar Tyler para o treino algumas vezes porque eles queriam ter algumas noites à sós, e Katrina não teve tempo de pedir as bandeiras para o espaguete da arrecadação de fundos, já que ela e Adam vão para aquele retiro de casais, então ela me pediu para cuidar disso. Markell finalmente acertou uma rebatida depois que eu trabalhei com ele no treino na outra noite, então foi bem legal. Hummm, ah! Melanie me disse que A Barca vai começar a servir panquecas de abóbora em breve, então *isso* é incrível.

Sorrio e balanço a cabeça para Birdie, e ela apenas me encara, pisca e abre e fecha a boca alguns vezes até que finalmente encontra as palavras que procura.

*Ela pegou sol demais, sem sombra de dúvida.*

— Você tem que parar de dizer sim a todo mundo que te pede um favor — Birdie reclama com um aceno de cabeça. — Então você está me dizendo que nada de importante aconteceu na noite do jogo de Owen algumas semanas atrás, aquele em que você não pôde ir porque Lorraine Nardini não foi trabalhar porque estava gripada e você teve que pegar o turno dela, até o minuto que entrei pela porta? Absolutamente *nada*?

— Se você está se referindo à visita do doador de esperma, isso ainda não aconteceu. Sinceramente, você acha que eu não teria ligado para você no Havaí se ele aparecesse aqui? — zombo. — Além do mais, eu não chamaria isso de *emocionante*. Chamaria de "querido Deus, o que eu fiz para merecer essa merda".

— Obviamente, eu não estava falando sobre o Mefistófeles. Com certeza, discutiremos isso em detalhes no Bebidas e Reclamações hoje à noite. Então, nada de novo, hein? Esquisito.... — Birdie deixa as palavras pairarem no ar.

Eu me inclino para frente, pressiono a palma da mão na bochecha da minha irmã e depois na sua testa.

— Sério, querida. Você está bem? Vou trocar algumas palavras com o seu noivo se ele não se certificou de que você reaplicou protetor solar. Esqueceu de se hidratar? Eu te disse que o sol do Havaí é muito mais forte do que...

Ela dá um tapa na minha mão e bufa de aborrecimento, e eu não acho que seja porque estou dando uma de mãe para cima dela como de costume.

*Ok, talvez eu saiba o que está acontecendo aqui.*

— Você não perdeu absolutamente nada, Birdie — eu a tranquilizo, ao me inclinar para frente e afagar a lateral de seu braço. — Já te disse mil vezes para viajar com Palmer o quanto quiser. Eu amo que você tenha essa oportunidade. Juro por Deus. Sei que você pensa que toda vez que for viajar, vai perder alguma coisa aqui, mas na verdade não vai. Tipo, nunca.

Minha irmã nunca deixou a ilha até que Palmer voltou para a cidade. Assim como eu; esta pequena ilha é a nossa casa, nós amamos isso aqui, e não queremos morar em outro lugar. Embora eu tenha viajado muito ao longo dos anos devido aos jogos de beisebol do Owen, Birdie nunca teve a oportunidade nem vontade de ir a lugar algum. Agora que está viajando mais, ela sente que vai perder coisas aqui. Ela e Palmer viajam *talvez* uma vez por mês, e geralmente são apenas três dias no máximo. Eu disse várias vezes que ela está sendo boba, mas está claro que aquela cabecinha linda e teimosa não conseguiu entender ainda.

— Finalmente aceitei o fato de que ninguém sente minha falta quando eu saio — ela brinca, sabendo que Tess e eu sentimos muita saudade quando ela não está aqui, e o Clube de Golfe da Ilha Summersweet, ou CGIS, como os locais chamam, praticamente desmorona sem ela. — Não vou ficar falando das minhas preocupações idiotas. Estou falando de uma certa visita...

O celular de Birdie toca no bolso de trás de sua calça jeans, interrompendo-a no que ela se inclina para o lado para pegá-lo. Nós duas rimos quando "Crazy Bitch" da Buckcherry toca. Ela configurou o toque para Palmer por causa de um vídeo dele que acabou viralizando. Nele, o homem estava tendo uma crise nervosa muito pública no meio de um campo de golfe durante um torneio, e alguém teve a ideia hilária de colocar essa música como trilha sonora.

Felizmente, Palmer nunca estava no mesmo local com Birdie quando ligava para ela, então ele não tem ideia de que esse é o seu toque.

A música é interrompida quando Birdie atende a ligação, o sorriso em seu rosto se transforma em uma careta de aborrecimento.

— O que você quer dizer com "Murphy me obrigou"? Ele tem setenta anos, e você pode muito bem tomar conta de si mesmo.

Eu rio quando Birdie se levanta da mesa de centro com o celular pressionado no ouvido, fazendo uma imitação de beber alguma coisa para mim enquanto revira os olhos para o que Palmer está dizendo do outro lado da linha. Murphy Swallow foi nosso vizinho durante nossa infância, ele ainda mora no chalé ao lado da nossa mãe e trabalha na CGIS com Birdie e Tess. Ele é como um avô postiço para nós, e este avô era constantemente sarcástico e ameaçava todos ao seu redor porque odiava pessoas. Por alguma razão, o minúsculo lado delicado que ele mantém enterrado no fundo de seu ser só foi mostrado para minha família. Depois de todos esses anos, ainda não temos certeza se isso é uma coisa boa ou ruim.

— Você sabe muito bem que Murphy não cortaria sua garganta de verdade caso você não tomasse doses de uísque com ele para comemorar nosso noivado. — Birdie suspira, murmurando para mim que ela vai parar na Girar e Mergulhar mais tarde para Bebidas e Reclamações, enquanto caminha em direção à porta e volta sua atenção para o noivo que acabou de ligar bêbado para ela. — Sim, estou indo para o Doca do Eddy agora para salvar você. Se tranque no banheiro e me espere chegar aí. Vou ligar para o Murphy e dizer a ele para parar de te obrigar a beber. Sim, eu também vou dizer a ele para parar de dizer a todo mundo que você é um cagão. Sim, eu prometo.

Ainda estou rindo quando Birdie fecha a porta da frente, e me levanto do sofá. Tenho tempo suficiente para um banho antes de precisar levar lanches e bebidas para o treino de Owen depois da escola — porque Bethany me pediu para trocar com ela, já que ela e Derek decidiram tirar férias de última hora e ir para a Flórida — antes de eu ir para o trabalho.

Percorro o corredor, entro no meu quarto e vou direto para o armário. Olho para as pilhas e pilhas de camisetas dobradas e suspiro, pego às cegas uma de uma prateleira e também um short jeans surrado, mas confortável.

Definitivamente vou me vestir para impressionar todos os caras gostosos e solteiros que aparecerão esta noite. Ha-ha, que engraçado. Não posso me esquecer de comprar protetor solar para Birdie na próxima vez que eu for fazer compras.

# CAPÍTULO 3
## "BELO SWING NO VAZIO"

*shepherd*

— Oi, Shep! Achei que fosse você. Bom ver você de novo, cara.

Sorrio com alegria e aperto a mão de Kent Freeman, um cara que estava duas séries atrás de mim no ensino médio e que agora dá aula de estudos sociais na escola. Passo alguns minutos conversando com ele na calçada em frente à Doces Starboard antes de continuar pela rua.

Com o formato de um feijão no Atlântico, a poucos quilômetros da costa da Virgínia, a ilha de Summersweet tem cerca de doze quilômetros quadrados, tem setecentos moradores fixos e duas ruas principais: a Summersweet Lane, onde estou no momento, que cruza perpendicularmente o meio da ilha, e liga os pontos norte e sul, que são os mais distantes, e a Ocean Drive, segue na vertical até o meio da distância mais curta da ilha: leste a oeste. A Ocean Drive vai da doca da balsa — onde dá para alugar carrinhos de golfe e bicicletas e que dá acesso à praia na margem oeste inferior — até o campo de golfe e um hotel de luxo do outro lado da ilha, na margem leste. As margens norte e sul de Summersweet Lane são para os residentes permanentes, e onde ficam as casas particulares e de aluguel anual, escolas, veterinário, hospital e outros estabelecimentos para atender às necessidades dos moradores.

O trecho da Summersweet Lane em que estou andando, bem no meio da ilha, é o que todos consideram o centro da cidade ou a avenida principal. É onde você vai encontrar alguns bares, uma lanchonete, uma pizzaria, um restaurante italiano, a melhor sorveteria do mundo e para onde estou indo agora, a mercearia, três pequenas pousadas e os chalés de aluguel para temporada. Bem como alguns outros pontos turísticos e lugares para os moradores se reunirem, relaxarem ou comprarem as coisas de que precisam até que possam ir ao continente ou mandar entregar em casa.

— Bem, oi, Shepherd! Eu não sabia que você estava na cidade. Sua mãe almoçou com a minha semana passada.

Paro na calçada novamente, desta vez em frente ao fliperama, passo alguns minutos conversando com Tisa Graves. A minha mãe e a dela fazem parte do mesmo clube do livro, e bebem mais vinho do que leem livros, desde que Tisa e eu usávamos fraldas e ficávamos enfiados em cercadinhos para nos virarmos, enquanto elas bebiam de dia e liam pornografia.

Na minha última viagem para cá, eu só fui ao campo de beisebol da escola e, assim que o jogo acabou, segui para o cais para voltar para Washington, mantendo minha identidade em segredo para que a notícia não estivesse espalhada por todos os tabloides na manhã seguinte. Agora, não vejo nenhum problema em virar a aba do boné para trás, sorrir e cumprimentar velhos amigos. Não é só porque é uma quarta-feira à noite, o verão está quase no fim e praticamente todos os turistas já foram embora, tornando menos provável que meu paradeiro seja divulgado em breve. Os moradores de Summersweet são muito discretos e protegem os seus. Assim que desci da balsa, um dos policiais me assegurou que se certificaria de que nenhum paparazzi pisaria na ilha, e que faria tudo o que pudesse para manter as hordas de fãs afastadas se a notícia se espalhasse.

Não me mantive incógnito algumas semanas atrás porque eu estava preocupado que o mundo inteiro descobrisse que eu estava na ilha à meia-noite. Fiquei na minha e fiz a família dela jurar manter tudo em segredo, porque eu não queria que Wren soubesse que eu estava na ilha até que eu aparecesse na frente dela e ela não fosse capaz de fugir de mim até eu ter tido a chance de pedir desculpas. Agora que estou caminhando pela Summersweet Lane, passando pelo fliperama, a loja de doces e a lanchonete, e as luzes brilhantes da Girar e Mergulhar estão à vista, não me importa quem me veja ou saiba que estou de volta.

Além dos poucos lugares para comer, quase todos os negócios fechavam durante a noite. Normalmente, quando você caminha pela Summersweet Lane às dez da noite, está cheio de gente e bem movimentado. Os carrinhos de golfe passam zunindo na rua, os turistas gritam e riem, a música da ilha toca no alto-falante montado acima do balcão de informações turísticas e todas as luzes de todos os negócios estão piscando intensamente. O fim do verão significa expediente menor para todo mundo, vitrines escuras e placas de "fechado" em todas as janelas por onde passo e o frio no ar por causa da brisa do oceano faz a ilha parecer quase uma cidade fantasma, exceto por alguns moradores voltando para casa de um jantar tardio ou de um passeio noturno.

Não importa a época do ano, a Girar e Mergulhar nunca fecha antes das dez e, se houver clientes, não fecha até que a última pessoa seja atendida. Quando os outros negócios fecham religiosamente às sete nesta época do ano, uma vez que recebem cada vez menos clientes no final da temporada, a única sorveteria da ilha permanecerá aberta até tarde da noite, porque os moradores não podem resistir às guloseimas de lá e, durante os meses frios, compensarão a perda da receita do turismo.

Meu coração bate rápido no peito, e tenho que enxugar o suor da palma das minhas mãos no calção esportivo preto enquanto aperto o passo conforme chego cada vez mais para perto do meu destino, mas minha felicidade agora supera o nervosismo. Assim que desci da balsa e voltei para Summersweet, foi quase como se um peso enorme tivesse sido tirado do meu peito. Senti que podia respirar novamente. Não me sentia assim desde a última vez que estive aqui algumas semanas atrás, mas minha viagem foi curta demais para causar um impacto expressivo.

Agora que estou aqui de novo, agora que todas as minhas malas e metade dos meus pertences foi entregue no chalé que aluguei até decidir onde morar de forma permanente, e a outra metade foi para o depósito, quero saltitar e gritar feito uma criança, porque sei que nunca mais terei que ir embora se não quiser.

Estou feliz, porque este é o primeiro passo para um futuro novo e, espero, muito menos solitário.

Estou feliz, porque morar aqui significa viver mais perto da minha família, e poderei vê-los o tempo todo em vez de algumas vezes por ano.

Estou feliz, porque posso andar na rua e não ser perseguido por pessoas querendo fotos, autógrafos e pedaços de mim. A única coisa que as pessoas querem de mim na Ilha Summersweet é saber como estou; e é genuíno.

Estou feliz, porque posso calçar um par de tênis, vestir um calção e um moletom branco da Adidas com um boné e não me preocupar que um paparazzo escondido em um arbusto vá tirar uma foto minha, sobre a qual o TMZ dirá: *"Shepherd Oliver está desleixado e parece ter desistido da vida"*, sendo que é exatamente o oposto.

Com sorte, minha vida estará dentro do prédio diante do qual estou agora, e vou deixar muito claro que nunca mais vou desistir dela novamente.

Parado aqui na calçada em frente à Girar e Mergulhar, estou com um sorriso tão largo no rosto que minhas bochechas quase chegam a doer. Esqueci o quanto sentia falta deste lugar vintage em que trabalhei durante o ensino médio, onde Laura Bennett me ensinou o valor de um dia de trabalho duro, e também a me orgulhar disso.

Foi também onde a filha mais velha da chefe me ensinou um outro significado para "duro" a cada vez que ela se curvava para dentro do freezer. Aprendi que posicionar estrategicamente um pote de sorvete sobre a virilha me ajudaria com esse problema, fazendo meu pau desinflar imediatamente, porque *aquela merda era fria pra caralho.*

Assim como a barraca de sorvete de estilo vintage, o prédio da Girar e Mergulhar tem cerca de setenta e quatro metros quadrados com uma fachada de tijolinhos na metade inferior e, do balcão para cima, nada mais do que janelas. Aquelas janelas estão cobertas de anúncios de todas as delícias geladas que a sorveteria tem a oferecer, e consigo ver apenas alguém se movimentando por detrás de alguns dos cartazes enquanto caminho até a parte de trás do prédio e para à porta traseira. Meus passos despreocupados e saltitantes param abruptamente quando chego aos fundos e estou de pé na frente da porta aberta que leva para dentro da Girar e Mergulhar, a luz fluorescente que brilha lá dentro se derrama para a escuridão.

Assim que me certifiquei de que todas as minhas caixas e porcarias estivessem onde deveriam, eu só tinha uma coisa em mente. Ainda não desembalei nada. Não tirei nada do lugar. Simplesmente passei por cima das caixas e fiz sinal para que os carregadores colocassem os móveis em qualquer lugar e corri até a cidade, animado demais para sequer pensar em voltar para a doca e alugar um carrinho de golfe. Aquilo poderia esperar. Eu não queria passar nem mais um segundo sem falar com Wren, e vim direto para cá sem nem pensar que isso poderia ser uma má ideia.

Eu vou entrar mesmo aqui tarde da noite e arriscar assustá-la se ela estiver aqui sozinha? É realmente uma boa ideia surpreendê-la assim depois de sumir sem dar nem explicação? Depois de ignorá-la por um ano?

*Bem capaz de ela me dar um chute no saco. Ela com certeza vai me dar um soco na cara.*

— ... é de foder, Shepherd Oliver. *Esse* é o seu problema!

A voz feminina abafada que vem lá de dentro faz minha boca se abrir em um sorriso largo. Meu nervosismo desaparece, igualzinho aos meus *home runs* sumindo nas arquibancadas. Eu reconheceria aquela voz em qualquer lugar, mesmo depois de um ano. Já vi vídeos suficientes do filho dela jogando; vídeos em que ela gritava, torcia e cantava ao fundo. Por isso era fácil reconhecer, em qualquer lugar, aquele timbre doce e delicado que vinha acompanhado de uma boca suja que xinga feito um marinheiro quando ela está *super* irritada. O fato de as notícias terem corrido mais rápido do que eu esperava em Summersweet — já que cheguei faz uma hora, Wren sabe que estou aqui, e *eu* sou a razão para ela estar super irritada — só faz meu sorriso aumentar ainda mais quando dou um passo para dentro da sorveteria, sem nem me importar por não poder mais contar com o fator surpresa.

Não estou nem aí por ela estar irritada nem com a dor que vou sentir quando ela me der um chute no saco. Eu só quero ouvi-la dizer "é de foder, Shepherd Oliver" de novo, mas desta vez, vamos trocar o "de" por um "para".

A temperatura cai pelo menos dez graus quando entro na parte de trás da Girar e Mergulhar, já que elas mantêm o termostato baixo o tempo todo para garantir que nada derreta desde o momento em que preparam o pedido até o instante em que o entregam pela janela na mão do cliente. Enfio as duas mãos no bolso da frente da minha blusa de moletom para mantê-las aquecidas enquanto passo por uma prateleira de metal cheia de guardanapos, pilhas de copos de papel e vários potinhos de isopor de tamanhos diferentes. Uma prateleira que antigamente eu era o encarregado de estocar assim que atravessava aquela porta para começar o meu turno.

Quando chego ao final das prateleiras de metal e viro no corredor, meus pés voltam a titubear. Mas, desta vez, há o bônus adicional de um aumento na minha pressão arterial. Minha boca cai aberta e a língua fica pendurada para fora, minhas mãos voltam a suar do tanto que as estou apertando no bolso do meu moletom. E estou com uma droga de ereção que uma embalagem enorme de sorvete não será capaz de fazer desaparecer em um passe de mágica.

Escuto o estalo de um taco seguido pelo aplauso de uma multidão, e o fato de estar ouvindo um dos meus sons favoritos do mundo enquanto olho para uma das minhas velhas vistas favoritas me faz tirar uma mão do bolso e agarrar com firmeza o balcão de madeira ao meu lado, que é usado para cortar frutas para coberturas, antes que meus joelhos fraquejem.

Mesmo que tenha se passado muitos anos desde que fiquei animadinho ao observar Wren Bennett se inclinar para dentro de um enorme freezer, não há dúvidas de que meu pau se lembra de como é sensual e adorável ver a pequena Wren ter que ficar com a barriga encostada na borda do freezer enquanto curva toda a metade superior do corpo para dentro da coisa. A ponta do tênis de um dos pés está lutando para se manter no chão, o outro se movimenta no ar atrás dela, enquanto Wren se estica e pega o pote enorme de sorvete que deve ter sido empurrado para o fundo do freezer.

Estou com uma sobrecarga sensorial diferente de tudo que já experimentei antes; meus olhos e ouvidos estão cheios de tanta maravilha que a qualquer segundo minha cabeça vai explodir. *As duas.* E ficou óbvio que a minha suposição inicial estava errada.

*Wren não descobriu que estou aqui, e obrigado, meu Deus, pelas bênçãos que está me concedendo.*

— *Os Hawks desistem de outra corrida em favor do Tampa enquanto o Center Field, Kilo Lucas, tenta fazer uma defesa de bola longa, mas não consegue chegar a tempo, deixando o placar agora a oito a dois para o Tampa.*

Não tiro o foco da visão diante de mim para olhar para a pequena televisão de tela plana pendurada na parede quando a próxima jogada resulta em uma eliminação fácil na primeira base e o jogo vai para o intervalo comercial ao final da entrada. Já sinto alegria o bastante simplesmente ao ouvir beisebol que está passando nos fundos da Girar e Mergulhar enquanto a mulher que jurou que nunca assistiu ao jogo na televisão, nem mesmo estou bravo com o fato de eu não estar agora em Tampa jogando muito melhor do que a merda do meu substituto.

— Ah, pelo amor de Deus, todo mundo sabia que Kilo não ia conseguir pegar essa bola. Ele não conseguiria pegar nem mesmo se alguém a desse na mão dele. É sério que vocês substituíram Shepherd Oliver por um lixo como o Lucas? Vocês foram de ter o melhor *center field* da liga, um cara que nem chegou ao final da temporada passada, e ainda terminou com uma média de rebatidas de 0,305, quarenta e sete *home runs*, 115 RBI e uma pontuação de dezenove corridas defensivas salvas, para ter um lixo *que não consegue nem pegar a porra de uma bola!*

Não me incomodo em ver o jogo na televisão, porque fazer mais de uma coisa ao mesmo tempo agora é demais para o meu cérebro lidar enquanto Wren não apenas pira ao me defender, mas recita estatísticas minhas que até *eu* às vezes tenho que consultar quando alguém pede por elas. E também, por causa dessa *perfeição* de bunda em plena exibição conforme ela fica fula por *minha* causa, enquanto está com a barriga enterrada na beirada do freezer.

*uma TACADA e um ACIDENTE*

*Santa mãe de Deus, será que esquentou aqui dentro?*

— Puta meeeeerda.

Felizmente, a cabeça de Wren está tão no fundo do freezer que ela não ouve o murmúrio que não consigo impedir de escapar da minha boca enquanto olho para suas pernas lisas, bronzeadas e tonificadas que levam à bunda perfeitamente redonda, coberta por um short jeans minúsculo. As bordas desgastadas e desfiadas estão deslizando perigosamente para cima com a posição em que ela está, e eu fico hipnotizado e não vejo nada além da parte inferior das duas bochechas de sua bunda linda e perfeita espreitando ali por baixo e me fazendo querer afundar os dentes nela.

Um cavalheiro sairia correndo na mesma hora e ajudaria a pobre mulher pequena e adorável, mas eu nunca fui um cavalheiro no ensino médio quando ficava de lado e desfrutava silenciosamente do show, e não estou prestes a começar ser um.

— Precisamos colocar esses tacos em movimento. É melhor vocês se lembrarem que o arremessador do Tampa tem uma mão do mal e uma taxa de eliminação pior ainda...

A voz abafada de Wren fica mais clara quando a metade superior de seu corpo aparece e sai do freezer e ela desliza por ele até ambos os pés estarem de volta no chão.

Todo o ar em meus pulmões me deixa de uma só vez, meu peito fica apertado, meu coração começa a bater tão rápido que parece que corri pelas bases uma centena de vezes, e os dedos da minha mão apertando o balcão chegam a ficar brancos, o que faz meu braço começar a tremer por causa da força com que o estou segurando para me impedir de ir até ela. Eu sabia que seria uma luta ficar aqui na presença dela e não puxar seu corpo para o meu. Principalmente depois de ver Wren de novo após tanto tempo, depois do vínculo que formamos ao qual, em um ato egoísta, eu pus fim, e depois do tanto que eu senti falta dela. Eu finalmente saberia qual é a sensação dela em meus braços, ou colar minha boca na sua para que eu possa finalmente saber que sabor ela tem.

Todas essas coisas ainda estão rodando pelo meu cérebro, mas agora elas foram ampliadas mil vezes com a visão de Wren de pé a alguns metros de distância, de costas para mim, vestindo uma camiseta branca e seu cabelo comprido em um rabo de cavalo alto, então posso ver claramente "26" em roxo no meio da camisa, junto com "OLIVER" estampado também em roxo na parte de trás dos ombros.

*Ela está usando a porra do meu nome nas costas.*

Todos aqueles meses de conversas, todas aquelas vezes que eu a provoquei...

As palavras dela digitadas em uma tela surgem rapidamente na minha cabeça, e é um milagre eu não ter arrancado o balcão da parede.

*"Acho que nunca vi nenhum dos seus jogos. Desculpa!"*

*"Não, eu não tenho ideia de qual posição você joga."*

*"Você sabe que eu só assisto quando meu filho está jogando."*

*"Pare de perguntar se eu assisti a você jogar. A resposta só vai te fazer chorar, como sempre."*

*"#ChatoDemais #IgualAssistirAcorridaDeLesmaEmCâmeraLenta #PrefiroFazerMeuImpostoDeRenda"*

Wren Bennett, a mulher que jurou nunca ter assistido a um dos meus jogos e que claramente sabe mais sobre beisebol do que metade dos treinadores que tive ao longo dos anos, *está usando o meu nome nas costas!*

Vi muitas torcedoras, mulheres e gostosas, usando meu nome e número ao longo dos anos, e o apoio delas sempre me fez sorrir. Saber que Wren estava me apoiando quando eu nem sabia, ver meu nome tocando sua pele, mexe comigo de um jeito que mal posso controlar, não importa a força com que eu estou agarrando o balcão.

Ela é *minha*. Ela é minha desde o dia em que a conheci; apenas levei muitos anos para tomar uma atitude. Mas agora estou aqui, e dessa vez é para ficar. Finalmente vou tomar uma atitude, e ninguém vai me impedir.

*Como talvez enrolar esse rabo de cavalo em volta do meu punho enquanto a inclino sobre o...*

*Pare com isso! Primeiro se desculpe por ser um idiota!*

— Vamos, DeVera, você é nossa única esperança — Wren murmura, ainda de costas para mim, enquanto abraça três potes imensos de sorvete e olha para a televisão fixada na parede ao lado do freezer. Dois arremessos vão direto para a luva do receptor. — Tudo bem; deixe esses dois passarem. Você os viu, então agora sabe o que fazer. Chega de arremessos altos, DeVera. Nos dê uma boa linha central.

Ouvi-la falar do meu amigo acalma um pouco a fera dentro de mim, e finalmente afrouxo o aperto no balcão e enfio a mão de volta no bolso do moletom. Ainda quero incliná-la sobre o freezer e fodê-la por trás enquanto olho para o meu nome em suas costas, mas agora isso me faz sorrir em vez de rosnar como um animal selvagem.

*uma* TACADA *e um* ACIDENTE

— *O arremesso de Franklin desliza sobre a base, e é um swing no vazio para Nick DeVera* — o locutor afirma.

— Filho da puta... você só tinha uma única coisa a fazer. — Wren suspira, me fazendo rir baixinho comigo mesmo, apesar de o meu pau estar duro e eu não ter nada para cobri-lo.

— Pois é, Nick gosta muito dos arremessos altos. Não sei por que a liga paga tanto para esse palhaço.

Minhas mãos tremem dentro do bolso conforme o corpo de Wren se vira lentamente na minha direção quando ela ouve minha voz. Meu sobrenome atravessando em seus ombros some de vista até os lindos olhos azuis e arregalados estarem grudados nos meus. Não a cinco mil quilômetros de distância olhando para uma foto em uma tela, mas a um metro e perto o suficiente para tocar.

*Minha.*

É a única palavra piscando sem parar na minha cabeça enquanto eu me embebo na visão da mulher à minha frente cuja boca se abre em choque, e um pequeno suspiro lhe escapa antes que o pote gigante de sorvete caia de seus braços. Ele aterrissa com um baque bem a seus pés, mas ela nem presta atenção, está parada aqui bem na minha frente, sem dizer uma única palavra, apenas piscando rapidamente como se não acreditasse que estou aqui.

Eu também não consigo acreditar. Mas estou aqui e não vou a lugar nenhum. É hora de eu finalmente tomar uma atitude, e *ninguém* vai me impedir!

Bem quando abro a boca para fazer chover raios de sol, arco-íris e unicórnios sobre Wren, a dela se fecha com um estalo, os olhos arregalados e surpresos se estreitam em mim, incendiados, e os braços que pendiam frouxos ao lado do corpo depois que ela deixou cair o sorvete, cruzam-se de modo agressivo, e um de seus All Star brancos começa a bater no chão.

— Ora, ora, olha só quem resolveu dar as caras — Wren finalmente se dirige a mim, e não está usando aquela voz meiga e delicada. É sarcástica e carrega algo que, sendo franco, me assusta um pouco, considerando que há objetos pontiagudos ao seu alcance.

Inconscientemente, dou um passo para trás. Não importa que cinco segundos atrás eu mal estivesse conseguindo me impedir de ir com tudo para cima dela e prendê-la contra o freezer.

— Que ótimo. Perfeito! Shepherd Oliver, outra pilha de lixo humano com a qual tenho que lidar. — Wren suspira irritada.

Ok, então talvez *uma* pessoa vá me impedir.

*Ah, merda.*

**TARA SIVEC**

# CAPÍTULO 4

## "DIVERTIDO, SÓ QUE NÃO."

### wren

— Você pode me medir?

Meu corpo estremece, e paro de olhar para a taça de vinho vazia na minha mão e a garrafa com a rolha ainda firmemente no lugar, e que está sobre o tampo de mármore branco do cantinho do café da manhã que se projeta do balcão principal encostado na parede. O som da voz do meu filho me faz perceber que nem ouvi a porta da frente bater quando ele entrou em casa. Olho para o relógio acima da pia da minha cozinha e percebo que estou parada aqui desde que cheguei em casa do trabalho, encarando o nada e não tomando a bebida de que eu precisava desesperadamente, há quinze minutos.

*A quem estou enganando? Eu precisava de uma bebida meia hora atrás quando ouvi aquela voz no momento em que eu pegava mais sorvete de baunilha para colocar no freezer da frente e soube que ela não estava vindo da televisão.*

— Ahhh, eu também senti sua falta e tive uma *ótima* noite. Obrigada por perguntar. — Sorrio para o meu filho, deixando a taça de vinho de lado, já que no momento meu cérebro esqueceu o que eu deveria fazer com ela. Preciso agir o mais normal possível na frente do meu filho, mesmo que, no momento, eu queira gritar a plenos pulmões.

*Ele está aqui... na ilha. Por que ele está aqui, cacete?*

Owen, que *nunca* se afeta pelo meu sarcasmo, inclina a cabeça, uma mecha de cabelo castanho ondulado cai sobre um olho, que é do mesmo tom de azul-claro que o meu, quando eu embelezo um pouco essa última parte, já que não havia nada de ótimo no final da minha noite.

*Eu não posso acreditar que ele está mesmo aqui.*

— Sim, sim, eu senti sua falta, embora eu tenha visto você no treino algumas horas atrás, quando você levou os lanches. — Owen acena, o timbre profundo de sua voz ainda é um choque para os meus ouvidos.

Certo dia, eu tinha um garotinho com vozinha de bebê me desejando boa noite, e aí acordo na manhã seguinte com um homem me dizendo que o leite tinha acabado e ele não conseguia encontrar meias limpas.

Como na maioria das noites em que trabalho, minha irmã, minha mãe ou Murphy vão pegar Owen depois do treino de beisebol e ficam com ele até eu sair. Ele tem quase quinze anos e pode ficar em casa sozinho quando quiser, mas meu filho prefere ser mimado na casa de outra pessoa. E pelo menos quando ele está com um deles, alguém pode garantir que ele faça o dever de casa e coma algo que não seja hambúrguer de micro-ondas ou miojo. Às vezes eles o trazem quando eu chego em casa, e outras vezes Owen volta a pé, dependendo de em qual casa ele está e de quem mora mais perto. A casa da tia Birdie costuma ser uma curta caminhada, já que é na rua seguinte e ele pode cortar caminho pelos jardins.

— E desde então você esteve na casa da sua tia e eu estive no trabalho. Ainda tenho permissão para sentir sua falta — lembro ao meu filho enquanto ele pega uma banana na fruteira sobre o balcão entre nós e começa a descascá-la conforme eu me inclino e tiro aquela mecha de cabelo de cima dos seus olhos.

Como um calouro do ensino médio, às vezes ele me deixa fazer isso, e às vezes ele dá um tapinha na minha mão e revira os olhos. Felizmente, esta é uma noite de "deixar", e tento permitir que a sensação suave e sedosa de seu cabelo entre meus dedos me acalme e me livre da ansiedade.

*Sério... por que ele está aqui na ilha?*

— É exatamente por isso que você precisa me medir — Owen diz, me afastando dos meus pensamentos errantes. Ele dá uma mordida grande na banana, suas próximas palavras saem abafadas enquanto ele fala de boca cheia, as boas maneiras que ensinei a ele quando criança desapareceram assim que a puberdade chegou. — Você sabe que toda vez que vou à casa da tia Birdie, volto mais alto. Você pode me medir?

Ele aponta a banana meio comida para mim como se fosse uma arma, tentando me lançar um olhar severo, e eu rio quando a casca bate em seus dedos.

Com o mesmo rosto em forma de coração, o mesmo narizinho arrebitado que parece um pouco pontudo de perfil, a mesma covinha apenas na

**TARA SIVEC**

bochecha direita, os mesmos olhos, os mesmos lábios carnudos com um arco do cupido profundo, cabelos grossos e ondulados e baixa estatura, sou grata todos os dias pelo fato de que olhar para o meu filho é como olhar no espelho e eu não tenho que olhar para Kevin o dia todo, todos os dias, pelo resto da minha vida. Já é ruim o suficiente ter que *lidar* com ele, por mais esporádico que seja. A única parte do pai que Owen herdou foi o cabelo castanho, da mesma cor de chocolate amargo, que Owen mantém um pouco mais comprido e desgrenhado, alegando que fica "mais legal" assim quando ele usa o boné e as pontas se enrolam sob a aba.

Ele é meu mini-eu e meu gêmeo, ainda mais agora que não sou mais loira. Ele é a calmaria da minha tempestade, e a razão pela qual eu acordo todas as manhãs e me arrebento de trabalhar. Basta um olhar para ele para eu perceber que fiz pelo menos uma coisa certa na vida.

Mas, infelizmente, Owen Alexander Oliver tem a minha altura. Ou a falta dela. O pobre garoto está esperando há anos para finalmente atingir um metro e meio, e agora que conseguiu, sou constantemente forçada a medir sua altura. Ele está farto do apelido de "Pequenino" em suas equipes de beisebol, mas temo que a alcunha possa ser algo que veio para ficar, já que o chamam assim há tanto tempo, mesmo que por algum milagre Owen fique mais alto que qualquer um na família Bennett. Um metro e sessenta é o nosso limite. Não crescemos mais do que isso.

— Vamos, mãe, me meça. Fiquei mais alto; posso sentir.

— Você não cresceu desde a última vez que eu medi, que foi há três dias. Você só esteve na casa da tia Birdie por algumas horas — lembro a ele, no instante que o garoto me joga a casca de banana vazia sobre o balcão. Eu a apanho e jogo na lata de lixo enfiada no cantinho aberto sob o balcão bem na frente de onde estou.

— Você sabe que toda vez que vou à casa da tia Birdie, eu cresço.

Toda. Santa. Vez. Isso já se tornou uma piada entre todos nós.

Para animá-lo, já que eu sei que ele não vai parar de me atormentar e ir para a cama, sendo que já são dez e meia e é dia de semana, pego a fita métrica na gaveta à minha direita, e caminhamos até o batente da porta entre a cozinha para a sala. Owen tira o tênis e o chuta para longe, em seguida se encosta na parede, bem ao lado de quase quinze anos de datas, idades e linhas desenhadas em várias cores e canetas diferentes na madeira pintada de branco, marcando a altura de Owen ao longo dos anos.

Eu me abaixo para prender a ponta de metal da fita métrica sob a parte de trás de seu calcanhar, e logo me levanto e deslizo a fita pela parede ao lado dele. Eu a prendo ali, me inclino para o lado e pego uma das pastas da escola na bancadinha ao lado da porta. Coloco a pasta sobre sua cabeça, e perto da fita métrica, uso seu método "supercientífico" de garantir uma medida precisa, e olho para as marcações na fita. Pisco algumas vezes e volto a olhar, confiro minha anotação mais recente de exatamente um metro e meio escrita outro dia com caneta roxa, além de todas as outras com o mesmo número dos últimos meses. Então eu olho algumas linhas acima na fita métrica onde a pasta está apoiada sobre a cabeça de Owen. Com mais algumas piscadas e uma inclinação para o lado para que eu possa olhar para os pés do meu filho e me certificar de que ele não está trapaceando, relanceio a pasta que estou segurando firme e balanço a cabeça.

— Filho de um Baby Ruth... só pode ser brincadeira — murmuro, o que faz o rosto de Owen se iluminar quando ele solta um grito. E claro que tive que me referir ao jogador que estabeleceu recordes que ainda não foram batidos quase cem anos depois. — Agora você tem um metro e cinquenta e dois de altura. Como você cresceu dois centímetros em três dias? Isso é possível? O que a tia Birdie dá para você comer, caramba?

Owen ri enquanto eu pego um lápis na caneca sobre o balcão e anoto a medida de hoje na parede antes de destravar a fita métrica. Ela se fecha dentro de si mesma, e entrego para Owen guardar e vou colocar a fita de volta na gaveta.

— Eles não me dão comida. Eles me matam de fome enquanto tio Palmer me bate com tacos de golfe e tia Birdie conecta meu cérebro a eletrodos e me faz assistir pornô fetichista — ele responde sem nem pestanejar, enfia a pasta em sua mochila que está em uma das banquetas e depois a levanta pela alça e a coloca no ombro.

— Pelo amor de Deus, Owen...

— Alguém disse pornô fetichista? — Birdie grita, e desta vez eu *escuto* minha porta bater. Observo minha irmã entrar na sala com outra garrafa de vinho na mão, ainda linda e brilhando de felicidade, enquanto eu cheiro a leite azedo e tenho calda de chocolate no cabelo e uma camada viscosa sobre meu corpo que exigirá pelo menos um banho quente de vinte minutos para limpar, tudo após um turno na Girar e Mergulhar.

— Não faça perguntas se você não consegue lidar com a verdade, mãe — Owen dá de ombros, pega outra banana na fruteira, cumprimenta minha irmã quando eles passam um pelo outro na sala, e então vira no corredor e some para dentro do quarto.

**TARA SIVEC**

Não sou um idiota. Sei que não posso proteger meu filho de tudo. Ele tem um smartphone, acesso à internet e outros amigos adolescentes, alguns da mesma idade e outros mais velhos, agora que ele está no ensino médio e jogando na equipe de beisebol dos calouros. Ele vai ouvir e ver coisas, a menos que eu queira mantê-lo trancado no quarto e dentro de uma bolha pelo resto de sua vida. Eu sempre lhe ensinei a ser responsável, a respeitar os outros, a nunca dar informações pessoais a ninguém, que se alguém lhe pedir uma foto de seus pés que *é* um alerta e *é* bizarro pra caramba, que fotos de pau são eternas, e a não ser um babaca na internet nem *em lugar algum*. Ele sabe que pode falar comigo sobre qualquer coisa, e ele fala. Às vezes, compartilha até demais. Ok, o tempo *todo*. Prefiro que ele compartilhe demais do que se trancar no quarto e me deixar de fora de sua vida. Eu sou sua mãe e seu pai, e não quero que ele se sinta desconfortável falando sobre qualquer coisa comigo. Mesmo que eu tenha que sorrir e fingir que não quero vomitar quando a palavra "pornô" sai da boca do meu bebê.

— Eu jamais deveria ter deixado você, Tess e Emily ajudarem a criar o meu filho — digo a Birdie quando ela chega à ilha da cozinha e coloca a garrafa de vinho no balcão ao lado da geladeira. — Por que ele está falando sobre pornô fetichista ao chegar em casa depois de uma noite na sua?

— Na verdade, ele *nos* ensinou uma coisa ou duas durante o jantar de hoje — Birdie me informa ao pegar na lateral da geladeira o saca-rolhas magnético que tem um caranguejo com "Doca do Eddy" escrito nele. — Você sabia que climacofilia é quando você se excita com alguém caindo da escada? Palmer riu tanto que acho que fez xixi nas calças. Tentei convencer Owen a empurrá-lo escada abaixo para ver se eu sentia alguma coisa, mas Palmer não estava disposto. Ele estava bêbado, mas não tão bêbado assim.

Enquanto Birdie abre a garrafa de vinho e, em seguida, pega duas taças de vinho no armário acima dela, caminho ao redor do balcão para me sentar em uma das banquetas de madeira cor de turquesa, pego o celular e faço uma videochamada com Emily.

— Desculpem, estou atrasada! Vocês não começaram o Bebidas e Reclamações sem mim, não é? — Tess pergunta, atravessando a minha porta trazendo sua própria garrafa de vinho enquanto eu espero uma eternidade até o Wi-Fi da ilha conectar a chamada para Emily.

Eu nem sequer pisco quando vejo que o cabelo chanel curto e reto de Tess com uma franja sem corte no meio da testa não é mais de um tom vibrante de vermelho-fogo, agora é roxo vibrante. Tess muda a cor do cabelo com a mesma frequência que eu compro uma camisa nova ou uma camiseta dos Hawks.

*Ai... meu... Deus, ele me viu vestindo uma de suas camisas! Esta noite não pode ficar pior.*

A chamada para Emily finalmente conecta, e toca e toca enquanto Tess se senta ao meu lado, e Birdie coloca uma taça cheia de vinho tinto na frente de cada uma de nós.

— Eu estaria aqui mais cedo, mas Bodhi me fez ler uma história de ninar para ele antes de eu ir sair. — Tess bufa com falsa irritação enquanto leva a taça até a boca com muito cuidado para não deixar derramar e toma um gole.

O canto de sua boca está levemente inclinado contra a borda da taça, deixando claro que não fica nem um pouco incomodada que Bodhi Armbruster, o antigo caddie de Palmer e primeiro relacionamento sério que Tess já teve, é obcecado por ler romances e trouxe Tess para o que ela chama de "o lado sombrio". Os dois liam juntos todas as noites na cama. Com o cabelo loiro de surfista desgrenhado e estilo de vida boêmio, vivendo em vans e no sofá das pessoas a maior parte da vida e nunca descontando os cheques que Palmer lhe pagava para carregar seus tacos e dar conselhos profissionais porque dinheiro simplesmente não significava nada para ele, *todos* ficamos surpresos quando Bodhi conseguiu conquistar o coração de Tess Powell. Ela é uma mulher durona que organiza a própria vida nos mínimos detalhes, que prefere arrancar o próprio braço a pedir ajuda a alguém, que é diligente em economizar dinheiro e ter um plano, e que prefere atear fogo no sexo masculino a ter qualquer coisa com eles. Mas ninguém ficou mais chocado do que Tess quando ela se apaixonou pelo homem desempregado, sem-teto e descontraído enquanto ele dormia no sofá *dela* depois de voltar para a ilha com Palmer.

É fofo, especialmente porque Tess vem dizendo desde o nosso primeiro Bebidas e Reclamações, quando tínhamos doze anos e chamava de Bebidas e Fofocas, porque éramos jovens elegantes, que ela nunca sossegaria, nem teria filhos nem se casaria. A questão de sossegar aconteceu, disso não há dúvida; e tenho certeza de que a qualquer momento ela estará engolindo as próprias palavras sobre as outras duas coisas.

— Será que agora você pode explicar por que nos mandou uma mensagem de emergência dizendo que o Bebidas e Reclamações tinha que ser na sua casa em vez de na nossa mesa de piquenique roxa na Girar e Mergulhar? — Tess pergunta.

**TARA SIVEC**

Desligo a chamada quando Emily não atende, solto um suspiro ao jogar o celular no balcão e olho para minha taça de vinho. O líquido vermelho começa a transbordar e escorrer pela lateral quando Tess, sem querer, bate com o joelho no tampo ao cruzar as pernas.

— A Girar e Mergulhar foi contaminada. Nunca mais poderemos fazer o Bebidas e Reclamações lá de novo.

Eu me curvo para frente depois da declaração dramática, levo a taça à boca e começo a sorver o máximo de vinho que posso até que o nível fique abaixo da minha boca e eu não consiga mais beber sem ter que usar as mãos para virar a taça.

— Caramba, você quer um cocho? Que merda aconteceu esta noite? — Birdie pergunta quando eu não afasto a boca da taça; apenas pego a haste e a trago comigo enquanto me sento mais erguida, inclino a taça para trás e bebo metade antes de voltar a falar.

— Shepherd Oliver está aqui em Summersweet, e foi à Girar e Mergulhar para me ver — deixo escapar às pressas quando afasto a taça da boca. Meu coração começa a acelerar porque eu não preciso nem fechar os olhos para imaginá-lo ali parado a poucos metros de mim.

Olhar para aquele cara sempre fazia meu coração palpitar e a minha língua ficar presa sempre que eu tentava falar com ele. Ele era o atleta lindo, popular e extrovertido que estava sempre rodeado de gente, e eu era a garota tímida e quieta com apenas alguns amigos próximos, sem tempo para atividades extracurriculares, porque algum dia a sorveteria seria minha, e passava todo meu tempo livre aprendendo sobre os negócios da família.

Depois de um ano sentindo que o conhecia melhor do que a qualquer outra pessoa no mundo e apenas tendo que me contentar com fotos dele na internet, em revistas, ou todas as vezes que o vi jogando pela televisão, parecia um sonho quando me virei e ele estava *ali*. Esqueci todas as lágrimas que chorei por ele, porque Shepherd estava bem na minha frente. Perto o suficiente para tocar. Perto o suficiente para que eu pudesse deslizar os braços ao redor de sua cintura e ver se ele ainda cheirava à colônia amadeirada que usava, com um leve toque de couro por sempre viver com uma luva de beisebol na mão. E perto o suficiente para ver suas duas covinhas quando disse algo sarcástico para mim, e para me embebedar na visão de seu corpo de um metro e oitenta, ao qual ele adicionou uma tonelada de músculos deliciosos nos últimos anos. Em vez de ter que imaginar o quanto ele é gostoso, inocente e fofo enquanto leio suas palavras em uma tela.

Ele ainda é gostoso, mas com certeza não é inocente nem fofo. Ele é um idiota cruel, e eu não vou ser enganada novamente por suas covinhas.

— Eu sabia! — Birdie grita, apontando um dedo acusador para mim. — Sua mentirosa! Eu perguntei especificamente se alguma coisa emocionante aconteceu nas últimas semanas, e você disse que não!

— Ah, isso deve ser porque ainda não tinha acontecido quando eu falei com você hoje cedo, e eu não posso ver o futuro. Ele foi à Girar e Mergulhar, tipo, quarenta e cinco minutos atrás.

— Ah — Tess murmura, e seus olhos se arregalam de choque. — Então ele não foi ver você algumas semanas atrás, quando esteve aqui?

— O quê? — grito, e logo abaixo a voz quando lembro que meu filho deve estar tentando dormir não muito longe dali. — O que você quer dizer com ele esteve aqui algumas semanas atrás? Por que só agora estou sabendo disso?

— Ele apareceu no final daquele jogo do Owen em que você não pôde ir porque tinha que trabalhar. Ele nos fez prometer guardar segredo, o que na verdade foi meio estranho, já que vocês não se viam nem conversavam desde que tinham, tipo, vinte anos, mas tanto faz — Birdie me diz ao encher minha taça e a de Tess. Um rubor cobre minha pele, pois sei que minha irmã vai pegar emprestado um dos isqueiros de Tess e tacar fogo em mim quando eu contar tudo a ela. — E então eu fiquei ocupada com os preparos para ir ao Havaí, você nunca disse nada, e eu meio que esqueci disso até voltar. Eu não sei por que ele foi embora sem falar com você da última vez, sendo que ele mencionou com todas as letras que queria dizer a você pessoalmente que ele estava aqui, mas que bom para você! Não é à toa que está bebendo para comemorar, embora esteja sendo meio dramática. Seu jogador de beisebol favorito apareceu e disse oi. Você deve estar pirando. Perguntou a ele como é o cheiro do David Beckham? Eu sei que eles são amigos. Foi tudo o que você pensou que seria? Você o fez autografar sua camisa? Vira, me deixa ver.

Se eu não estivesse me sentindo tão culpada agora, eu acharia incrivelmente fofo minha irmã estar animada por mim, pensando que o famoso jogador de beisebol profissional Shepherd Oliver parou na Girar e Mergulhar para me ver. Afasto a mão de Birdie quando ela se inclina sobre o balcão e agarra meu ombro para tentar olhar a parte de trás da minha camisa.

Pena que o famoso jogador de beisebol profissional Shepherd Oliver não parou na Girar e Mergulhar hoje à noite. Apenas um cara que realmente significava algo para mim, que fazia meus dias estressantes no trabalho passarem mais rápido, e que deixava as noites solitárias depois que Owen ia para a cama ou quando passava a noite em outro lugar, cheias de risadas e muito menos solitárias. Eu menti para ele sobre vê-lo jogar na televisão, menti dizendo que não era uma superfã e sobre o quanto entendia de beisebol, mas não menti quando disse que sempre esquecia que ele era uma estrela, a menos que ele trouxesse isso à tona. Ele era apenas *Shepherd* para mim. Alguém com quem eu poderia ser eu mesma, alguém com quem eu não sentia que precisava dar uma de mãe, e apenas alguém, além da minha família, que se importava comigo.

*Ou assim eu pensei.*

Como neste momento não tenho espaço suficiente no meu cérebro para adicionar ainda mais coisa à seção *"que merda é essa?"* que fica logo acima do nervo que faz meus olhos estremecerem, decido me preocupar com o motivo de Shepherd ter vindo para a ilha algumas semanas atrás, falar sobre mim com a minha família, e depois ir embora sem sequer falar comigo até esta noite. Não querendo adiar o inevitável, tomo mais alguns goles generosos de vinho antes de colocar a taça de volta no balcão e calmamente cruzar minhas mãos sobre o tampo. O mais rápido possível, dou a minha irmã e a Tess a versão resumida do meu ano de... *seja lá o que for* com Shepherd Oliver antes que ele parasse de falar comigo do nada no ano passado, até que eu o vi de novo hoje.

*Meu Deus, os lábios dele são perfeitos. E aqueles músculos extras em sua estrutura esguia... simplesmente glorioso.*

*Não! Foco, Wren! Ele é um idiota que não dá a mínima para você.*

— Merda. Ela não está mentindo — Tess diz.

Birdie ainda está assustadoramente quieta, e eu desvio o olhar de seus olhos arregalados fixos em mim para ver que Tess está vendo algo no meu celular. Eu me inclino e vejo que ela abriu meu Instagram e está olhando todas as minhas mensagens com Shepherd.

— Ai, meu Deus, Tess, limites! — eu a repreendo e tomo meu telefone dela. — Você não pode pegar o celular dos outros e começar a ler as mensagens.

— Não há limites quando vejo uma conversa sobre um boquete de quarenta minutos com Shepherd Oliver! — ela dispara em resposta, bem quando o celular toca na minha mão, e olho para baixo com um suspiro de alívio quando vejo o nome de Emily piscando na tela.

*uma* TACADA *e um* ACIDENTE

— Não foi um boquete com ele. Ele estava no mesmo.... Quer saber, não é da sua conta, e é exatamente por isso que eu não disse nada — digo a ela, e atendo a videochamada de Emily sem nem me incomodar em dar um sorriso quando seguro o aparelho na minha frente e seu rosto aparece na tela. — Eu contei a elas sobre o Shepherd e, a propósito, ele está aqui na ilha. Ele apareceu na sorveteria para me ver e agora vou beber até entrar em coma.

Há um segundo de silêncio e um piscar chocado de Emily que está no sofá de seu apartamento em Beverly Hills. Bem quando ela abre a boca, provavelmente para me dizer palavras encorajadoras, minha irmã enfim se lembra novamente de como falar. Tanto ela quanto Tess gritam comigo tão alto que não há dúvida de que Owen vai vir aqui e gritar conosco.

— *Você contou para a Emily e não nos contou?!*

E então minha cozinha se transforma em um programa de auditório regado a barraco enquanto Emily, Tess e Birdie discutem entre si falando de mim, que estou aqui parada, vários "boca de sacola", "não fale comigo assim, idiota" e comentários de "vá se ferrar" voam pela cozinha com facilidade enquanto Birdie toma o telefone de mim para segurá-lo ela mesma.

Eu me sirvo de mais vinho.

Não demora muito para que eu escute um assobio ensurdecedor vindo do meu celular, e toda discussão sobre quem deveria ter contado o que a quem é instantaneamente interrompida. Olho para o meu telefone na mão de Birdie e sorrio para Emily quando ela tira o polegar e o indicador da boca depois de efetivamente silenciar a todas.

— Sim, Wren contou para mim e só para mim, porque eu sou a fiel escudeira dela — explica de uma maneira calma e clara para as outras na minha cozinha. — Assim como Birdie desabafou com a Tess dizendo que ela nunca sentiu que era boa o bastante para Palmer, e Wren só ficou sabendo muito depois, do mesmo jeito que Tess disse a Birdie que achava que estava se apaixonando por Bodhi e não admitiu isso para Wren até que ela ouviu Tess no telefone.

Aponto minha taça para as duas, dando meu apoio tácito ao que Emily está dizendo. Fiquei um pouco triste porque nenhuma delas me procurou primeiro para falar de coisas tão importantes, mas entendi o tipo de vínculo que as duas têm.

— Isso é só... uma surpresa imensa — Birdie comenta, ao balançar a cabeça, ainda incapaz de acreditar que eu escondi por um ano... o que quer que seja que eu tinha com Shepherd Oliver e nunca contei a ela. — O atleta de todos os atletas, rei do baile, o cara mais popular que já existiu no ensino médio da Escola da Ilha Summersweet, e o cara por quem você tinha uma queda tão grande que aprendeu, ainda no ensino médio, tudo o que havia para saber sobre beisebol, conversou com você por um ano inteiro, e você nunca disse uma palavra. Eu pensei que algo estava acontecendo com você alguns anos atrás, mas concluí que era coisa da minha cabeça. Caramba, Wren! É como se todas as suas fantasias do ensino médio e da adolescência ganhassem vida em uma explosão de magia e encanto! Como em um episódio de *Sabrina*, mas sem a adoração ao Diabo e o sacrifício de almas humanas. E você está sentada aí bebendo vinho como se não fosse grande coisa!

— Fale por você — Emily fala do telefone. — Acabei de sacrificar uma alma humana no almoço ontem, antes da manicure. E tenho certeza de que é grande coisa, sim. — Ela me dá um sorriso simpático da tela. — Você pode gritar. Eu sei que você quer.

*Meu Deus, eu sinto tanto saudade dela.*

— Vou sair e fazer isso mais tarde na praia vazia, como uma pessoa civilizada — digo a ela, tentando sorrir, mas percebo que dói demais quando olho para Tess e Birdie. — Nós éramos amigos. Ou algo assim — digo a elas. — Por mais que eu sempre tenha esquecido que ele era famoso e importante, eu ainda via as mulheres que ele levava para festas e as que o acompanhavam para eventos. Ele não estava sentado esperando por mim nem nada assim, então eu apenas gostava do fato de que eu tinha alguém na minha vida que não era da família e que parecia se importar comigo e queria saber como foi meu dia. Ou assim eu pensei. Ele entrou na minha vida enviando mensagens privadas, se tornou uma parte tão importante dela até que meu dia não parecia completo a menos que eu falasse com ele pelo menos uma vez, até que eu confiasse nele e dependesse dele, e foi tão *bom* ter alguém me ajudando a tomar decisões sobre Owen pelo menos uma vez. E então ele cortou toda a comunicação sem nem mesmo uma explicação, parou de responder minhas mensagens e nunca mais falou comigo até que apareceu na sala dos fundos da Girar e Mergulhar esta noite.

Tenho certeza de que sei *por que* ele parou de falar comigo naquela semana entre todas as semanas possíveis, mas não estou mentalmente preparada falar disso com elas no momento. Já é ruim o suficiente eu ainda lembrar do quanto foi difícil tentar não vomitar nem chorar até dormir as várias vezes em que eu estava assistindo a ESPN e tive que ver o replay de uma mulher que parecia uma modelo da Victoria's Secret professar seu amor eterno por ele bem no *home plate*. E nem consigo pensar no quanto cheguei perto de reservar um voo para Washington no dia seguinte à lesão dele. Eu estava digitando a data de validade do cartão quando percebi o quanto seria ridículo.

Escuto um clique, e de repente há uma pequena chama tremulando para frente e para trás diante do meu rosto.

— Posso fazer uma ligação e descobrir em que chalé ele está ficando — Tess diz, o fogo do seu isqueiro pisca quando a brisa do ventilador de teto nós o atinge. — Eu sei por experiência prévia que bonés pegam fogo rápido. É só você perguntar para o Palmer.

— Ele ainda está chateado por você ter queimado o boné da sorte dele — Birdie reclama, no que eu tiro, com todo cuidado, o isqueiro da mão de Tess. A chama se apaga quando seu dedo escapole do botão. Coloco o isqueiro rosa no balcão, penso melhor e o empurro para longe do alcance de Tess.

— Por mais tentador que pareça, não vamos tacar fogo nas coisas dele.

— Então você vai fazer da vida dele um inferno e dar um gelo no cara? Excelente. Eu gostava do cara, mas agora ele está no meu caderno. Vou começar a praticar a minha cara de nojo. "Pau no cu" ainda é um bom insulto, ou tem algo melhor?

— Prefiro "brocha". É engraçado, sendo verdade ou não — Emily dá de ombros.

— Acho que "monte de bosta" — Tess sugere, prestativa. — É agressivo e faz você pensar em uma mãe dos anos setenta, com um cigarro na boca enquanto voa pela estrada, se inclinando para o banco de trás da caminhonete para bater nos filhos que não param de brigar.

— Não vamos usar *nada* disso — eu as interrompo. — Sou uma mãe de trinta e quatro anos de um filho adolescente e dona de uma empresa; preciso dar bom exemplo. Eu o deixei lá sem dizer nada porque eu estava em choque, e só precisava me afastar dele para clarear minha cabeça. Eu mereço respostas, e vou lidar com ele. Só não agora. Primeiro, preciso de um tempo para colocar a cabeça em ordem.

Birdie estende a mão sobre o balcão e a pousa em cima das minhas, e Tess afaga minhas costas com a palma da mão.

— Você vai conseguir. — Emily pisca para mim da tela do meu celular, que Birdie está segurando na minha direção. — Você é uma mulher forte e independente que cria o filho sozinha e que às vezes deixa as pessoas tirarem vantagem do fato de você ser incrivelmente legal e generosa, mas ainda assim você é do caralho.

Sorrio para ela, sabendo que minha amiga está certa, sobre as duas coisas, quando Tess se inclina para mais perto de mim.

— Quando você diz que se afastou dele, por favor, me diga que você não saiu seu dizer nada.

— Ah, eu o chamei de pilha de lixo humano antes de ir embora. — Aceno com a cabeça, séria.

Todo mundo dá risada, sabendo que isso não é nada do meu feitio. Em quinze anos, eu nunca disse a Kevin o que acho dele. Meu lema sempre foi desarmar as pessoas sendo boazinha. Eu não sou uma pessoa má que xinga os outros só para me sentir melhor. Normalmente. Trinta segundos no mesmo ambiente que Shepherd, e não tive nenhum problema em dizer o que eu pensava dele. Estranho.

— Então, concluindo, vou lidar com Shepherd Oliver, mas não agora. Além disso, posso ganhar um presente de Natal antecipado e, ao acordar amanhã, descobrir que ele foi embora. — Dou de ombros, tomando um gole de vinho para encobrir a mentira de que eu ficaria feliz com algo assim.

Não fico nada feliz ao pensar que posso ter desperdiçado minha única chance de enfim arrancar algumas respostas do cara, e pessoalmente ainda por cima. Estando ou não brava e magoada com ele, o pensamento de que os trinta segundos que Shepherd ficou parado na minha frente antes de eu fugir podem ter sido a única vez que estarei tão perto dele novamente faz meu peito e minha garganta se apertarem de emoção, e luto para engolir o vinho.

— Puta merda, o Shepherd Oliver está em Summersweet e foi na Girar e Mergulhar, e você não me contou?

Nós três, junto com Emily ao telefone, nos viramos e olhamos para a sala quando ouvimos Owen gritar. Ele está parado no meio da sala, sem camisa, usando apenas um calção cinza, o cabelo despenteado do travesseiro, segurando o celular apontando para mim com um olhar irritado no rosto. Não consigo ver a tela do seu telefone daqui, mas presumo que um de seus amigos deve ter visto Shepherd na cidade mais cedo, tirou uma foto e enviou para ele.

— Parece que você pode ter que lidar com Shepherd um pouco mais cedo do que pensava — Birdie me diz, quando deixo minha cabeça cair no balcão e a bato algumas vezes lá. — Você precisava de algo para agitar sua vida. Essa pode ser uma oportunidade muito necessária para você se divertir.

Meu filho não só herdou minha aparência e altura, mas também meu amor pelo mesmo jogador de beisebol, o que é um tanto quanto divertido para mim neste momento. Enquanto Owen continua me repreendendo lá da sala por não ter contado a ele que seu jogador de beisebol favorito e a razão pela qual ele se tornou um *center field* está na ilha, eu continuo batendo a cabeça no balcão, esperando soltar alguma coisa que me dará forças para lidar com a situação.

# CAPÍTULO 5

## "É DE VERDADE?"

### wren

— Mas você viu aquela bunda? *Meu Deus*. Meu marido nunca teve uma bunda redonda e firme assim, nem quando era adolescente. Parece ainda melhor pessoalmente do que na televisão.

— Tisa conversou com ele ontem à noite, quando o cara chegou à ilha, e disse que a risada é igual chocolate quente derretido sendo derramado sobre seu corpo.

— Sharon Worsham o viu correndo na praia hoje de manhã sem camisa e derramou café na blusa dela, os seios dela tiveram queimaduras de terceiro grau. Ela disse que valeu muito a pena. Vou encaminhar para você a foto que ela me enviou. O homem é *trincado*. Ele era gostoso no ensino médio, mas isso aqui é outro nível.

— Taryn Johnston o viu no Supermercado Summersweet e me mandou uma foto dele escolhendo toranja na seção de hortifrúti. Olha esses bíceps testando a firmeza da fruta.

— Aumenta o zoom. Ai, meu *Deus*, acho que acabei de engravidar. Taryn está fazendo um ótimo trabalho. Envie essa para mim também.

— Para mim também! Preciso de material novo para avivar a imaginação, já que eu...

— Senhoras! — Eu finalmente grito, me virando e estreitando os olhos para as mães sentadas nas arquibancadas mais para trás de mim, do outro lado do alambrado em que estou encostada, todas pairando em torno do celular de alguém. — Há adolescentes por aqui. Podemos falar um pouco mais baixo, por favor?

*Ahhh, por que eu sempre tenho que dar uma de mãe?*

Na mesma hora, o grupo de mulheres para de fofocar sobre o homem que me manteve acordada a noite toda, e imediatamente me sinto mal. Minha irritação agora não é com elas; mas se eu tiver que ouvir mais uma pessoa falar do quanto Shepherd Oliver é gostoso, eu posso atear fogo neste campo de beisebol todinho.

— Desculpe! Só estou um pouco cansada e mal-humorada hoje — trato de explicar e dou um risinho, não querendo que elas fiquem bravas comigo.

Elas me lançam sorrisos tristes e solidários, e tento ao máximo não deixar isso me incomodar, mas não consigo. Sempre me incomoda quando as pessoas me olham com pena, mas eu apenas sorrio e finjo que não foi nada. Wren, a pobre mãe solo que tem um babaca idiota como pai do seu filho. Não sou a única mulher em Summersweet que cria o filho sozinha; sou apenas a única sem vida além do trabalho e do filho. Enquanto essas mães estão vivendo a melhor fase da vida em aplicativos de relacionamento, grande parte da minha empolgação vem ao ato de tirar o edredom da cama e cair de cara no travesseiro.

— Vou te mandar a foto do Shepherd Oliver sem camisa na praia. Com certeza isso vai te animar. — Ashley Morgan acena para mim com um sorriso confiante.

— Por favor, não — murmuro, quando ouço o estalo de um taco e percebo que eu deveria estar cuidando do treino de beisebol.

Além da ressaca fenomenal e da exaustão que eu não sentia desde que meu filho era um recém-nascido cheio de cólica, com a equipe de Owen sem treinador e um torneio importante chegando em breve, organizei um pequeno grupo de pais que entendem bastante de beisebol para ajudar a preencher a vaga depois que nosso treinador pediu demissão algumas semanas atrás. Eu só deveria estar a cargo do treino amanhã, mas o pai de Alex está gripado, e eu sou a única outra treinadora do grupo de pais que não trabalha fora da ilha e tem um horário mais flexível para poder estar aqui logo depois que as crianças saem da escola.

Eu sou *sempre* a única que tem o horário mais flexível e que não tem uma vida.

— Boa, Dominic! — Eu aplaudo e grito para o *right fielder* que acabou de fazer uma bela pegada, e presto atenção ao treino em vez de sentir pena de mim mesma. Pedi para alguns veteranos da equipe da escola ajudar esta noite, fazendo lances para os *fielders*. Dou um toca aqui na luva que Dominic estende para mim quando ele corre do campo externo. — Vá até o cercado de rebatidas para fazer alguns exercícios e mande Max para cá quando você chegar lá.

— Sim, srta. Bennett!

Quando Dominic sai, levo um minuto para ver Owen fazer a própria pegada perfeita, deixando a ele e aos outros dois colegas de equipe ficarem mais alguns minutos antes de mandá-los para o treino de rebatidas e transferir o resto dos rebatedores para o campo externo. Fecho os olhos, descanso os cotovelos em cima da cerca atrás de mim, deixo as mãos penduradas para frente e ignoro a conversa tranquila das mães nas arquibancadas que voltaram a falar dos planos para o fim de semana. Puxo algumas respirações profundas e calmantes e desfruto do cheiro do oceano e da grama recém-cortada, e dos meus sons favoritos no mundo: as pancadas dos tacos nas bolas e os estalos dos arremessos voando direto para as luvas.

Passei o resto da noite passada, depois que Tess e Birdie foram embora, terminando uma garrafa inteira de vinho sozinha e depois olhando para o teto do meu quarto a noite toda após um banho rápido, mal conseguindo dormir duas horas. Estou cansada, de ressaca e irritada comigo mesma, e nem mesmo algumas horas de folga da Girar e Mergulhar esta tarde podem me fazer me sentir melhor. Ouvir as mães falarem do Shepherd só me lembra de que ele está *aqui*, e eu não imaginei tudo isso. Revirei na cama a noite toda, pensando em como me comportei quando o vi parado na minha frente, e relembrar isso agora só aumenta minha dor de cabeça e a náusea revirando o meu estômago, nem mesmo meus sons favoritos fazem com que eu me sinta melhor.

*Eu o chamei de pilha de lixo humano.*

— Como você está?

Meus olhos se abrem, viro a cabeça e vejo Birdie de pé do outro lado da cerca, com os braços apoiados bem ao lado dos meus. Seu cabelo loiro está dividido ao meio em duas tranças francesas, e ela está tão linda como sempre vestindo uma das roupas que usa para trabalhar: uma camiseta branca com o logotipo da SIG em preto e uma saia de golfe branca e curta. Prestei mais atenção quando peguei uma camisa do meu armário esta manhã e pelo menos não coloquei uma com o sobrenome de Shepherd em letras maiúsculas nas costas. Mas eu ainda estou usando uma das camisetas velhas do meu filho, como sempre, com outro short jeans surrado e o meu All Star favorito: o branco e muito batido. Pelo menos arrumei meu cabelo em um novo coque bagunçado quando acordei, em vez de sair com o que fui para a cama ontem à noite, depois do banho. Eu diria que é um progresso.

— Quero vomitar na lata de lixo mais próxima e gostaria que alguém apagasse o sol. É tão brilhante — sussurro, e assobio depois dessa última parte, fazendo minha irmã rir.

— Desculpe. Tess e eu provavelmente deveríamos ter levado o resto do vinho com a gente quando fomos embora. E eu não estava falando da sua ressaca. Mas "daquele que não deve ser nomeado".

— Você pode dizer o nome dele. Está tudo bem — digo a ela, parando para encarar meu filho a cem metros de distância, e então grito quando ele cai desnecessariamente no chão e rola depois de pegar uma bola. Ele quase deixou a bola cair com a sua necessidade de parecer mais legal. — Pare de tentar se exibir, Bennett! Apenas pegue a bola!

— Aaaaah, o Owen levou uma chamada da *mamãe*!

Infelizmente, isso não foi gritado por um dos colegas de equipe de Owen, mas por sua tia. Owen dá língua para Birdie antes de voltar para o lugar.

Eu nunca fui uma daquelas mães que acham que os filhos não fazem nada de errado. Eu serei a primeira a chamar a atenção quando ele estiver sendo um idiota. Quando tomei a decisão de me tornar treinadora, procurei ter certeza absoluta de que Owen aceitaria bem. Ele sempre esteve de boa comigo ajudando no treino, mas isso é diferente. Estou *liderando* os treinos e não posso deixar meu próprio filho passar por cima de mim nem se safar, ou quinze outros adolescentes, todos eles mais altos do que eu por pelo menos quinze centímetros e não menos que quinze quilos mais pesados, vão pensar que podem fazer a mesma coisa. Owen não quer que eu o trate de forma diferente, então eu não trato. E isso inclui chamar sua atenção quando ele estiver sendo um idiota.

— Eu o chamei de lixo humano — digo, por fim, alguns minutos depois, com um suspiro, quando os meninos estão todos fazendo o que devem fazer por enquanto.

— Se cheira a lixo, então provavelmente é lixo, e o que aquele homem fez com você cheira a merda a quilômetros de distância.

— Você faz umas analogias muito estranhas às vezes — comento, e logo fico séria quando meus pensamentos voltam para o assunto em questão. — Não gosto de ter sido má com ele, Birdie. Não sou uma pessoa má. Eu posso ter sido meio metida a besta e um pouco babaca quando estávamos conversando, mas não malvada. Ele não é um monte de lixo humano, é o exato oposto. Ele é fofo, engraçado, gentil, atencioso e generoso. Eu não posso tratar o cara mal só porque ele encontrou alguém que dava valor a todas essas coisas e porque ele não precisava mais de mim. Não posso ficar brava com ele por ter uma vida nem por se apaixonar, mas ainda estou magoada. Nós éramos amigos. Ele me chamava de amiga por correspondência. Quero dizer... foi idiotice minha criar qualquer tipo de fantasia com ele ou ficar brava por ele encontrar a felicidade.

*Eu só queria que ele tivesse encontrado comigo.*

— Então é isso? Nenhuma ameaça de arrebentar os joelhos dele com um taco de beisebol? Nada de gritar *brocha* do outro lado do estacionamento? Você vai simplesmente perdoar o cara e seguir com a vida? — Birdie pergunta, o rosto deixando transparecer um pouco de decepção por não haver violência.

— Não sou o tipo de pessoa que guarda rancor.

*Tipo, daqui para frente. Não vamos contar o ano passado.*

— Como eu disse a vocês ontem à noite, vou ser madura com essa situação. Assim que o vir de novo, vou me desculpar pela maldade, para que eu possa aliviar minha consciência, e então dar a ele uma chance de se explicar — concluo.

— Provavelmente seja uma decisão sábia fazer as pazes o mais rápido possível — Birdie assente. — Audrey Hessler, da *Island Brew*, me disse, quando parei para tomar um café hoje de manhã, que ele alugou um chalé com contrato anual, e não por temporada. Se ele vai ficar aqui por um tempo, vocês vão se encontrar, e não faz sentido deixar as coisas estranhas como eu fiz com Palmer quando continuei fugindo dele e evitando o cara.

Ela fez isso, embora eu tenha dito o tempo todo para ela não fazer.

E ouvi uma das mães falar a mesma coisa sobre Shepherd e o chalé de aluguel anual, foi antes de começarem a falar sobre o homem como se ele fosse um pedaço de carne. A lei de Summersweet afirma que quando um boato é contado duas vezes, é um fato; então, que ótimo.

— Harrison! — grito, interrompendo nossa conversa mais uma vez para focar a atenção no treino e nos garotos rebatendo. — Você não consegue acertar a bola se não puder vê-la! Mantenha a cabeça baixa durante *todo* o movimento.

Birdie e eu ficamos em silêncio por alguns minutos, observando Harrison se aproximar para o próximo arremesso. Ele mantém a cabeça baixa, como instruí, e se estivesse rebatendo em um jogo em vez de receber lances suaves de um de seus colegas de equipe que estava sentado em um balde nem perto dele, e sua rebatida fosse para o campo em vez de para uma rede a poucos metros de distância, teria sido uma boa bola, sem sombra de dúvida. Grito algumas palavras de encorajamento para Harrison, há um sorrisinho satisfeito no meu rosto até que começo a falar novamente com minha irmã enquanto olho às cegas para o campo.

— Na próxima vez que eu vir Shepherd, vou ser educada, madura e pedir desculpas. Você está certa, e não faz sentido criar uma situação desconfortável. — Suspiro, e olho para a bainha da camiseta velha de Owen, concentrando toda a minha atenção em um fio que se soltou enquanto eu mexia nela. — Já vai ser estranho ver o cara o tempo todo e fingir que ele não significa nada para mim, mesmo depois do quanto ele me magoou.

Agora ele tem alguém importante em sua vida. Não sei se ela vai ou não se juntar a ele aqui na ilha para sua estadia prolongada, mas posso simplesmente esperar esse desfecho e começar a me preparar. Mesmo que Shepherd me dê uma explicação racional para o que aconteceu entre nós, ainda assim ele não é meu. Ele nunca foi meu; apenas o peguei emprestado por um tempo. Agora, ele tem uma mulher disposta a ir em rede nacional e dizer ao mundo o quanto o ama, enquanto eu não fazia ideia de como dizer a ele que vê-lo jogar na televisão sempre foi o momento mais emocionante da minha vida, e também trocar mensagens com ele. Não posso nem ter esperança de retomar a amizade. Nenhuma mulher em sã consciência ficaria de boa com o namorado conversando com outra o tanto que a gente se falava, e não posso nem achar ruim com ela.

Minha irmã faz carinho nas minhas costas quando ouço o som de notificação de mensagem recebida no meu telefone. Tiro o aparelho do bolso de trás e clico na nova mensagem sem prestar atenção em quem a enviou.

— De nada! — Ashley fala da arquibancada atrás de mim, quando a foto que ela enviou abre no maior tamanho possível no meu celular e meus joelhos quase fraquejam.

— Meu Deus, é assim que ele é por debaixo da camisa dos Hawks? — Birdie geme por cima do meu ombro ao olhar para o aparelho na minha mão, e posso ouvi-la ofegar no meu ouvido.

Ou talvez seja eu…. Sim, sou eu. *Minha Nossa Senhora, ele parece ter sido esculpido em mármore.*

Incapaz de evitar, pressiono os dedos na tela e amplio um pouco mais,

**TARA SIVEC**

aproximando o celular do meu rosto enquanto Birdie está praticamente escalando a cerca atrás de mim para conseguir ver melhor por cima do meu ombro.

— Perdoe o cara. Perdoe o cara agora mesmo, mesmo que ele diga que parou de falar com você porque alienígenas invadiram seu cérebro e ele perdeu todo o controle. Com um corpo desses, não importa o que ele diga — Birdie sussurra em aprovação, seu queixo agora está apoiado no meu ombro.

— Uau… quero dizer… *Uau.* — São as únicas palavras que consigo murmurar enquanto olho para uma foto de Shepherd reluzindo, coberto de suor, com areia chuviscando às suas costas enquanto ele corre a poucos metros da arrebentação, usando nada além de um calção azul, um boné virado para trás e um corpo cheio de músculos cobertos de suor.

— Sharon deve ter o modelo mais novo do iPhone, esse com várias câmeras. Olhe para esse detalhe — Birdie sussurra quase com reverência.

— Você pode contar os pelos do caminho da felicidade.

Já vi muitas fotos de Shepherd ao longo dos anos, algumas para as quais ele posou, outras que não tinham nada de mais e foram tiradas por paparazzi. Muitas delas eram sensuais pra caramba. Mas isso aqui é de outro mundo, e estou começando a me perguntar se a possibilidade de ele ter sido abduzido por alienígenas pode ser verdade e se eles o alteraram geneticamente.

— Assim… isso não pode ser de verdade, né? Alguém deve ter photoshopado essa foto desde o momento em que Sharon a tirou até agora — murmuro, inclinando a cabeça para o lado para realmente apreciar a beleza da entradinha em "V" de seus quadris e abdômen inferior.

— Ah, é de verdade, com certeza. E nem é o meu ângulo bom.

Birdie e eu gritamos ao mesmo tempo, mas enquanto ela tem o luxo de estar de mãos vazias quando se vira para o homem que estávamos cobiçando, meu choque por ser pega em flagrante faz meu celular voar das minhas mãos. Luto com o aparelho por alguns segundos antes de finalmente segurá-lo firme, eu ignoro a risada do homem atrás de mim. Obrigo o rubor envergonhado sumir das minhas bochechas enquanto enfio o celular de volta no bolso do short. Determinada, ergo o queixo na direção dele quando do enfim me viro para encará-lo.

E então me arrependo imediatamente quando vejo suas covinhas; meus olhos querem olhar para qualquer lugar, menos para elas. Naturalmente, eles voam direto para o seu torso. Não importa se agora está coberto por uma camiseta preta de algodão macio com o mascote dos Hawks na frente. Meus olhos nunca, nunca vão parar de ver Shepherd Oliver sem camisa sempre que olhar para ele. Essa imagem agora está gravada no meu cérebro. E outra risada baixinha dele, que realmente parece chocolate quente derretido sendo derramado sobre meu corpo, me diz que ele sabe que aquela imagem está gravada no meu cérebro.

*Olhe para os olhos dele, sua idiota!*

Quando finalmente faço isso, o sorriso satisfeito em seu rosto ainda está lá, mas suaviza um pouco quando ele fala.

— Oi, Wren.

Quando meu corpo ameaça ficar arrepiado só de ouvi-lo dizer meu nome novamente, uma faísca de aborrecimento passa por mim, e eu o olho com cara de poucos amigos. Shepherd não pode simplesmente se aproximar de mim assim, *duas vezes*, e vir com essa de "Oi, Wren". Quem ele pensa que é?

— O que você quer?

As palavras marcadas e ríspidas saem da minha boca antes que eu possa detê-las. Em vez de se sentir mal, o sorriso no rosto de Shepherd aumenta quando sou rude com ele, o que só me irrita mais.

*O que você está fazendo? Você deveria estar se desculpando com ele!*

— Só queria conferir o treino por alguns minutos. — Ele dá de ombros, vira a aba do boné de beisebol para trás, então seus olhos não estão mais protegidos.

— Ah, agora ele está jogando sujo — Birdie sussurra em meu ouvido, ela se derrete toda vez que Palmer vira o boné para poder vê-la melhor.

Dane-se. Não há nada derretendo por aqui só porque é a coisa mais linda observar algumas mechas sedosas de cabelo castanho escapando do buraco do boné e posso ver claramente seus olhos azul-claros e brilhantes que são tão lindos que tive vários sonhos com eles me olhando de cima.

*E vários múltiplos...*

*Não! De jeito nenhum. Ele é um idiota!*

Cruzo os braços, mantenho o olhar firme e miro um ponto entre seus olhos em vez de diretamente para eles.

— Bem, agora que você conferiu, pode ir embora. Se meus jogadores o virem aqui, o treino não vai acabar nunca.

— Então você tem tudo sob controle? — Shepherd pergunta, uma expressão de total seriedade em seu rosto, e por um minuto, eu acho que ele vai me ouvir de verdade. Na mesma hora me sinto mal com minha atitude, e meus ombros relaxam um pouco. — Você não quer talvez, eu não sei... treinar um pouco no "meio de campo"?

Seu uso da terminologia idiota que eu errei com ele de propósito, e o fato de que ele provavelmente está aqui por sabe-se lá Deus quanto tempo me observando conduzir o treino, significa que ele sabe que a festa acabou e que eu menti para ele.

— Não é campo central? — Birdie fala, porque é o que ela faz. — Não entendo muito de beisebol, mas sei qual é a posição do meu sobrinho favorito.

Shepherd dá uma risadinha, mas esta beira mais a irritação do que o bom humor, enquanto imita minha pose e cruza os braços. Isso acende outra centelha de aborrecimento em mim, mas desta vez é uma grande queima de fogos de artifício, cheia de explosões.

— Engraçado — Shepherd comenta, sem achar graça nenhuma no que continua a sustentar meu olhar enquanto fala com Birdie. — Não achei que sua irmã entendesse alguma coisa sobre beisebol. Sabia com certeza que ela nunca tinha feito algo tão *entediante* quanto me ver jogar na televisão. Então me surpreendi quando estive aqui algumas semanas atrás, e você me disse que ela era uma grande fã e quantas das minhas camisetas ela possuía. Acho que você disse mais de vinte, certo? Ou eram vinte e cinco?

Agora Shepherd *sorri* ao olhar para mim, e minha cabeça vira devagar para encarar Birdie por cima do meu ombro.

— Opa! — ela diz, fazendo careta aos mostrar os dentes. — Eu posso ter esquecido de mencionar que deixei essa parte escapar.

Sabendo que meu cérebro só pode lidar com uma coisa de cada vez neste momento, afasto o olhar dela e decido lidar com essa traição mais tarde. Quem liga se ele sabe que eu menti? Nem somos mais amigos. Se ele acha que pode ficar aqui bancando o altivo e todo-poderoso comigo sendo que ele era o maior idiota, Shepherd pode muito bem ir para o inferno.

— Dane-se. E daí que eu nunca perdi um dos seus jogos? — digo a ele com um revirar de olhos. — Seu ego já era grande o suficiente. Você não precisava de outra pessoa bajulando e puxando seu saco te enchendo de elogios. E eu nunca disse que não entendia nada de beisebol. Quando falei que nunca te vi jogar, você *supôs* que eu não entendia nada. Apenas não quis ter o trabalho de te corrigir. Se você não se importa, eu tenho um treino para supervisionar e não preciso de nenhuma distração agora.

— Então eu sou uma distração, hein? — Shepherd pergunta, com um brilho idiota no olhar e um sorriso nos lábios.

Uma imagem de Alana Caldwell beijando aqueles lábios enquanto eles estavam juntos no *home plate* passa pela minha cabeça, o que faz meu peito e garganta se apertarem, o que só me irrita ainda mais por ele estar tentando ser todo fofo comigo.

*O que há de errado com você, Wren? Recomponha-se! Respire fundo, lembre-se de quem você é e pare de ser má! Você não é assim! Comece de novo, peça desculpas e depois entrem em um acordo para evitar um ao outro a todo custo pelo resto dessa "estadia prolongada" dele aqui na ilha.*

Bem quando respiro fundo criando coragem para que eu possa fazer tudo isso, outra notificação de mensagem soa no meu celular no bolso de trás do jeans.

— É bom você ver o que é — Shepherd me diz, quando eu ignoro. — A menos que tenha medo de que seja outra foto minha sem camisa e que não será capaz de lidar com ela.

Rosnando baixinho, pego meu celular no bolso; não há necessidade de abrir a mensagem quando posso ver claramente o que diz na minha tela de bloqueio.

*Nem a pau.*

— Isso é uma piada? — Birdie pergunta, mais uma vez olhando por cima do meu ombro.

A mensagem de texto que o diretor atlético manda em grupo para todos os pais da equipe de beisebol de Owen não é uma piada, sem dúvida nenhuma, e a li três vezes antes de finalmente entender.

> Caros pais da equipe de beisebol, estou feliz em anunciar que finalmente contratei um novo treinador. É com grande prazer que informo que o próprio Shepherd Oliver de Summersweet decidiu se aposentar do beisebol profissional e assumir o cargo permanentemente! Vamos todos dar a ele as boas-vindas de volta para casa!

— Olha, isso é constrangedor — Shepherd comenta, não há nada além de humor soando alto e claro em sua voz. — Parece que você foi demitida, treinadora. Não se preocupe, serei gentil com os jogadores do meio de campo enquanto eles fazem *touchdowns* e marcam gol.

*Tudo bem, eu não fui tão idiota falando de beisebol.*

— Você... você... — gaguejo, incapaz de acreditar no que está acontecendo neste momento.

**TARA SIVEC**

— Você, seu homem incrível, maravilhoso e bonito que parece photoshopado sem a camisa? — Shepherd sugere quando não consigo encontrar palavras.

Eu tinha toda a intenção de me desculpar com esse homem por ter sido grossa com ele na última vez que o vi; porque não sou uma pessoa má e não digo coisas assim para os outros só para me sentir melhor. Minha boca apenas abre e fecha como se eu fosse um peixe fora d'água, tentando formar as palavras para me desculpar com ele e começar de novo, mas não consigo obrigá-las a saírem, não importa o quanto eu tente. Shepherd ainda está aqui sorrindo para mim, ainda estou mortificada por ele ter me pegado babando em seu torso nu, e agora ele vai ser a droga do treinador de beisebol de Owen, e eu nunca vou ser capaz de evitá-lo!

Tantas palavras estão voando pelo meu cérebro, todas elas querendo ser ouvidas, os insultos lutando com as desculpas até que tudo borbulha ao mesmo tempo, e eu só sou capaz de balbuciar as que chegam primeiro.

— Seu... Seu... *pau no cu!*

— O que aconteceu com ser madura? — Birdie sussurra em meu ouvido enquanto eu me afasto dos olhos arregalados de choque de Shepherd para olhar na direção dela.

— Sua boca de sacola!

— Nossa, ei, calma! — Birdie grita, erguendo as mãos diante de si e dando um passo para longe de mim. — Estou do seu lado.

— Desculpa — murmuro rapidamente quando ela abaixa as mãos e assente.

Eu não sei nem o que está acontecendo comigo neste momento. Sinto que estou enlouquecendo, e agora que as comportas foram abertas, não consigo fechá-las, não consigo parar de ser má, e é tudo por causa do homem gostoso e irritante parado bem ao meu lado.

— Tudo bem. É totalmente compreensível. Continue — minha irmã encoraja.

Quando escuto Shepherd pigarrear alto como se ele estivesse esperando por seu próprio pedido de desculpas vindo da minha parte, eu me abaixo e pego a bolsa vermelha de cordão com o mascote da equipe do ensino médio da Escola da Ilha Summersweet na qual coloco algumas garrafas de água e uma barra de granola para mim, então me levanto para encará-lo.

— Você ainda é um pau no cu. Desculpa, só que não.

Com isso, eu me viro e começo a ir para o estacionamento, vitoriosa, meus pés falham algumas passadas até pararem quando percebo que tivemos público durante toda a conversa. As mães sentadas juntas nas arquibancadas estão olhando chocadas de mim para Shepherd. Não tenho certeza se é porque Shepherd Oliver está bem na frente delas, se é porque Shepherd Oliver agora vai treinar seus filhos, ou porque acabei de chamar o Shepherd Oliver de pau no cu. Bem alto. *Duas vezes*. Depois de repreendê-las por serem inapropriadas há menos de dez minutos.

— Espero que todas tenham uma noite *maravilhosa*. É sempre um prazer ver vocês.

Por alguma razão ridícula, adiciono uma reverência e um sorriso largo para todas as mulheres boquiabertas e começo a andar o mais rápido que meus pés me permitem sem sair em uma corrida desenfreada e parecer mais idiota ainda.

— Foi um prazer me ver também? — Shepherd grita atrás de mim, e posso ouvir aquele maldito humor em sua voz.

Em resposta, continuo andando mais rápido e ergo o punho no ar. E por eu já ter passado vergonha o suficiente neste campo de beisebol estudantil com minha linguagem chula, não levanto o dedo do meio como quero, mas eu sei que Shepherd entende o que quero dizer.

— Isso é um sim ou você está tentando imitar John Bender em *Clube dos Cinco* quando ele atravessa o campo de futebol no final do filme? — Shepherd grita, todo contente.

— *Don't you... forget about...*

Abafo o barulho de todas as mães nas arquibancadas de repente cantando a música icônica daquele filme dos anos oitenta, junto com minha irmã traidora gritando por cima delas a plenos pulmões: *Você não... se esqueça de...*

— Ai, meu *Deus*, eu amo essa música!

Baixando meu punho em derrota, caminho rapidamente pelo resto do caminho até o estacionamento, odiando muito minha vida neste exato momento.

TARA SIVEC

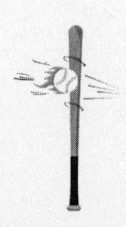

# CAPÍTULO 6

## "NUNCA DEIXE O MEDO DE ERRAR MANTER VOCÉ FORA DO JOGO."

### shepherd

As últimas noites de treino com minha nova equipe foram uma loucura, para dizer o mínimo. Eles são um grupo ótimo de garotos muito talentosos. Estar no campo com eles, ensinando novas técnicas e a emoção de vê-los ter sucesso, além de ainda poder comer, dormir e respirar beisebol, mas de uma maneira muito mais relaxante e divertida, só me faz perceber mais uma vez a boa decisão que tomei ao voltar para cá.

Mas acabamos de terminar o treino número três, e ainda levo mais de quarenta minutos para acalmar os meninos no início de cada um e convencê-los a começar a treinar e parar de me fazer perguntas sobre como é jogar na liga profissional. Não posso culpá-los por seu entusiasmo; é muito fofo, de verdade. Até por volta dos trinta e cinco minutos, quando ninguém pegou ainda um taco ou uma bola; mas por enquanto vou dar esse desconto para eles. Eu não conseguia nem imaginar o que teria feito como calouro no ensino médio se um dos meus ídolos do beisebol viesse à minha escola e começasse a treinar minha equipe. Estou tentando ao máximo fazer com que eles vejam que sou apenas um cara normal que cresceu nesta pequena ilha, assim como eles. Alguns garotos demoram um pouco mais do que outros para relaxar, mas tudo bem. Eu tenho todo o tempo do mundo agora.

Quando escuto o barulho de um carrinho de golfe entrando no estacionamento da Escola da Ilha Summersweet, sorrio para mim mesmo ao me inclinar em um poste de luz na calçada em frente ao campo de beisebol. Após passar os últimos dias chegando ao treino meia hora mais cedo para me preparar e encontrando Owen já lá arrumando as coisas, e depois vendo o garoto pegar carona para casa com todos os membros de sua família, exceto sua mãe, cheguei à conclusão de que Wren está me evitando. Hoje decidi chegar *uma hora* mais cedo para o treino, e mantenho meu sorriso firme, mesmo ela fazendo careta para mim enquanto para no meio-fio.

— E aí, Owen? — cumprimento meu jogador favorito, embora eu jamais vá dizer isso a alguém, pois treinadores não deveriam ter favoritos, assim como os pais não deveriam ter filhos favoritos. Mas acontece. Ah, e como acontece. Só depende do dia que você perguntar a eles.

Owen murmura um oi apressado, ao olhar para baixo, e bate o punho no meu ao sair rapidamente do banco do passageiro do carrinho de golfe de Wren. Não sei se Owen é meu garoto favorito porque ele é a cara de Wren e, mesmo depois de poucos dias, posso ver que ele tem um coração tão grande quanto o dela, ou se é porque ele é o único garoto da equipe que não me bajulou desde que cheguei. Ele não me pediu autógrafo, não implorou por uma foto e não me perseguiu com mil perguntas sobre minha carreira. Ele é reservado, um pouco tímido e maduro para sua idade, sempre repreendendo os colegas de equipe quando eles não param com as perguntas, afastando-os de mim e mandando-os treinar.

Mas eu tenho lidado com fãs desde que tinha vinte anos. Sei como é quando um de seus maiores fãs está na sua frente, mas ele ou ela está fazendo tudo o que pode para bancar o legal e não perder a compostura. Owen Bennett poderia ser o garoto-propaganda desse tipo de fã. O que só me faz rir para mim mesmo quando ele pega a bolsa de treino na parte de trás do carrinho de golfe e vai correndo para o campo.

*Tal mãe, tal filho. Parece que ambos querem ter certeza de que meu ego permaneça sob controle.*

— Ei! — Wren grita para as costas de Owen, a careta desaparecendo momentaneamente, já que ela não está mais olhando para mim. — Você não está esquecendo de nada?

Olho para trás, enquanto Owen para e faz o mesmo para olhar para sua mãe.

— Eu amo você. Você é a melhor mãe do mundo — ele fala logo em seguida, me fazendo rir novamente quando ele acena para ela e continua andando.

Quando me viro para olhar para Wren, um sorriso ilumina seu rosto enquanto ela encara o filho. A mulher é tão linda, especialmente quando está

**TARA SIVEC**

olhando para o filho com todo esse amor estampado no rosto, o que faz meu peito ficar apertado. Escutei um dos garotos da equipe dizer algo para Owen sobre como ele continua esquecendo que sua mãe não é mais loira. Não me ocorre até este momento que ela agora está morena. Eu nem tinha notado a mudança da cor do cabelo dela nas duas vezes que a vi desde que voltei.

Tudo que eu tinha visto era *ela*. E tudo que eu vejo agora é ela, sentada atrás do volante de seu carrinho de golfe, o cabelo preso no coque bagunçado e adorável de sempre com mechas longas pendendo ao redor de seu rosto. Ela pode esconder da maioria das pessoas, mas posso ver claramente a exaustão, mental e física, de todas as responsabilidades com que tem de lidar e decisões que tem de tomar sozinha. Eu nunca me senti mais idiota do que me sinto agora, aqui de pé ao lado dela, sabendo que lhe dei um ombro para chorar, dois ouvidos mais do que dispostos a ouvir, e nunca hesitei em ajudá-la com qualquer coisa de que precisasse. E então tirei tudo isso dela, porque eu era idiota e egoísta. Ela precisa saber o quanto eu sinto muito e me dar uma chance de consertar as coisas entre nós, ela só precisa ficar em um lugar por tempo suficiente para eu contar a ela.

— Então, pensei que talvez depois do treino, nós pudéssemos...

Minhas palavras morrem imediatamente na língua quando o sorriso feliz e amoroso de Wren se transforma em uma expressão ranzinza quando ela por fim desvia o olhar de Owen para olhar para mim.

— Pau no cu.

Ela dá partida no carrinho de golfe e se afasta do meio-fio antes que eu possa sequer respirar. Fico chocado e me sinto um pouco derrotado por cerca de trinta segundos antes de inclinar a cabeça para trás e rir.

Me levantando dos degraus de baixo da arquibancada, sorrio e pego o imenso mocha de menta com chantilly extra que sei que é o favorito de Wren, pois ela mencionou algumas vezes durante nossas conversas. Owen me disse que ela tinha que estar na Girar e Mergulhar para uma entrega às cinco da manhã, então sei que ela deve estar muito cansada depois de trabalhar o dia todo e ir direto para o jogo do Owen.

Vejo Wren vindo em minha direção vestindo um macacão jeans azul e uma regata branca por baixo, e ela está tão linda que não entendo por que está solteira. Não entendo como tive a sorte de voltar para cá e ela ainda estar disponível.

Wren para quando chega em mim, já que estou bloqueando o caminho e a impedindo de passar, subir nas arquibancadas e se juntar ao punhado de pais que chegou mais cedo.

— Como foi seu dia? Trouxe um mocha de menta para você.

— Obrigada! — Wren sorri para mim, alegre.

*Alegre demais.*

Ela pega o copo da minha mão, e com os olhos ainda fixos nos meus e um sorriso no rosto, se inclina para a direita e joga o café direto na lata de lixo.

— Tudo bem. — Assinto com a cabeça, me certificando de não rir, mesmo que eu queira, dou um passo para trás e viro para o lado com o braço estendido para que ela possa passar. — Pode seguir.

E assim ela faz. Certificando-se de pisar no meu pé ao passar.

— Excelente noite para treinar, você não acha?

— Foda-se.

— Só se você ajudar... *brincadeirinha*! Larga esse isqueiro. Por que você carrega essa coisa?

— Eu gostaria de duas bolas de caramelo crocante, por favor.

— Acabou.

— Ok... gotas de chocolate com menta.

— Também.

— Cookie de chocolate?

— Ah, poxa, acabou de acabar.

— Deixe-me adivinhar... Você não tem nenhum dos sabores de sorvete que eu poderia querer.

— Quem disse que jogadores profissionais de beisebol são burros?

— As pessoas dizem isso?

— Eu digo. Sobre você.

— Mesma hora amanhã?

— Pau no cu.

— Você está me perseguindo?

— Estão chamando pegar o jantar do A Barca disso agora? Esses jovens de hoje em dia... sempre inventando gíria nova.

— Você é insuportável. Vá embora.

— Eu não sabia que não tinha permissão para entrar neste ótimo estabelecimento, que vende os melhores lanches, quando você está aqui. Devemos estabelecer um cronograma? Sexta-feira eles servem panquecas de abóbora, então vou precisar desse dia.

— Bem, então, você com certeza vai querer as quartas-feiras. É dia de sanduíche de merda. Você parece gostar de sentir esse sabor na boca.

— Mãããããe! Por que você está sendo estranha? Pelo amor de Deus!

— Por quanto tempo você pretende continuar com isso?

— Hoje é que dia?

— Segunda-feira.

— Para todo o sempre. Cai fora.

— Entra.

— Ah, não, está tudo bem! Estou tranquilo!

Meu carrinho de golfe está parado no meio-fio de uma rua lateral ao virar a esquina da escola. Depois de guardar todo o equipamento no galpão ao lado do campo de beisebol, me certifiquei de que todos os garotos da equipe tinham ido embora e de que ninguém precisava de carona para casa. Comecei a ir para o meu chalé e notei que Owen parou na calçada para ajeitar melhor tudo o que estava carregando.

— Sério, Owen. Entra. Não vou deixar você andar para tão longe com uma bolsa dessas e um balde pesado de bolas — digo quando ele não sai da calçada, e morde o lábio inferior enquanto olha para o balde quase transbordando de bolas de beisebol.

Minha suposição original de que Wren estava me evitando durante os treinos durante a semana passada era apenas meia-verdade. É claro que ela fez outras pessoas buscá-lo por alguns dias para não precisar me ver. Mas ela não deixou Owen meia hora mais cedo para me evitar. Descobri pelo treinador da equipe da escola que Owen Bennett vem treinar mais cedo desde que começou a jogar e, de acordo com o homem, *"enlouquecendo a mãe querendo treino extra o tempo todo"*.

Acho que quando Owen era mais novo, Wren ia para o campo vazio com ele, jogava bola para aquecê-lo antes que todos chegassem e cronometrava o tempo enquanto ele corria entre as bases. Agora que está mais velho e não precisa mais que a mãe o acompanhe, ele mesmo assumiu a responsabilidade de chegar antes de todo mundo todos os dias. Ele me lembra tanto de mim que é quase assustador.

E eu sei que ele *nunca* deixou Wren louca, porque ela é igualzinha aos meus pais. Dá duro dia após dia para garantir que ele tenha os melhores treinadores, o melhor equipamento, o melhor treinamento e as melhores oportunidades. Meus pais trabalharam duro, nunca aproveitaram o que a vida tinha a oferecer até que todos os seus sacrifícios foram recompensados e eu fui capaz de garantir que eles nunca teriam que se sacrificar novamente.

— Está tudo bem. Juro! — Owen tenta me tranquilizar. — Não é culpa da minha mãe. Eu deveria ir para casa com Dominic, porque ele tem carteira de motorista para carrinho de golfe e é o único dos meus amigos que minha mãe confia para não agir como um idiota ao volante, mas a namorada o chamou para a casa dela, e ele me deu o cano. Eu poderia ligar para minha mãe vir me buscar, mas não quero incomodá-la, porque ela está ocupada. Está tudo bem. Eu não me importo de ir a pé. Ando a pé o tempo todo. É um bom exercício!

Meu Deus... a maneira como esse garoto está se certificando de que eu não ache que Wren seja uma mãe ruim, e o entusiasmo fingido por ter de andar três quilômetros até em casa carregando uma bolsa pesada e um balde de bolas ainda mais pesado, me faz querer chorar como um bebê.

Esta última semana foi divertida, implicando com Wren, deixando-a louca e forçando-a a reconhecer minha presença, mesmo que seja apenas para me insultar, mas isso é tudo o que tenho feito: tirar a mulher do prumo e adicionar mais coisa com que ela lidar. Wren ainda precisa lidar comigo, mas talvez seja hora de eu facilitar um pouco mais as coisas. Começando por tornar a vida dela um pouco mais fácil.

— Eu sei que não é culpa da sua mãe — digo a ele, baixinho, saio do meu carrinho de golfe e o contorno até que estou bem na frente de Owen. Abaixo, pego a alça do balde de bolas e o levanto. — Você tem uma mãe incrível. Ela me lembra da minha. E minha mãe teria me dado uma dura, estivesse ela ocupada ou não, se eu não ligasse para pedir uma carona para casa.

Os olhos de Owen enfim encontram os meus, e pela primeira vez em uma semana, eles não estão cheios de nervosismo quando ele fala comigo enquanto sorri.

— É. Ela me daria mesmo uma dura se soubesse que caminhei três quilômetros para ir para casa.

Com nós dois rindo, Owen me segue até o carrinho, joga a bolsa no grande compartimento de carga pesada preso na parte de trás e que transforma meu carrinho em uma espécie de caminhonete improvisada, enquanto levanto o balde pela borda e o coloco ali dentro.

Não querendo que ele fique quieto e nervoso perto de mim, não perco nem um segundo, e mantenho a conversa até entrarmos na parte da frente do carrinho e eu me afastar do meio-fio.

— Obrigado pela ajuda para que os caras se concentrassem e começassem a treinar todas as noites.

Owen dá de ombros.

uma TACADA e um ACIDENTE

— Fico feliz em ajudar. Eles são tão ridículos querendo que você autografe todas as coisas deles e tire uma centena de selfies — o garoto bufa, e logo desvia o olhar quando encontro seus olhos.

Felizmente, o sol se pôs uma hora atrás, e os postes de luz pelos quais passamos ao descer a rua não são brilhantes o suficiente para ele ver meu sorriso.

— Finalmente terminei de desembalar todas as minhas coisas de Washington e encontrei uma camiseta e uma camisa de uniforme que eles fizeram da última temporada de que participei e que já autografei e devo ter esquecido de dar a alguém. E Rawlings acabou de me enviar um novo capacete de rebatidas S100 Pro Comp com o invólucro de fibra composta de liga aeroespacial. Lembra daqueles bonés de edição de colecionador para o centésimo aniversário dos Hawks, aqueles que fizeram apenas cem? Eu vi um ou dois desses em uma das caixas. Não preciso de nada disso, então eu poderia dar para você, mas se não quiser...

— Ai, meu *Deus*, eu quero! — Owen grita, sua cabeça gira de volta para mim, antes de ele pigarrear e ficar todo sério novamente. — Quero dizer... claro, tanto faz. Se você ia jogar fora...

— Sim, claro. — Eu assinto com a cabeça, e mordo o lábio inferior com força quando sinto seus olhos encarando meu perfil conforme eu viro uma esquina. — Bem, é tudo seu.

— Obrigado. É muito legal da sua parte.

Já convivi com muitos adolescentes por causa dos eventos beneficentes da equipe e das minhas sobrinhas. Mas acho que nunca estive perto de um que sempre se lembra das boas maneiras. Wren criou um bom garoto, e isso me deixa ainda mais determinado a ajeitar as coisas com ela. Eu tive o mesmo treinador que Owen teve antes de o cara sair, e ele era um idiota, um péssimo modelo a seguir. Mas eu só joguei na equipe de calouros por uma semana e logo fui escalado para a da escola. E meu novo treinador era um dos melhores homens que já conheci, além do meu pai. Ele me transformou no jogador que sou hoje e me ensinou que vencer não é tudo. Que o jogo não é tudo. Que os salários e a fama um dia desaparecerão, e que algum dia seu corpo não deixará você jogar esse jogo que tanto ama, e que algum dia ele perderia o sentido, e o que você vai fazer então?

Quero ser esse tipo de treinador para todos os meus jogadores, mas especialmente para este que está sentado ao meu lado. Porque a mãe dele significa mais para mim do que ele sabe, e não só quero consertar as coisas entre nós para poder lhe mostrar que ela nunca mais terá de fazer as coisas sozinha, mas também para que eu possa estar aqui para ver Owen se tornar um ser humano incrível e o jogador de beisebol que estou muito confiante de que ele será.

Owen aponta para a casa deles, e eu paro na entradinha em frente à pequena casa na praia.

— Obrigado pela carona, treinador. E eu gostaria de pedir desculpas em nome da minha mãe pelo comportamento dela na semana passada. Ela não costuma ser tão estranha.

Eu rio com Owen soando como o adulto da situação, e me viro no banco para encará-lo.

— Você não precisa se desculpar. É tudo minha culpa. Eu... fiz algo que a magoou um tempo atrás, e eu mereço a *estranheza* dela.

Os olhos de Owen de repente se estreitam para mim.

— Você a magoou?

— Sim. — Eu assinto, não querendo dizer muito, mas também não querendo mentir para ele.

— Kevin magoa minha mãe o tempo todo, e ela não me deixa fazer nada quanto a isso.

Mesmo estando a meio metro do garoto, posso praticamente sentir a raiva irradiando dele. O adolescente tímido tentando conter sua animação sumiu, e em seu lugar está um jovem irritado que está cansado de ver sua mãe ser magoada.

— Kevin é o seu pai, não?

— Claro. Se você quiser chamá-lo assim — Owen dá de ombros. — Eu costumo chamar de babaca, idiota ou doador de esperma.

— Infelizmente, qualquer homem pode ser pai, mas isso não significa que deva ser.

Owen bufa.

— Eu sei. Ela não vai me deixar fazer nada quanto a ele, mas se a magoar de novo, vou fazer você pagar caro.

Em qualquer outra situação, estar sentado em um carrinho de golfe parado e ser ameaçado por um garoto de quatorze anos que mal pesa quarenta e cinco quilos seria hilário, mas isso não é engraçado. Nem um pouco. O fato de Wren ter sido tão magoada a ponto de o filho estar mais do que disposto a tentar me fazer pagar caro quando eu poderia facilmente segurar seus dois braços atrás das costas com uma mão, faz meu coração se partir ao meio. Ele não deveria ter de defender a mãe assim. *Ninguém* deveria ter de defendê-la assim, porque ninguém deveria ter tido a chance de magoá-la a esse ponto, para início de conversa. Incluindo eu.

— Entendido. — Assinto sério para Owen. — Acredite em mim, estou fazendo tudo que posso para compensar por ter sido um idiota. E prometo a você, Owen, que eu nunca, *nunca* vou fazer nada para magoá-la novamente. Se eu fizer isso, você tem minha permissão para me dar um soco.

Ele me encara em silêncio por alguns minutos, e não sei o que está procurando. Só espero que o garoto ouça a sinceridade em minhas palavras e a veja em meu rosto.

— Talvez eu tenha uma sugestão para que você possa amansar a minha mãe. — São as primeiras palavras que ele me diz, avisando que estou temporariamente perdoado.

— Pode falar.

— Então, as pessoas estão *sempre* pedindo para ela fazer coisas, porque elas não têm tempo — Owen começa a explicar. — Como se *ela* tivesse tempo, mas dane-se. Minha mãe é legal demais para dizer não para os outros. Nossa sala de estar está cheia de caixas de doces que ela precisa enfiar em sacolas de brindes para os treinos de beisebol, tinta de impressora nova e resmas de papel para panfletos que precisam ser feitos para arrecadar fundos para os nossos uniformes do ano que vem, o cronograma do estande que todos os pais que têm filhos na equipe e que devem ser voluntários precisa ser feito e, tipo, dez outras coisas que tenho certeza que estou esquecendo.

— O que você está me dizendo, garoto?

Owen faz uma pausa antes de responder:

— Você é bom com pistola de cola quente?

— Haverá glitter e adesivos de Lisa Frank envolvidos? —pergunto, com toda naturalidade.

— Não sei quem é Lisa Frank, mas tenho certeza de que minha mãe não vai me deixar receber uma garota quando ela não estiver em casa.

Com uma risada, desligo o carrinho de golfe e saio com Owen.

— Você está com sorte. Eu *adoro* glitter e adesivos.

**TARA SIVEC**

— Mudei de ideia. Não quero mais fazer isso. Tchau. Vou para casa!

— Boa tentativa, Owen, mas você mora aqui. Se quiser que eu peça pizza, me passe a tesoura e o glitter.

— Por favor... o glitter de novo não.

— Você está na casa de quem? Por que o meu irmãozinho está tão brilhante?

— Savannah, foco! Eu liguei porque você precisa ver essas flâmulas de feltro que estou fazendo para cada membro da equipe e que tem o sobrenome deles e o número da camisa. O Pinterest falhou comigo. Por que elas estão feias?

— Estão horríveis. Você usou decalques de ferro? Você precisa de uma Cricut. Aquelas máquinas de corte.

— Owen, sua mãe tem uma Cricut em casa?

— Minha mãe surtaria se tivesse insetos na casa.

— Não estou falando grilo em inglês! — Que nome foram dar para essa máquina.

— Tem glitter na banheira. Por que tem glitter na banheira? Nós nem estávamos *no* banheiro!

— Vamos limpar tudo mais tarde. Você acha que essa fonte diz: *"Este espaguete será um arraso!"* ou *"Este espaguete terminará em derramamento de sangue!"*? Precisa de uma borda? Mais adesivos?

— *Por que tem glitter nas minhas meias?*

— Você vai parar de gritar comigo e pesquisar no Google? Tenho certeza de que não tem problema se tiver um ou outro, Owen.

— E eu tenho certeza de que não precisamos de que o Google nos diga que ter um ou outro glitter em três dúzias de biscoitos para os saquinhos de boas-vindas do time adversário para o jogo de amanhã à noite não é bom.

— Qual é a pior coisa que poderia acontecer? Eles cagarem brilhinhos e arco-íris por uma semana?

— Ok, essa foi engraçada. Ainda assim vou pesquisar no Google.

— Tanto faz, *mãe*.

— Minha mãe está certa. Você *é* insuportável.

— Você precisa puxar a tesoura mais rápido para conseguir fazer um cacho perfeito com a fita. Assim. Estamos quase terminando os saquinhos de guloseimas. Faltam só dez.

— Agora eu consigo sentir o gosto do glitter no ar.

# CAPÍTULO 7

## "QUE DOIDEIRA."

*wren*

— Você tem que falar com ele agora. Fale com ele de verdade. Nada de chamar o cara de monte de bosta e ir embora.

— Eu nunca o chamei de monte de bosta — digo à minha irmã. — Mas essa é boa. Tinha esquecido essa.

Sinto uma mão envolver meu rabo de cavalo e puxá-lo de levinho, afastando meu rosto dos meus braços que estão apoiados em cima do bar da CGIS. Eu sempre adoro vir visitar Birdie, Tess e Murphy no campo de golfe, especialmente quando podemos ficar no pequeno bar do clube situado entre a loja e o restaurante. É decorado com carpete e móveis verde-escuro, com belos detalhes em madeira de cerejeira e uma lareira de pedra logo ao lado. Me lembra de um escritório tranquilo e chique em uma mansão antiga, onde você pode se aconchegar com um livro ao lado da lareira e desfrutar da paz e do sossego. Como já está no final da temporada e tem menos turistas na ilha, o campo de golfe tem apenas um quarto do número de clientes habituais. Neste momento, eu, minha irmã, Tess e Murphy estamos todos amontoados em volta do bar, e somos os únicos aqui, graças a Deus. Ninguém mais precisa testemunhar meu colapso.

— Ele fez artesanato por você — Birdie diz baixinho quando meus olhos encontram os dela.

Eu me endireito na banqueta quando ela solta meu cabelo, e olho em volta para todos os olhos me encarando com o mesmo carinho.

— Ainda acho que alguém precisa estourar os joelhos dele. Eu, de preferência — Murphy murmura de onde está, parado na ponta do balcão, de braços cruzados e com cara de poucos amigos.

Ok, então todos os olhos, menos os de Murphy. Com seu ralo cabelo branco e uma barriguinha de cerveja, que é causada mesmo por cerveja, mesmo com uma expressão irritada no rosto, ele ainda lança um saquinho de biscoitos pelo balcão brilhante do bar em minha direção. Como o avô que nunca tivemos, Murphy é mais rabugento do que alguém com o jeitinho de avô, mas o homem ensinou a mim e à minha irmã uma lição muito valiosa quando éramos mais jovens. Se você engolir o choro, acaba ganhando biscoitos. Aprendemos essa lição quando Murphy nos fez chorar nos chamando de "um bando de babacas" quando éramos crianças e chutamos uma bola por cima da cerca e ela caiu em seu quintal, mas ele prometeu nos dar biscoitos se parássemos de chorar. Então nós fizemos exatamente isso.

Capturo o saquinho de biscoitos de morango antes que ele passe por mim, rasgo a embalagem branca, pego três biscoitos de uma vez e os enfio na boca, me recusando a chorar. Fiz o suficiente disso ontem à noite quando cheguei do trabalho e encontrei uma casa tranquila, já que Owen estava dormindo, e caixas e mais caixas de projetos finalizados que concordei em fazer e ainda não havia tido tempo de concluir. Tudo perfeito e com cara de terem sido produzidos por profissionais, embalados com cuidado e alinhados em ordem de data para quando forem necessários.

— Ele costurou lã vermelha em pratos de papel para fazer parecer costura de beisebol? — Tess pergunta, dando zoom em uma das muitas fotos que tirei ontem à noite, quando finalmente pude ver através das lágrimas.

Assinto com a cabeça ao enfiar outro biscoito na boca, e espalho farelo de biscoito por todo o balcão quando respondo sem sequer me preocupar em terminar de mastigar ou engolir. As boas maneiras que se danem.

— Sim. Ah, sim, ele costurou à mão. Mas passe mais três fotos. Ele usou minha máquina de costura para fazer fronhas com bolas de beisebol para as cestas do sorteio da noite do espaguete.

— Você tem uma máquina de costura? — Tess pergunta, ao deixar de olhar para o meu celular. — Você sabe usar?

— Claro que eu sei usar. Murphy me ensinou.

A cabeça de Tess vira para Murphy, ainda de pé na ponta do balcão com uma carranca permanente no rosto.

— *Você* sabe usar uma máquina de costura? — Tess pergunta a ele.

— Quem diabos você acha que faz a bainha das minhas calças? A Fada dos Dentes? — ele responde, atravessado. — Vocês precisam se concentrar! Preciso saber se devo pegar o taco de beisebol que guardo no meu carrinho de golfe caso surja alguma emergência e eu precise quebrar joelhos.

Pego outro biscoito, enfio na boca com o outro que ainda não terminei de mastigar, e espalho ainda mais farelos e palavras pelo bar.

— Ele costurou, usou cola colorida, colocou adesivos em todos os duzentos e cinquenta panfletos da noite do espaguete, vou passar meses limpando glitter das cortinas, e ele fez tudo depois de eu ter passado uma semana sendo uma escrota com ele. — Fungo ao terminar de mastigar, me inclino sobre o bar e pego a toalha branca do ombro de Tess para limpar as migalhas na minha frente enquanto ela continua olhando as fotos. — Estou sendo malvada com ele, e o cara está usando a porra de uma Cricut para fazer a porra de um monte de flâmulas de feltro para pendurar na porra do abrigo de jogadores para os garotos durante a porra dos jogos. E eu nem *tenho* a porra de uma Cricut!

— É porra demais para alguém com quem você não queria porra nenhuma na semana passada — Birdie me lembra enquanto eu jogo a toalha para o lado, coloco os braços em cima do bar, e apoio a cabeça neles.

— Dane-se. Meu filho também está de castigo pelo resto da vida por conspirar com o inimigo e depois sair correndo de casa para a escola esta manhã antes de eu acordar só porque ele sabia que eu brigaria com ele — resmungo contra meus braços.

— Não toque em um fio de cabelo da cabeça daquele garoto perfeito, ou eu vou acabar com você — Murphy me adverte, a alguns metros de distância.

Murphy Swallow tem um fraco pelas mulheres Bennett, mas não é nada parecido com o que ele sente pelo meu filho, e é a única coisa que me anima agora. A única vez que qualquer uma de nós viu aquele homem sorrir foi no dia em que ele foi me ver no hospital, quando Owen nasceu, e minha mãe colocou o menino nos braços dele.

— Me deixa ver o bilhete de novo — Tess pede.

Sem me dar o trabalho de levantar a cabeça, levo a mão às costas, tiro o papel dobrado do bolso de trás do meu short jeans e o estendo.

Tess o pega de mim, e escuto o barulho dela abrindo o papel que foi deixado em cima de todas as caixas quando cheguei em casa ontem à noite, seguido por ela lendo em voz alta as palavras que eu já memorizei.

— *Não fique brava, mas dei uma carona para o Owen depois do treino. Eu já estava vindo para esses lados e seria ridículo fazer Dominic se desviar da rota dele. Seu filho mencionou alguns projetos que você não teve tempo de terminar, e caso tenha esquecido, eu gosto de fazer um artesanato ou outro. E antes que você fique brava e me chame de pau no cu de novo (aliás, hilário), eu não gastei dinheiro em nada. Sinceramente, Wren, como é possível alguém não ter uma sala de artesanato em casa? Você tem sorte por eu já ter desembalado minhas coisas. Um pulo rápido na minha casa me deu tudo de que eu precisava. Bem, quase tudo. Seus vizinhos, Rob e Tianna — pessoas adoráveis que me convidaram para jantar na próxima sexta-feira e para brincar com seus cachorros — me deixaram pegar emprestado a Cricut deles. Você já viu bordas mais perfeitas e retas em decalques de beisebol, e em vinil? Então, concluindo, você não pode ficar com raiva de mim, e precisa encontrar um novo lugar para guardar os talheres, porque aquela agora é a sua gaveta de fitas. Relaxe. Tome um banho de espuma. Leia um livro. Faça algo por VOCÊ, e não se estresse. Pelo menos não com essas coisas. Tenha um bom resto de noite, Shepherd.*

Quando Tess termina de ler o bilhete, nada pode ser ouvido no bar, exceto o tique-taque do relógio pendurado na parede acima da prateleira de vidro, Birdie batendo as unhas no balcão a duas banquetas de distância de mim, e meu choramingo ranhoso e abafado, já que meu rosto ainda está escondido em meus braços. Eu posso aproveitar o silêncio e chafurdar em autocomiseração por trinta segundos antes que tudo exploda ao meu redor.

— Quem se importa se ela vai ser a outra? Wren precisa pegar naquele taco!

— Ele que se foda! Quem se importa se ele sabe costurar? Ele ainda não se desculpou com ela por ser um merda!

— Com licença, Tess, você pode me servir outra cerveja?

— Ou você o derruba pelos joelhos, ou eu vou, mas alguém precisa fazer isso já!

— Ninguém se importa com o quanto foi fofo? Parece dessas coisas que só vemos em filmes.

— Fodam-se os filmes! Vamos queimar as coisas dele!

— Desculpe, eu não quero incomodar vocês. Tess, alguma chance de você me servir a cerveja agora?

— Já podemos tomar uma decisão? Preciso comer e tomar meu remédio.

— Que os remédios se fodam! Vamos. Queimar. As. Coisas. Dele.

— Meu tempo no gramado começa em, tipo, três minutos. Eu só quero uma cerveja.

— Jesus Cristo, Jared, toma aqui a sua cerveja! — Tess grita, torcendo

**TARA SIVEC**

a tampa de uma garrafa e depois a bate no balcão na frente do pobre homem que trabalha na doca da balsa que estava tentando chamar sua atenção. — É por conta da casa!

Talvez tenha sido inútil Tess gritar isso para o cara, já que ele pegou a cerveja e saiu do bar correndo e entrou na loja. De qualquer forma, ele não ficaria esperando para pagar, no caso de Tess decidir pegar um isqueiro em vez da cerveja.

— Olha, eu acho que você precisa...

— Acho que todos vocês precisam calar a boca! — grito, fazendo todos se calarem e olharem para mim como se eu tivesse enlouquecido. E provavelmente é verdade. Pena que não é algo recente. Tenho certeza de que perdi a sanidade na oitava série, na primeira vez que vi Shepherd Oliver tirar a camisa. — Sinto muito, mas nenhum de vocês está ajudando — continuo, baixando o tom para não ferir os sentimentos deles. — Sinto que estou ficando louca. Ele fez essas coisas incrivelmente meigas e incríveis para mim, e eu devo muito a ele por isso e sou muito grata, mas uma parte de mim ainda está com muita raiva. Ele traz à tona a maldade em mim, e eu não sei a razão.

Birdie se levanta da banqueta do bar e chega mais perto de mim, passa o braço em volta da minha cintura e apoia o queixo no meu ombro.

— Eu sei que você não teve nenhuma experiência com isso, já que o doador de esperma nunca despertou isso em você. E depois você se recusou a fazer sexo sem compromisso de novo. O único relacionamento que você teve durou três meses, e só porque os dois eram muito legais para terminar mais cedo, então isso não conta. Nem os encontros às cegas horríveis a que você foi — ela diz baixinho. — Mas Wren... Shepherd não aflora a maldade em você. Ele te faz pegar fogo. Há uma grande diferença. Por que você acha que passo metade do meu tempo discutindo com Palmer? Porque é divertido. E é *especialmente* divertido fazer as pazes.

Enquanto enxugo as lágrimas, Tess acena com a cabeça atrás do bar.

— Infelizmente, isso é verdade. Bodhi me deixa louca, mas o homem sabe como recompensar.

Já que Birdie está certa, e eu não tenho experiência nenhuma com nada disso, vou ter que acreditar nas palavras delas. E não desmoronar em outra poça de lágrimas, porque mesmo que eu tenha meio que me divertido em segredo ao dar uma de pé no saco com Shepherd semana passada, nada do que elas estão dizendo importa. Ele ainda não é meu. Eu ainda não recebo os benefícios que elas estão fazendo a bondade de me lembrar que não estão disponíveis para mim.

— Certo, bem, se vocês me dão licença, tenho um artesão com quem me desculpar — digo a todos ao deslizar da banqueta. Em seguida, abro um sorriso amarelo e vou em direção às portas francesas que vão me levar lá para fora.

— Por via das dúvidas, pegue o taco no meu carrinho de golfe! — Murphy grita atrás de mim.

*Pá!*

Meu coração salta quando escuto o som do taco batendo na bola, não apenas porque é um dos meus sons favoritos no mundo, mas por causa de quem deu a rebatida. Meu coração sempre tenta pular para fora do meu peito quando vejo Shepherd se aproximar da base e fazer uma rebatida.

Faz quinze minutos que estou sentada na arquibancada só observando Shepherd rebater um balde inteiro de bolas no campo vazio enquanto os alunos ainda estão em aula. Ele não está vestido a calça justinha do uniforme, mas isso não importa. Mesmo de calção preto e camisa da Nike azul-marinho de mangas compridas, assistindo ao homem pegar uma bola e depois lançá-la para além do campo externo sem nem suar é um espetáculo digno de ser visto. A cada rebatida, vejo os músculos de seus bíceps inchando, os de suas coxas poderosas tensionam quando ele dobra os joelhos em posição, e fico sem fôlego com o som toda vez que ele acerta a bola. Já vi isso um milhão de vezes na televisão, mas há algo especial em ver pessoalmente.

Enquanto ele continua a rebater as bolas que espalhou na base, eu me levanto da arquibancada e desço as escadas. Atravesso o portão do alambrado, fico perto do cercado do campo, prestando muita atenção enquanto ando, apenas no caso de Shepherd de repente errar uma rebatida e a bola vir na minha direção. Quando estou a alguns metros de distância e ele se abaixa para pegar outra bola, eu o deixo saber que não está sozinho aqui.

— Eu me perguntei por que aquela bola estava ficando maior, e então tive um estalo...

O trocadilho ridículo sai da minha boca antes que eu possa impedir, Shepherd olha para cima ao ouvir a minha voz enquanto ainda está curvado, pegando uma bola. Eu estou acalorada, suada e me coçando com aqueles olhos fixos nos meus conforme o homem se levanta bem devagar. Enfio as mãos nos bolsos de trás do short jeans e começo a chutar a terra. Felizmente, estou a caminho do trabalho, e minha camiseta branca com o logotipo da Girar e Mergulhar ainda está sem manchas de calda de chocolate.

— Esse foi o *pior* trocadilho que eu já ouvi — Shepherd diz com uma risadinha, e não posso deixar de retribuir seu sorriso, mesmo que eu meio que queira vomitar agora. — Caramba, senti sua falta.

Meu coração palpita de novo quando ele sussurra essas últimas palavras, e tenho que apertar os punhos nos bolsos de trás antes que me sinta tentada a tirá-los de lá e me jogar em seus braços. Eu não me permiti ficar tempo suficiente em sua presença para conseguir apreciar completamente o quão esmagadora ela é. O homem é tão lindo que me dá vontade de chorar. Ainda olho para ele e apenas vejo o Shepherd. Não vejo a fama nem a fortuna; eu apenas vejo a ele. E o cara é tão meigo e atencioso, e eu gostaria que ele fosse um grande idiota e me tratasse feito lixo. Estou acostumada a lidar com pessoas que não levam meus sentimentos em consideração, e me tornei uma profissional em tentar desligar tudo quando Kevin me diz que estou com cara de velha ou quando diz que não sou uma boa mãe porque trabalho demais, ou quando me chama de filha da mãe porque Owen não quer nada com ele, ou quando gosta de me dizer que tem muitas mulheres para lhe fazer companhia e é uma pena que ninguém *me* queira.

Claro que nunca acreditei de verdade nas coisas que ele me diz, mas isso não impede de doer. Laura Bennett sempre me ensinou a reconhecer o meu valor. Mas palavras podem machucar, e quando você foi magoada repetidamente por quinze anos, às vezes é difícil ver além das cicatrizes e se lembrar de quem você é. Não sei como lidar com um homem que passa horas com glitter e uma pistola de cola quente apenas para que eu não tenha de me estressar com isso. E não sei o que dizer para um homem que sempre me olha com um sorriso, mesmo quando estou dizendo que ele é um pau no cu.

Shepherd dá um passo em minha direção, o que o tira das sombras lançadas pelo abrigo dos jogadores, e sai para o sol brilhante da tarde. Toda a minha confusão e as emoções que me fazem querer não fazer nada além de chorar secam na mesma hora quando de repente uma gargalhada alta escapa de mim, seguida por um minuto inteiro de risadinhas histéricas.

— E aí, *Crepúsculo?* — Eu finalmente consigo falar em meio ao riso, fazendo o sorriso de Shepherd, que estava sem saber do que eu estava achando tanta graça, se transformar em uma careta.

— Tudo bem, essa é a terceira vez que alguém me chama disso hoje — ele reclama, cruza os braços e solta um bufo que só me faz começar a rir mais. — Alguém também me chamou de Edward na Island Brew. O que diabos está acontecendo com todo mundo hoje?

A essa altura, já estou curvada e ofegando. Pego meu celular do bolso, abro o aplicativo da câmera e alterno para que fique no modo selfie. Segurando o aparelho diante do rosto de Shepherd, leva apenas um segundo para ele ver o que a cidade inteira viu hoje enquanto ele estava fora de casa.

— Filho da puta — ele murmura, ao virar a cabeça da esquerda para a direita. Não importa para que lado vire, ele ainda de pé sob a luz do sol. E ainda brilha.

— Você não tem um espelho em casa? — Resfolego ao abaixar o celular. Bloqueio a tela e o guardo de novo no bolso.

— Estava escuro quando saí de manhã — ele resmunga.

— Bem, isso vai te ensinar uma lição por usar tanto glitter. Tinha até no meu frasco de Tylenol — falo, erguendo uma sobrancelha em sua direção.

— Desculpe. Fiquei com dor de cabeça depois de fazer chamada de vídeo com a minha irmã pela segunda vez para que ela pudesse me lembrar de como usar a Cricut.

Tudo o que posso fazer é balançar a cabeça para ele, incapaz de conter meu sorriso.

— Obrigada. Por tudo que você fez ontem à noite e por levar Owen para casa. Você não tem ideia do quanto me ajudou.

Shepherd dá alguns passos na minha direção até que apenas uns cinquenta centímetros estejam nos separando. Parte de mim quer dar um passo para trás, porque ele não está facilitando para mim me impedir de envolver os braços em torno dele, mas agora posso sentir o cheiro de sua colônia deliciosa, e meus pés não me deixam me mover.

— *Nunca* me agradeça por ajudar com coisas que, para início de conversa, as pessoas não deveriam ter jogado em cima de você.

Meu coração começa a bater mais rápido, e esqueço que estamos no campo de beisebol de uma escola pública. Parece que somos só nós dois e ninguém e nada mais importa a não ser o aqui e agora.

**TARA SIVEC**

— Me desculpe, Wren — Shepherd sussurra, e minhas mãos começam a tremer nos bolsos traseiros, e lágrimas começam a arder no fundo dos meus olhos. — Magoar você era a última coisa que eu queria fazer. Achei que estava fazendo a coisa certa, mas foi idiota e egoísta, e eu sinto muito. Senti sua falta cada minuto de todos os dias em que não consegui falar com você.

E com isso, tiro as mãos dos bolsos e diminuo a distância entre nós. Assim que meu corpo encontra o dele e meus braços envolvem sua cintura, Shepherd não hesita em passar os dele ao meu redor, me mantendo firmemente junto a si. Viro o rosto para o lado, fecho os olhos e apoio a bochecha em seu peito.

— Desculpas aceitas — por fim, respondo baixinho, ouvindo o *tum-tum-tum* rápido do coração de Shepherd sob o meu ouvido, perfeitamente em sintonia com o meu. Sentir o peso de seus braços fortes em volta de mim e seu corpo quente e sólido pressionado com firmeza no meu pela primeira vez, faz nada mais importar e tudo finalmente parece se encaixar no meu mundo. — Está tudo bem.

— Tenho certeza de que a semana passada provou que *não* está tudo bem — Shepherd retruca, e dá uma risadinha que ressoa em seu peito e na lateral do meu rosto, me fazendo apertar ainda mais os braços ao redor de sua cintura e a sentir o cheiro dele. Sinto-o descansar o queixo no topo da minha cabeça, e sorrio contra ele, simplesmente aprecio a sensação de estar nos braços deste homem, sendo que sonhei com isso quase a vida toda.

— Desculpe, eu fui tão estranha.

Sinto seu peito balançar quando ele ri de novo e, aos poucos, começa a balançar nosso abraço de um lado para o outro, movendo os braços em volta de mim e me abraçando mais forte.

— Eu gosto de quando você é estranha.

Ficamos quietos por alguns minutos, ainda envolvidos no nosso abraço com o queixo dele apoiado sobre a minha cabeça.

— Me desculpe — ele diz de novo, baixinho.

— Pare. — Dou uma risadinha, e junto as mãos na parte inferior de suas costas quando por fim afasto a cabeça de seu peito para poder olhar para ele. E me arrepender no mesmo instante.

Eu sou *vários* centímetros mais baixa que ele, mas mesmo com a diferença de altura, estou mais perto de sua boca do que alguma vez já estive. Tudo o que eu teria de fazer era ficar na ponta dos pés, e meus lábios estariam nos dele. Eu tento não fazer isso, mas não consigo evitar. Meus olhos miram sua boca, e algo que soa como um gemido ressoa no peito de Shepherd, forçando meus olhos de volta para os dele. Sua mandíbula tem um espasmo conforme ele olha para mim, não mais nos balançando de um lado para o outro.

— Acredite em mim, eu entendo — falo, por fim, precisando romper o silêncio. — Eu vi no jornal. Foi muito fofo e romântico. Estou feliz por você.

*Foi ridículo, e exagerado, e absurdo, e, nesse momento, eu quero vomitar na frente da sua camisa.*

Perdida na sensação do cheiro de Shepherd, do corpo de Shepherd e dos braços de Shepherd em volta de mim, imaginando que éramos apenas nós dois e que nada mais importava, escapou completamente da minha atenção que esse tempo todo, estávamos de pé no *home plate*. Exatamente onde Alana Caldwell estava envolta nos braços deste homem e então selou seu relacionamento novo e exclusivo com um beijo. Não é o mesmo *home plate*, mas me lembra que não somos só nós dois, nem nunca foi. Todo o frio na barriga de repente se transforma em náusea.

— Não, você *não* entende — Shepherd fala conforme tento me afastar de seus braços, mas ele me segura firme e não me deixa. — Jante comigo esta noite. Me deixa explicar.

Desta vez, tiro os braços de sua cintura, levanto-os entre nós e empurro seu peito o mais forte que posso até que ele finalmente me solta e dou alguns passos para trás.

— Não há nada que você precise explicar. — Eu rio, em vez de chorar, acenando para ele se afastar quando dou outro passo muito necessário para trás. — Acredite em mim, eu entendo. Você se desculpou, e eu agradeço por isso. Sei que não podemos voltar a ser como antes, mas pelo menos agora podemos ser civilizados quando nos virmos.

Não sei como consigo não vomitar quando digo essas palavras, mas me mantenho firme. Até as pontuo com um sorriso.

— Tudo bem, está óbvio que não estou fazendo isso direito — Shepherd murmura, ao passar a mão pelo cabelo curto em frustração. — Eu quero que você venha jantar comigo esta noite. Como em um encontro. Comigo. Esta noite. Talvez eu devesse ter dito assim.

Se fosse um ano atrás e ele estivesse bem na minha frente, parecendo tão adoravelmente nervoso, eu sairia pulando e gritando de alegria. Mas não é um ano atrás. E isso é uma merda.

— Você está de sacanagem comigo? — murmuro, segurando a vontade de gritar com ele.

Por muito pouco.

— Eu sou tão ruim nisso — ele reclama, e dá um passo em minha direção enquanto dou outro para trás antes que eu lhe dê um soco. — Estou tentando dizer que não estou mais com Alana. Ela terminou comigo. Então está tranquilo! Não precisamos apenas ser *civilizados* um com o outro.

Ele pontua suas palavras com um risinho, e esse som é mais alto do que uma arma sendo disparada pertinho do meu ouvido e causa tanto dano quanto. Minha visão escurece, vejo manchas e minhas pernas não querem mais sustentar meu corpo, mas, por algum motivo, elas sustentam, e não sei como não estou deitada em posição fetal no chão neste exato momento. Tudo o que eu sempre quis está acontecendo bem diante dos meus olhos. Shepherd Oliver me chamou para sair! Mas é tudo besteira, e estou tão cansada de tentar me desligar quando alguém me magoa.

— Bem, e eu não sou a garota mais sortuda do mundo por você levar um pé na bunda? — sussurro quando meu cérebro finalmente entende o que está acontecendo e me lembro de como falar. Balanço a cabeça para ele enquanto as lágrimas idiotas que eu disse a mim mesma que não derramariam rolam pelas minhas bochechas. — Shepherd Oliver levou um pé na bunda e está querendo afogar as mágoas saindo com a pequena e velha eu.

— Não é isso que eu...

— Caramba, você tem noção de quanto tempo eu esperei para ouvir você dizer essas palavras? — pergunto, interrompendo-o e limpando a umidade em minhas bochechas, com raiva. — Desde que eu tinha treze anos e você me disse que eu estava bonita quando passou na Girar e Mergulhar.

Vejo como seu corpo tensiona de surpresa, e eu nem mesmo lhe dou tempo para se recuperar completamente do que acabei de dizer antes de muito mais do que lágrimas começarem a sair de mim. Quinze anos de palavras guardadas saem junto com elas.

— Mas você era o atleta popular e extrovertido sempre cercado de gente, e eu era a garota chata e quieta que se misturava com o plano de fundo, que sempre esquecia como falar quando você estava por perto. — Eu soluço no que a boca de Shepherd se abre em choque, e dou outro passo para trás. — Eu queria você no ensino médio, e toda vez que o via jogar na televisão, e eu ainda queria você um ano atrás quando trocamos cada uma daquelas mensagens, e não é coincidência que eu decidi ficar bêbada e ter uma noite de sexo sem compromisso pela primeira e última vez na vida na mesma noite que você foi selecionado para jogar pelo Washington, então você pode ir para o inferno com esse seu convite para sair agora porque você levou um pé na bunda! Eu esperei mais da metade da vida para você finalmente me notar e finalmente me querer, e estou tão feliz que agora *está tranquilo* porque ela *terminou* com você, mas eu mereço mais do que ser a segunda opção de alguém só porque esse alguém está entediado e solitário. Então não, eu não quero ir jantar com você, e eu não quero sair com você, porque minha mãe não me achou no lixo. Eu mereço *mais* do que ser a porra do prêmio de consolação de alguém, não importa o quão bom esse alguém seja com uma pistola de cola quente.

Eu nem me importo quando Shepherd solta um som diferente de tudo que eu já ouvi na vida e que quase me deixa de joelhos e me impede de ir embora. Parte soluço, parte rosnado, parte como se alguém o tivesse esfaqueado. É doloroso e de partir o coração e combina perfeitamente com a expressão em seu rosto, com o que eu também não me importo, quando me viro e vou embora, deixando-o lá no monte de terra do *home plate*.

— Wren!

Escuto Shepherd gritar meu nome e aperto o passo, abro o portão e saio do campo.

— Como você poderia ser um prêmio de consolação, caramba, sendo que eu nem sabia que você era a droga de uma opção!

Erro o passo ao ouvir suas palavras quando chego à calçada, mas me recupero rapidamente e continuo andando. Porque talvez eu *ainda* me importe, mas não posso lidar com isso agora.

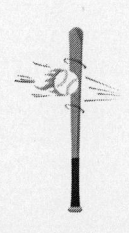

# CAPÍTULO 8

## "VOCÊ PEGOU MEU CORAÇÃO."

*shepherd*

> Shepherd Oliver Oficial: Testando, testando, essa coisa está funcionando? Alô, alô, gatinhas e gatões!

> Shepherd Oliver Oficial: Ok, talvez não seja hora para piadas. Eu nem sei se você ainda verifica suas mensagens aqui, mas eu preciso tentar. Você não vai responder minhas mensagens de texto nem os meus telefonemas. Houve um pequeno incêndio na minha garagem ontem à noite, e agora não consigo encontrar meu novo moletom da Nike, então estou supondo que não posso perguntar a Tess sobre você. E Birdie disse que queria muito falar comigo, mas o "código de irmãs" a impede de fazer isso. Estou tentando dar espaço para você. Caso contrário, pode ter certeza de que eu estaria na sua porta agora. Porra, Wren... Como você pode simplesmente dizer algo assim para mim e depois sair andando?

> Shepherd Oliver Oficial: Desculpa. Não estou bravo com você. Estou bravo comigo mesmo, não com você. NUNCA com você. Eu nunca deveria ter deixado você ir embora. Eu só estava chocado. Tudo isso é por minha conta, porque eu sou um idiota. Prometi ao seu filho algumas noites atrás que eu nunca voltaria a magoar você, e nem vinte e quatro horas depois, eu quebrei essa promessa. Sinto muito.

Shepherd Oliver Oficial: E me desculpe por continuar te dando motivos para ter de me perdoar. Tudo o que eu queria dizer saiu errado naquele dia. Eu não posso acreditar que você realmente pensou... Na verdade, eu posso. Porque eu sou um idiota que não sabe usar as palavras. Por favor, fale comigo, Wren.

Shepherd Oliver Oficial: Vejo que você ainda não leu minhas mensagens aqui, então provavelmente estou digitando tudo isso para o vazio, mas tanto faz. Eu tenho que fazer alguma coisa, porque essa situação está acabando comigo.

Shepherd Oliver Oficial: Você me disse: "você tem noção de quanto tempo eu esperei para ouvir você dizer essas palavras?" Bem, eu também. Porra, eu também, Wren. Caramba, você tem ideia de como é difícil dizer essa merda para você agora, depois de tudo que você me disse, quando não está na minha frente para que eu possa colocar meus braços ao seu redor e te abraçar de novo, e dizer tudo o que eu deveria ter dito e não disse? Tudo o que eu quis dizer saiu errado, porque quer saber, Wren? Você também faz a minha língua travar. Você sempre fez isso comigo. Então, aqui vai: tudo o que eu deveria ter dito e não disse quando você veio até mim no campo de beisebol no outro dia e eu agi como um idiota. Alana nunca, NUNCA foi minha primeira opção. Ela estava lá, quando a pessoa que eu queria de verdade estava a cinco mil quilômetros de distância e eu pensei que ela já tivesse alguém.

Shepherd Oliver Oficial: Naquele dia na Girar e Mergulhar, quando eu disse que você estava bonita... na verdade, essa é uma história meio engraçada. Tínhamos acabado de ganhar o torneio que nos levaria às finais estaduais, e meu pai, é claro, me levou para o lugar onde nossa família sempre comemorava. Estávamos na fila, faltava algumas semanas para a sétima série começar, e ele me disse: "Então, em qual garota da sétima série estamos de olho este ano?". Você estava ajudando sua mãe e tinha acabado de se aproximar da janela para entregar o pedido de alguém. Meu pai olhou para mim encarando você com um sorriso enorme e idiota no meu rosto, e você sabe o que Simon Oliver disse em seguida? "Wren Bennett?", ele bufou. ELE BUFOU PARA MIM.

Shepherd Oliver Oficial: E então disse: "Ela é muita areia para o seu caminhãozinho. Diminua os padrões, garoto". Você sempre foi areia demais para o meu caminhãozinho, Wren. Eu sabia desde o momento em que a conheci que você era mais legal do que eu, mais gentil, mais doce e melhor do que eu. Eu nunca mereci nem um minuto do seu tempo. Mas você era a garota mais bonita que eu já tinha visto, e depois que você entregou aquele sundae, eu não pude ir embora sem dizer nada.

Shepherd Oliver Oficial: Você se lembra do meu primeiro dia de trabalho na Girar e Mergulhar? Foi uma semana depois do meu aniversário de dezesseis anos, era uma tarde tranquila de domingo, estávamos apenas nós dois, e você ficou a cargo do meu treinamento. Deixei cair o pote de granulado três vezes naquela tarde. Foi a primeira vez que você me disse algo sarcástico. Para ser sincero, antes disso, eu achava que você me odiava, porque você sempre ia embora quando eu estava por perto e mal dizia duas palavras para mim. Na terceira vez que deixei o granulado cair, você colocou as mãos nos quadris e disse: "Graças a Deus você não faz isso durante os jogos". E então logo se desculpou pela maldade, enquanto eu ria o tempo todo em que limpávamos a bagunça. Você sabe por que eu deixei aquele pote cair três vezes naquele dia? Porque toda vez que eu ia pegá-lo, você estava de pé ao meu lado e roçava o braço no meu. Minhas vistas escureceram literalmente todas as três vezes, e nem me lembro de ter largado aquele pote de granulado.

Shepherd Oliver Oficial: Lembra da festa que Megan Pickard fez na praia depois do baile do segundo ano? Você estava recolhendo todos os copos de plástico que a galera largava por toda parte, e eu fui ajudar você. Eu te contei aquela história idiota de quando eu era criança e minha irmã me desafiou a fazer xixi na cerca elétrica da fazenda dos meus avós. Eu tentei me impedir de contar essa história assim que as palavras começaram a sair da minha boca, mas você começou a se afastar de mim, e eu simplesmente não queria que você fosse. E então você estava ali de pé ao luar com o oceano batendo em seus tornozelos e em seus pés descalços, olhando para mim com esses lindos olhos azuis, e eu fiquei nervoso.

Shepherd Oliver Oficial: Senti a necessidade de repetir a frase "Foi como enfiar meu pau em uma bateria de nove volts" cem vezes, porque você era tão bonita e eu só queria te beijar. Mas não beijei. Porque o som da sua risada me fez esquecer do meu próprio nome, e então, em vez disso, eu contei sobre eletrocutar meu pau.

Shepherd Oliver Oficial: Lembra que nas aulas de física do último ano, nós sempre ficávamos no mesmo grupo para fazer os trabalhos, mesmo eles geralmente sendo formados por ordem alfabética de sobrenome? Como o treinador Dunham era nosso professor, fiz um acordo com ele de que eu apararia o campo interno e remarcaria as linhas após cada treino durante todo o ano se ele sempre nos colocasse no mesmo grupo. Valeu a pena.

Shepherd Oliver Oficial: Eu disse à sua mãe que meu pai não me deixaria trabalhar nas manhãs de sábado porque eu precisava treinar e precisava mudar meu turno para as noites de sábado. Eu não tinha que treinar. Você trabalhava com Connor Daniels nas noites de sábado, e tudo o que ele fazia era encarar a sua bunda sempre que você não estava olhando, e eu não confiava nele sozinho com você nessas noites. E então a maravilhosa da sua mãe mudou o horário, e aí era eu quem ficava encarando a sua bunda sempre que você não estava olhando, pois é...

Shepherd Oliver Oficial: Lembra que a National Honor Society vendia rosas avulsas todos os anos para o Dia dos Namorados, que a gente podia mandar entregar a alguém durante a aula? E lembra de como você, Tess, Birdie e Emily mandavam rosas uma para a outra, e todo ano você recebia uma de um admirador secreto, e todas se sentavam culpando umas às outras, porque achavam que era uma piada? Era eu. Agora estou percebendo que deveria ter assinado a porra do bilhete.

Shepherd Oliver Oficial: Sabe qual foi meu primeiro pensamento quando assinei aquele contrato na noite que fui recrutado? O dinheiro que eu ganharia nem passou pela minha cabeça, nem o quanto tudo aquilo era legal, nem pensei em como seria a primeira vez que eu ouviria o rugido da multidão quando eu saísse em campo com os Hawks.

TARA SIVEC

Shepherd Oliver Oficial: Pensei que eu estaria me afastando de você e não sabia quando a veria sorrir de novo, ou ouviria você rir de novo, e que eu tinha perdido um monte de anos sem te dizer como me sentia, e que agora era tarde demais.

Shepherd Oliver Oficial: Quando vi que você respondeu minhas mensagens ridículas dois anos atrás, minhas mãos estavam tão suadas que deixei meu telefone cair e a tela quebrou.

Shepherd Oliver Oficial: Toda vez que você me respondia, eu me sentia o homem mais sortudo do planeta. Você sempre foi mais legal que eu, mais gentil, mais meiga e melhor do que eu. Eu nunca mereci nem um minuto do seu tempo, mas ainda assim você o deu para mim. E eu desperdicei ao não te dizer que você NUNCA foi a segunda opção. Você não é nenhum prêmio de consolação e com certeza não é a droga de uma ficada sem importância. Você é O prêmio, Wren. Você é a única razão pela qual eu tentei ser mais legal, mais gentil, mais meigo e melhor, para que algum dia, quando eu finalmente parasse de ser um cagão, eu fosse digno do seu tempo. E você é a única razão pela qual eu voltei para a ilha, então se você não consegue me perdoar, eu não sei se posso ficar aqui. Porque sei muito bem, especialmente depois das coisas que você me disse, que não posso andar por aqui e ser civilizado quando a vir. Eu nunca serei capaz de estar perto de você de novo sem querer te beijar até cansar

Shepherd Oliver Oficial: Por favor, fale comigo, Wren. Por favor. Me dê uma chance de mostrar tudo o que eu nunca disse a você.

— *PORRA!*

Meu grito frustrado é pontuado pelo som do meu celular batendo no ladrilho do chão da cozinha quando o jogo para o outro lado do cômodo com tanta força quanto lançaria uma bola na segunda base. Ele cai e desliza pelo chão até parar em uma das cadeiras da cozinha enquanto deixo minha cabeça cair nas almofadas do sofá e olho para o teto.

Foi uma ideia idiota enviar todas aquelas mensagens para Wren. Eu deveria ter corrido atrás dela na outra noite, feito a mulher parar e me escutar. Dizer que fiquei em choque depois de tudo o que ela me disse é um eufemismo. Sinceramente, nem sei como consegui gritar o que gritei para ela antes de a mulher sumir pelo canto do abrigo. Cada palavra que ela me dizia era como se alguém pegasse uma faca e começasse a talhar o meu peito. E se eu tiver que ver Wren na minha frente tentando de novo ser tão forte enquanto lágrimas escorrem pelo seu rosto, lágrimas que *eu* a fiz chorar, será demais.

Passei os últimos dois dias desde que Wren me deixou de pé ao lado do *home plate* na escola andando por aí como um zumbi. Eu nem tive coragem de fazer os treinos. Em vez disso, marquei para os garotos um treinamento extra na sala de musculação, mas sei que não posso continuar fazendo isso. Esses garotos merecem o melhor. Eu aceitei o trabalho para que pudesse ser um bom modelo para eles. Embora ser garoto-propaganda do resultado de quando se faz más escolhas na vida pode acabar assustando todos eles.

Ouço uma leve batida na minha porta, e mesmo que eu prefira ignorá-la e passar o resto da noite me sentindo um merda e vomitando palavras em directs que nunca serão lidos, estou curioso para saber quem poderia estar passando por aqui. E, para ser sincero, estou começando a me cansar da minha própria companhia. Levanto do sofá e de repente me sinto como se tivesse cem anos em vez de trinta e quatro. Descalço, caminho devagar pelo tapete, vou até a porta e a abro sem me preocupar em olhar pelo olho mágico.

— Aqui, pegue isso. Está pesado.

Uma caixa grande e retangular é jogada no meu peito, e eu rapidamente a agarro e saio da frente enquanto minha mãe entra no meu chalé, e me abaixo para que eu possa beijar a bochecha que ela aponta para mim.

— Também é bom ver você depois de três meses — digo a ela, e chuto a porta atrás de mim quando a vejo entrar na sala e examinar meu pequeno lar temporário.

— Você fez uma videochamada comigo hoje de manhã. E ainda está com a cara péssima — ela me lembra, ao ir para a cozinha e colocar sobre o balcão a bolsa térmica enorme de alça longa que estava pendurada em seu ombro. Ela então começa a abrir e fechar gavetas e armários, certificando-se de que guardei tudo direitinho. — Você sabe que eu teria vindo te visitar mais cedo para ajudar a desempacotar tudo, mas seu pai e eu não pudemos resistir a acrescentar alguns dias extras ao nosso cruzeiro no Alasca.

Minhas irmãs sempre reclamavam que eu era o favorito da nossa mãe. Savannah e Sophia são doze e treze anos mais velhas que eu. Eu sou o temporão acidental, o mais novo e o único menino, então talvez às vezes tenha sido um pouco mais mimado. A única razão pela qual minha mãe não estava acampada na minha sala antes mesmo de eu chegar à ilha foi porque comprei para meus pais um cruzeiro para o aniversário de casamento deles. Ser o suposto "favorito" só significa que minha mãe fica muito mais confortável dando uma de general o tempo todo e me dizendo quando estou sendo uma idiota.

— Por que você me trouxe a sua Cricut? — pergunto, ao colocar a caixa na mesa e, em seguida, vou para uma das banquetas da pequena ilha da cozinha, em vez de questionar por que eu estou com essa cara, já que esse é provavelmente o motivo da visita inesperada da minha mãe.

Ela e meu pai já tinham programado vir à ilha neste fim de semana para jantar, mas depois da nossa videochamada quando eles chegaram do aeroporto hoje de manhã, e de ela pirar por eu estar com a cara péssima, eu deveria ter previsto que ela viria antes.

— Você comprou aquelas Cricuts para todos nós no Natal daquele ano, e eu amo você, Shepherd, mas você sabe que eu nunca uso a minha. Sua irmã disse que você teve uma emergência artesanal na outra noite, então pensei em trazê-la comigo — ela fala, e logo tira espátulas de uma gaveta e as enfia com alguns outros utensílios no baldinho prateado que fica perto do fogão.

Em silêncio, eu a observo trabalhar, nem um pouco envergonhado de admitir que ter minha mãe aqui me faz sentir um pouco melhor. Ela volta para a bolsa na ilha à minha frente e começa a retirar recipientes de plástico com o que parece ser comida para um mês, e vai e volta entre a bolsa e meu freezer, empilhando tudo lá dentro.

— Esqueci como esses chalés são pequenos — minha mãe pensa em voz alta quando termina de encher o freezer e continua vasculhando minha cozinha, me lançando um olha de desgosto quando vê que meu armário de vasilhas de plástico ainda está uma bagunça. — Não acredito que criamos três filhos em um desses, com apenas um banheiro e uma cozinha tão pequena. Embora só tenhamos tido os três por alguns anos até suas irmãs irem para a faculdade. Ainda assim era uma luta, mesmo com só você, seu pai e eu um em cima do outro o tempo todo.

Parece que alguém acabou de me cortar com aquela faca de novo quando penso em Wren criando Owen em um desses chalés. Os de veraneio não são exatamente iguais aos chalés dos residentes permanentes, que têm mais alguns metros quadrados de espaço, mas não muito. Não me entenda mal; a casa de Wren é uma graça, decorada em branco e cinza claro com detalhes em turquesa e bugigangas de praia aqui e ali. Tem uma vista perfeita do mar, e é aconchegante, convidativo, confortável e perfeitamente ela. Mas eu sei o quanto Wren trabalha duro e o quanto se sacrifica, e sei que ela merece mais do que uma casa de dois quartos com um banheiro que tem que dividir com o filho adolescente. Ela merece espaço e luxo, e um closet que possa caber um caminhão, e uma sala de televisão digna de cinema em que possa assistir a seus programas favoritos, e uma banheira de hidromassagem em que possa nadar, e qualquer outra coisa com que ela sempre sonhou.

— Seu freezer agora está abastecido com comida caseira. Sopa de macarrão com frango, frango a passarinho, meu ensopado de carne, rocambole de carne e purê de batatas e empadão de frango, então isso deve fazer você melhorar um pouco essa cara — ela me diz enquanto guarda meus panos de prato em uma gaveta diferente.

Meu estômago nem ronca quando ela lista todos os meus pratos favoritos desde a infância que a vi colocar no meu freezer alguns minutos atrás. Eu não tive muito apetite desde que Wren me disse que a única razão para ela ter acabo grávida do completo idiota que a deixou sozinha todos esses anos foi porque eu fui um cagão. Devo ter soltado algum gemido patético, porque minha mãe para com a mão ainda na nova gaveta de panos de prato, que era onde eu costumava guardar os jogos americanos, e vira a cabeça para olhar para mim.

— Tudo bem, já chega! — ela fala, bate a gaveta com força e marcha para o outro lado da ilha à minha frente. — Hoje de manhã, quando te perguntei o que tinha acontecido, você disse que era *nada*. Quando as suas duas irmãs ligaram mais cedo e perguntaram o que estava errado, você não disse nada para *elas*. Posso ver claramente que não é verdade, Shepherd Christopher Oliver, então desembucha. O que aconteceu? É o beisebol? Você está com saudade? Ah, querido, eu sinto muito. Eu queria poder...

— Não é o beisebol — eu logo a interrompo quando ela estende as mãos do outro lado do balcão e as coloca sobre as minhas. — Eu te disse quando você ligou na semana passada que está tudo ótimo quanto a isso, e ainda está. Eu tomei a decisão certa. Estou treinando um ótimo grupo de garotos e mal posso esperar para que você os conheça e veja um jogo.

Ela sorri para mim, mas é um sorriso triste, mesmo que tente esconder. Minha mãe ficou mais chateada do que eu com o fim da minha carreira. Ela sempre disse que nada a deixava mais feliz do que me ver jogar, e admitiu há alguns meses que ficava meio triste quando ligava a televisão e não me via mais jogando. Embora eu tenha quase trinta e cinco anos, ela me assiste a jogar desde que eu tinha quatro. Ela disse que era difícil saber que estava ficando velha e que tinha que aceitar o fato de que o tempo de ver seu filho jogar beisebol na liga profissional finalmente chegou ao fim. Só espero que me ver como treinador preencha um pouco esse vazio para ela.

— Bem, se não é o beisebol, então o que está acontecendo?

Começo a explicar para minha mãe o que aconteceu na outra noite, mas rapidamente percebo que ela vai precisar de mais do que isso para ter uma visão do todo. Respiro fundo e começo do começo. O começo do começo. Uma vez que começo a falar, não paro até terminar, as palavras saem de mim rapidamente, porque não importa quantas vezes eu tenha revivido isso nos últimos dias, dói ainda mais dizer tudo em voz alta. Minha mãe fica quieta do outro lado do balcão com as mãos ainda descansando em cima das minhas, seus olhos vão ficando cada vez arregalados à medida que tudo sai de mim, até que vinte minutos se passam, e eu termino toda a história.

— ... e se ela apenas lesse as mensagens, saberia tudo isso, e finalmente entenderia, e talvez me deixasse vê-la de novo.

Pelo menos dois minutos de completo silêncio se passam na pequena cozinha até que minha mãe finalmente processa tudo o que acabei de vomitar e espero que me dê alguns conselhos muito necessários.

— Sinto muito, Shepherd — ela sussurra baixinho, apertando minhas mãos. — Mas eu concordo com o seu pai. Wren Bennet? Você realmente deveria ter baixado seus padrões.

Assim como meu pai quando eu tinha treze anos, minha mãe bufa e balança a cabeça para mim.

— Estou tão feliz que você veio. Me sinto muito melhor agora — respondo, achando graça, o que só a faz revirar os olhos para mim.

— Não espere que eu passe a mão na sua cabeça. Você fez uma das garotas mais meigas que eu já conheci chorar. Provavelmente mais de uma vez — ela me lembra, meus ombros murcham conforme abaixo minha cabeça para olhar para o balcão para que eu não tenha que ver a decepção em seus olhos.

— Eu sei — murmuro.

— Primeiro as coisas importantes. Eu estava querendo te perguntar isso, mas sempre esquecia. Por que nunca fizeram qualquer tipo de declaração sobre o seu término com aquele desperdício de oxigênio egocêntrico e insípido?

Minha mãe só se encontrou com Alana uma vez quando ela foi a Washington para um fim de semana prolongado, e eu tive alguns dias de folga. Quando minha mãe abriu os braços para cumprimentar Alana com um abraço, a minha ex simplesmente se virou, segurou o celular e tirou uma selfie das duas. O resto do fim de semana foi passado envolvendo meus braços em volta da minha mãe e fingindo que estava dando um abraço nela toda vez que ela começava a correr para Alana para arrancar o telefone da mão dela durante uma das milhares sessões de selfie.

Minhas mãos saem de debaixo das de minha mãe enquanto eu as deslizo pelo balcão conforme me sento na banqueta, cruzo os braços e suspiro.

— Sinceramente? Eu não dei a mínima na época, e depois esqueci. A mulher nem passava pela minha cabeça. — Dou de ombros. — Ela me pediu para não dizer nada até que estivesse pronta, e, àquela altura, eu só queria que ela saísse do meu apartamento. Eu disse ao meu agente e assessor que não dava a mínima e que não queria ouvir nada daquilo, a menos que fosse algo negativo com que eu precisasse lidar. Já que eu nunca tive notícias dela, ela não passou mesmo pela minha cabeça. Contei a vocês e ao Nick, e acho que simplesmente supus que ela contou às pessoas e que a notícia já teria se espalhado por agora.

Mais alguns minutos de silêncio se passam, e meu coração começa a bater mais rápido, esperando minha mãe falar e me dizer o que fazer para arrumar as coisas. Ela rompe o silêncio ao bater as mãos agressivamente no balcão.

— Eu não criei você para ser um cagão, criei?

*Bem, isso certamente não era o que eu estava esperando.*

— Meu Deus, mãe. Por favor, meça as palavras — eu murmuro, olho para cima rapidamente e a vejo me encarando. Eu deveria saber que estávamos entrando na parte da noite em que ela me daria uma dura e me diria que eu estava sendo um idiota.

— Suas irmãs têm culhões maiores que os seus — ela reclama, com um bufo.

— Savannah, sim, mas Sophia? Vamos. Isso é um insulto.

Ela se afasta de mim e marcha até o meu freezer. Ao abrir a porta, ela começa a pegar os potes que acabou de colocar lá, empilha tudo nos braços, fecha a porta e depois volta para o balcão.

— O que você está fazendo?

— Estou pegando de volta a comida que trouxe para você — ela responde, com um sorriso alegre, empurrando cada pote de plástico de volta na bolsa térmica e, em seguida, fecha o zíper. — Você não merece comer bem até encontrar seus culhões, ir até a casa daquela jovem, se ajoelhar e implorar por perdão pessoalmente.

Eu me viro na banqueta quando ela coloca a alça da bolsa no ombro e começa a sair da cozinha, sem parar de brigar comigo.

— Vomitar suas palavras depois de todo esse tempo em um monte de mensagens on-line... Vou precisar de um adesivo que diz *"buzine se seu filho for tão burro quanto o meu!"*

— Ela não vai falar comigo! — lembro à minha mãe, enquanto ela acena para mim por cima do ombro e abre a porta da frente.

— Pare de ser um cagão, vá lá e fale com ela! — minha mãe grita, nem mesmo se preocupando em olhar para mim ou se despedir ao atravessar a porta, e a fecha com tanta força que o porta-retrato com a foto de família do último Natal que estava em cima da mesinha da entrada cai.

— Bem... eu provavelmente merecia essa — murmuro, mais uma vez sozinho em meu chalé.

Levo apenas alguns segundos de silêncio antes de pular da banqueta e sair correndo, tentando encontrar as chaves do carrinho de golfe. Eu as deixo cair três vezes, porque minhas mãos estão tão suadas, enquanto xingo e resmungo para mim mesmo por mais uma vez ser tão idiota. Minha mãe está certa. Quando Wren não quis falar comigo, eu deveria ter ido até a casa dela e feito a mulher me ouvir. E é exatamente o que vou fazer agora.

*Se eu puder encontrar a porra da minha carteira. Onde eu coloquei minha carteira, caramba?*

Depois de mais cinco minutos de busca frenética, meu chalé agora parece ter sido revirado durante um assalto. Há travesseiros, almofadas e correspondência espalhados pelo chão, e algumas cadeiras tombadas, mas finalmente encontro minha carteira. Há outra batida na porta, e eu paro e deixo escapar um suspiro irritado enquanto me viro e atravesso a sala de estar.

Se eu tivesse também pegado o celular que ainda estava caído com a tela para baixo sob a mesa da cozinha enquanto eu procurava pelas minhas chaves e carteira, e se eu também tivesse verificado as redes sociais quando peguei meu telefone, eu teria visto que todas as minhas mensagens foram lidas.

— Eu sei que sou um cagão! Você não precisava voltar para me chamar de cagão de novo. Eu já…

Eu paro de falar quando abro a porta, e de pé na minha varanda, sob o brilho da luz, não é minha mãe que está com um olhar irritado no rosto. Parada ali na minha varanda, vestindo uma camiseta da Girar e Mergulhar e meu short jeans favorito, com uma expressão nervosa, mas esperançosa em seus olhos nadando em lágrimas, e segurando o celular com força, está Wren me olhando com aqueles lindos olhos azuis marejados, com a cabeça inclinada para o lado enquanto tento me lembrar de como respirar.

— Se eu prometer não chamar você de cagão, promete que tudo o que você disse nessas mensagens é verdade?

Minha mão está agarrando a porta com tanta força que estou surpreso por não lascar a madeira. Eu tinha acabado de me xingar por não dizer tudo o que estava naquelas mensagens na cara de Wren, e, agora, eu deveria estar repetindo tudo para ela sem nem hesitar. Tudo o que eu quero dizer está na ponta da minha língua, mas ela está bem aqui na minha frente, e eu só consigo pensar que disse que nunca seria capaz de estar perto dela novamente sem querer beijá-la. Não percebi a verdade daquelas palavras até este momento. Minha necessidade por Wren é diferente de tudo o que eu já experimentei antes, o que me dá um sacode e finalmente me faz cair na real.

— Cada droga de palavra. — É tudo o que consigo rosnar antes de sair para a varanda, agarrar seu rosto e abaixar minha cabeça para colar a boca na sua.

# CAPÍTULO 9
## "É MELHOR VOCÊ DAR UM JEITO."

*wren*

Posso não ter muita experiência com relacionamentos ou sexo, mas já fui bastante beijada. A única coisa que todos aqueles beijos sem graça que me trouxeram até este momento me ensinaram é que foram *completamente errados*. Eram hesitantes e chatos, lentos e fracos, e percebi que foram um erro antes mesmo de terminarem.

Quando a boca de Shepherd encosta na minha, juro que ouço o baque de um taco se conectando com uma bola, e tudo parece se encaixar no mesmo instante. Nós nos encaixamos como duas peças perdidas de um quebra-cabeça, e quando sua língua passa pelos meus lábios e se emaranha com a minha, *sinto* que sou aquela bola sendo catapultada para o céu, meus pés deixam o chão, giram e tropeçam enquanto eu voo. Não há nada lento nem sem graça na maneira como este homem me beija, e pelo resto da minha vida, nunca, nunca vou me arrepender disso. Sua língua mergulha na minha boca, deslizando e girando de uma forma que me faz sentir em *todos* os lugares, desde o alto da cabeça até a ponta dos pés.

Agora entendo o que as mulheres queriam dizer ao afirmarem que "os beijos dele me fazem perder o controle". Sinto que estou enlouquecendo, mas da melhor maneira possível. Quero gritar, quero sussurrar, quero rir e quero chorar. Ele chupa minha língua, e eu logo gemo em sua boca. Nunca na minha vida um beijo me deixou tão excitada, até agora. Estou tão louca de tesão que agarro a frente da camisa de Shepherd para puxá-lo para mais perto, para senti-lo em todos os lugares e aprofundar o beijo enquanto fico na ponta dos pés.

Eu o escuto rosnar na minha boca, e sinto o estrondo de seu peito pressionado no meu, quando, de repente, sinto que estou girando e voando novamente, até que percebo que Shepherd me girou em sua varanda, sem pôr fim ao beijo. Meus pés tropeçam para trás para andar com ele, e me agarro com mais força à sua camisa enquanto ele me beija com a mesma urgência frenética que percorre meu corpo. Eu me preparo para a sensação das minhas costas batendo na lateral da casa, mas isso nunca acontece. Nós nos beijamos, e nos beijamos, e nos beijamos conforme uma das mãos de Shepherd se afasta do meu rosto ao nos movermos, e seu braço logo me envolvendo enquanto caminhamos. Aquele braço firme e protetor em volta do meu corpo é o que bate na lateral do chalé em vez de serem as minhas costas, e saber que ele está tentando me proteger mesmo enquanto nós dois estamos inconscientes, perdidos neste beijo, me faz perceber o quanto eu estava perdendo ao beijar as pessoas erradas. Isso faz o fogo que senti dentro de mim desde o primeiro toque de seus lábios explodir em uma labareda que não quero que se extinga.

Ele me segura como um anjo, suave e protetor e cheio de cuidado, uma mão ainda cobre a minha bochecha, e o outro braço me envolve com firmeza. Mas ele beija como o diabo, forte e punitivo, como se tentasse me reivindicar. Sua língua afunda mais em minha boca, e eu gemo novamente na dele, uma das minhas pernas que envolvem suas costas, puxa-o para mais perto até que seu corpo esteja colado no meu, me empurrando com mais força no braço com que ele protege meu corpo da lateral da casa. Ele chupa meu lábio superior no meio de beijos ardentes, e meu corpo reage como se o homem tivesse colocado a boca entre as minhas pernas e feito a mesma coisa.

Eu me empurro contra ele, precisando de algum alívio da dor escaldante que ele criou, e gemo tão alto em sua boca quando me esfrego em seu pau duro esticando o calção, que a mão de Shepherd sai da minha bochecha para bater ruidosamente na lateral da casa, bem acima da minha cabeça. Não há nada que eu possa fazer além de me agarrar a ele. Estou tão tonta com a sensação de seus lábios e língua tentando memorizar cada centímetro da minha boca que a única perna em que estou de pé cederia se ele não estivesse me segurando com tanta força. Shepherd dobra os joelhos e empurra para cima, sua ereção esfrega em mim até que eu vejo estrelas por detrás dos meus olhos fechados, e minha perna aperta ainda mais a parte de trás de sua coxa.

**TARA SIVEC**

Seu beijo é desesperado e possessivo, me dizendo com cada golpe de sua língua e cada respiração ofegante minha que ele engole em seus pulmões que eu sou *dele*. Que eu sempre fui dele e que ele realmente quis dizer cada palavra naquelas mensagens. E quando sinto seu corpo poderoso estremecer no meu com a força de sua própria necessidade enquanto eu rebolo e esfrego, esfrego e esfrego essa doce dor contra ele no mesmo ritmo que sua língua desliza na minha uma e outra vez... Eu sei que ele me tem. Cada parte de mim pertence a Shepherd, e sempre pertenceu. A pequena quantidade de homens que vieram antes dele eram apenas distrações até que o cara certo aparecesse. Aquele cujos beijos me dizem, ainda melhor do que as palavras que ele me escreveu, que eu sempre fui dele.

O som de alguém gritando a algumas casas de distância me traz de volta à realidade, sufocando um pouco da minha necessidade. O que me lembra de que o meu primeiro orgasmo com outro ser humano, em vez de com a minha própria mão, provavelmente não deveria acontecer na porta do chalé de Shepherd; não importa o quanto eu queira.

Me dou mais alguns segundos para desfrutar do beijo arrasador de Shepherd, e por fim solto sua camisa. Com um empurrão suave de minhas mãos em seu peito, afasto a boca da dele. Nós dois gememos baixinho com a perda do contato. Seu braço ainda me segura com firmeza, sua outra mão ainda está apoiada na parede da casa, acima da minha cabeça, e ainda estamos pressionados desde as coxas até o peito. Estamos parados aqui, com lábios a poucos centímetros um do outro, a respiração arfante e nos encarando. O olhar escaldante de Shepherd ao me encarar não ajuda nenhum pouco a esfriar o fogo que ainda arde furioso dentro de mim. Tento desviar o olhar, mas não consigo. Ninguém nunca olhou para mim assim antes, como se estivesse se segurando para não rasgar minhas roupas e me foder contra a parede da casa, e é viciante. Eu poderia ficar aqui a noite toda, me embebedando da visão de sua pele corada, do músculo tensionado de sua mandíbula coberta pela sombra da barba por fazer, a sensação de seu coração acelerado sob minhas mãos, e seus olhos indo e voltando dos meus olhos e lábios.

Nada pode ser ouvido além do som das ondas arrebentando na praia do outro lado do chalé de Shepherd e das batidas rápidas do meu coração em meus ouvidos, nenhum de nós dizendo nada. Eu nem sei o que dizer a ele agora. Nada na minha cabeça poderia transmitir com precisão o que ele acabou de fazer comigo e como me sinto neste momento. Como se diz a alguém que você passou anos andando por aí morta por dentro e que um toque dos lábios da pessoa a trouxe de volta à vida?

Eu não sei como. Especialmente agora com sua ereção ainda pressionando em mim, enquanto ainda posso sentir sua boca na minha, e sua respiração ofegante em meus lábios, e eu só quero beijá-lo novamente e esquecer o resto do mundo. Então não digo nada, porque não quero estragar tudo. Eu quero que este momento, esse primeiro beijo com o qual tenho sonhado desde a adolescência, que esses dois minutos permaneçam tão perfeitos quanto são na minha cabeça agora sem que eu estrague tudo dizendo alguma idiotice.

Desenrosco a perna da dele, abaixo a cabeça e saio de debaixo do braço que Shepherd ainda está apoiando na parede, então rapidamente vou até as escadas da varanda e desço por elas. Minha mão sobe enquanto caminho, e meus dedos tocam meus lábios inchados apenas para me assegurar de que não imaginei nada disso agora que estou longe do casulo quente de seu corpo.

— Então isso é um sim para um encontro? — Shepherd grita às minhas costas, me fazendo sorrir sobre as pontas dos meus dedos, e dou uma olhada para ele por cima do ombro enquanto caminho rapidamente pela calçada.

Ele ainda está de pé onde o deixei, mas agora encostado na parede lateral da casa, o lugar em que acabou de me beijar, como se suas pernas fossem ceder se tentasse andar. O que só me faz sorrir ainda mais quando deixo de olhar para ele. Afasto os dedos dos lábios quando chego à calçada e grito em resposta:

— Veremos! Me mande uma mensagem.

Shepherd: Aquele beijo realmente aconteceu, ou eu imaginei?

Wren: Quem é?

Shepherd: Isso não é nem NUNCA será engraçado de novo, Wren Elizabeth Bennett. Você sabe muito bem quem é, já que pode ver as mensagens que enviei nos últimos dias, as quais você não respondeu.

TARA SIVEC

Wren: Aaaaah, apelando para o nome completo. Vou levar uma surra também?

Shepherd: Talvez eu seja o único que deveria estar perguntando quem é. Caramba, Wren. Um homem não pode aguentar tanta coisa na mesma noite. Ainda posso sentir seu gosto e o seu corpo no meu, e ainda posso ver a maneira como você tocou seus lábios quando estava se afastando de mim com aquele sorriso lindo e chocado no rosto. Como se você não pudesse acreditar que era verdade. E se você disser mais uma coisa assim, dessa vez vou quebrar meu celular. E em vez de ser jogando a coisa do outro lado da sala, vai ser esmagando o aparelho com a minha mão.

Wren: Por que você jogou seu telefone do outro lado da sala???

Shepherd: Porque sou um cara burro que fez uma garota chorar, e eu estava abrindo meu coração para ela, e ela não estava lendo minhas mensagens. Ou, você sabe, escorregou, e agora a tela está quebrada.

Wren: Você sabe do que isso me lembra? Daquela época em que eu mandei mensagens para você, e você não me respondeu, e depois você parou de falar comigo por um ano inteirinho. Mas, sabe, o meu CORAÇÃO estava quebrado.

Shepherd: Ai, eu mereço isso.

Wren: Pelo menos quando comecei a falar com você de novo, levou apenas dois dias e você conseguiu um beijo, seu bebê chorão.

Shepherd: Droga, Bennett, já terminou?

Wren: Espera. Lembra daquela vez que eu abri MEU coração para VOCÊ, e você apenas me deixou ir embora e depois disse todas as coisas perfeitas via mensagem em vez de falar na minha cara?

Wren: Ok, agora eu terminei.

Shepherd: Nunca, nunca mude, Wren. Eu meio que gosto de você.

Wren: Que bom. Porque eu também meio que gosto de você, contato que agora salvei no meu telefone como "Um Cara Qualquer Que Beijei".

Um Cara Qualquer Que Beijei: Você é hilária. Além disso, obrigado pela transferência de calda de chocolate da sua camisa para a minha durante aquele beijo. Estava uma delícia.

Wren: Ai, meu Deus! Você está mentindo. E o que você quer dizer com "estava uma delícia", se estava na sua camisa?

Um Cara Qualquer Que Beijei: Tipo, eu apenas supus que era calda de chocolate quando olhei para baixo e vi a mancha depois que você foi embora, mas um teste de lambida confirmou.

Wren: Ecaaa, e se não fosse chocolate?!!!

Um Cara Qualquer Que Beijei: Assim, se você deixou uma substância marrom na minha camisa que não era calda de chocolate, temos muito mais com o que nos preocupar do que com eu lambendo uma mancha misteriosa da minha camisa.

Wren: Me dê essa camisa na próxima vez que nos virmos, e eu a lavo para você. Caramba, me desculpe!

TARA SIVEC

Um Cara Qualquer Que Beijei: Você não vai fazer nada disso! Por que está se desculpando? Desde quando chocolate é ruim? A vigilância sanitária emitiu um comunicado e eu não fiquei sabendo? Sabe quantos anos eu sonhei com você nua e calda de chocolate juntas em perfeita harmonia? Não estrague isso para mim agora. DEIXE-ME TER A MINHA FANTASIA COM CHOCOLATE, WREN.

Wren: Como você faz isso?

Um Cara Qualquer Que Beijei: Faço o quê? Te deixar excitada e depois te fazer querer vomitar tudo em três milésimos de segundo? É uma dádiva.

Wren: HA-HA, não! Me fazer sentir... não sei... normal. Essa não é a palavra certa, mas agora estou pensando em VOCÊ e em calda de chocolate, então obrigada por isso. Minha língua estava agorinha em sua boca, e eu deveria me sentir estranha e minha pele deveria estar toda coçando, e eu deveria estar ensaiando cada palavra que estou dizendo para você para não dizer algo idiota, mas não estou. Beijar você foi tão natural e fácil quanto enviar uma mensagem para você como naquela primeira vez. E não está nada estranho, e ainda parece que somos NÓS, mas diferentes, e quer saber? Vou calar a boca agora antes de deixar as coisas estranhas.

Um Cara Qualquer Que Beijei: Eu gosto de quando você é estranha. E é igual para mim. Achei que ficaria nervoso mandando mensagens para você depois do que aconteceu, mas nunca me senti tão... calmo. E agora você me fez dizer as palavras erradas, porque eu não estou nada calmo. Não consigo parar de pensar naquele beijo, o que está me deixando louco, porque agora eu só quero beijar você de novo. Mas falar com você nunca é estranho. É sempre certo e perfeito. Além disso, vou precisar de um minuto ou dois, porque agora não consigo parar de pensar na sua língua na minha boca. O que você acha de sexo por telefone, legal ou bizarro?

Wren: HAHA! Sinto que talvez seja hora de desligar o telefone e ir dormir.

uma TACADA e um ACIDENTE

Um Cara Qualquer Que Beijei: Provavelmente uma sábia decisão. E quanto ao encontro... Você está livre amanhã à noite?

Wren: Talvez sim. O que você tem em mente?

Um Cara Qualquer Que Beijei: Como se eu fosse sair contando tudo o que planejei para o nosso primeiro encontro.

Wren: Faz apenas quinze minutos que saí daí. Você já planejou o nosso encontro?

Um Cara Qualquer Que Beijei: Querida, nosso primeiro encontro está planejado desde que eu tinha treze anos. Prepare-se. Estou pensando em gravar um CD com uma compilação de todas as melhores músicas do O-Town que baixei ilegalmente da internet. Vou chamar meus amigos pelos pagers deles e depois vou entrar no MySpace e escolher a música certa para o meu perfil e que case com meus sentimentos. Provavelmente vou beijar você sob o luar enquanto Enya toca ao fundo. Fora isso, você só vai ter que se surpreender. Pego você às sete.

Wren: Não acredito que pensei que eu era a estranha.

Wren: Ah, e Shepherd? Minha resposta é claro que sim para sexo por telefone. Pode ser divertido. Eu nunca tentei antes, então não sei se vou ser boa nisso. Roupa é opcional? Suponho que tocar é permitido, certo? Ou qual seria o objetivo? Fazemos isso por telefone ou por mensagem? Não sei se consigo me concentrar digitando com uma mão e me tocando com a outra. É uma coisa do tipo toma-lá-dá-cá, tipo, você primeiro, e quando terminar, é a minha vez? Você sabe o quê? Vou pesquisar no Google.

Um Cara Qualquer Que Beijei: Meu Deus do céu, Wren. Me ajude. Estou morrendo.

Wren: Sempre tão dramático... Durma bem. Vejo você amanhã.

**TARA SIVEC**

# CAPÍTULO 10

## "FÃ INTERFERINDO NA JOGADA."

### wren

— Eu queria dar a ele o benefício da dúvida, mas já faz três dias sem uma palavra, então ele que se foda.

— Ele ainda é um gostoso, mas também é um pau no cu do caralho! Eu disse que era uma boa ideia queimar aquele moletom para enviar a mensagem de que era bom ele *não* brincar com você!

— Estou tão brava que deixei escapar que você era uma fã. O ego idiota dele é claramente maior que o pau minúsculo.

— Sério, quem ele pensa que é? Voltar para a cidade e convidar você para um encontro como se estivesse te fazendo um favor. *"Ah, oi, querida, está tudo bem porque estou solteiro agora, falou?!"* Ele que se foda!

— Você ficou lá na frente dele chorando, dizendo que *sempre* teve uma queda por ele, e o cara simplesmente deixou você ir embora! E então ele me persegue por toda a cidade tentando descobrir como você está. Como você acha que ela está, *idiota*? Ok, tudo bem, ele só me parou uma vez quando eu estava saindo da farmácia, e o cara foi muito fofo e parecia estar muito triste, mas dane-se. Ele que se foda!

— Bebidas e Reclamações de manhã é difícil, mas estou *salivando* por essas mimosas antes do trabalho. Que época para se estar viva. Foda-se Shepherd Oliver e aquela bunda egoísta e gostosa! Bebidas e Reclamações, garotas!

Tess e Birdie *finalmente* param de reclamar de Shepherd por tempo suficiente para brindarem e beberem o suco de laranja com champanhe que eu servi esta manhã. Não posso nem ficar brava por elas não terem reclamado dos caras delas desde que chegaram aqui e passaram a manhã toda reclamando do meu em vez disso.

*Meu... Shepherd é meu...*

Esse pensamento só faz o sorriso que tenho no rosto desde que acordei aumentar ainda mais, ergo a mão para tocar a ponta dos dedos nos meus lábios enquanto encho a taça de Tess e a de Birdie com mais champanhe. Considerando que liguei convocando uma Bebidas e Reclamações de emergência no raiar do dia na minha cozinha depois que Owen saiu para a escola e antes que todas tivessem que ir para o trabalho, senti que uma pequena indulgência fosse necessária. Especialmente porque eu saí da Girar e Mergulhar quinze minutos depois do Bebidas e Reclamações da noite *passada* com uma mentira sobre Owen não estar se sentindo bem. E *especialmente* por causa do que estou prestes a dizer a elas, já que as deixei esbravejar e esbravejar desde que chegaram aqui. Sei que deveria ter contado sobre as mensagens assim que terminei de lê-las ontem à noite enquanto Tess passava quinze minutos reclamando de Bodhi ter deixado a tampa do vaso levantada, mas não contei. Eu só queria tomar uma decisão sobre Shepherd por conta própria, sem a opinião delas. Eu precisava confiar nos meus próprios instintos, e acho que, pela primeira vez, funcionou muito bem. Só espero que elas achem o mesmo.

Empurrando para mais perto delas o prato de donuts que fiz antes de o sol nascer, pois eu não conseguia dormir, já que fiquei repassando aquele beijo a noite toda, espero que isso também suavize o golpe. Elas estão furiosas por mim *de verdade*... enquanto estou aqui do outro lado do balcão, pensando pela centésima vez em cada momento daquele beijo. A sensação do corpo Shepherd pressionado no meu, a sensação de sua boca se movendo na minha, a forma como seu *corpo* se movia contra o meu, o impulso dos seus quadris entre as minhas coxas...

De repente, minha cozinha é tomada por gemidos baixos em vez de por xingamentos enquanto cada mulher dá uma mordida em um donut, sentadas ali nas banquetas do outro lado do balcão, enquanto eu mudo nervosamente meu peso de um pé para outro, sem sair do lugar. Conforme eu esperava, a expressão de Tess e de Birdie se acalma e, por um momento, elas se esquecem de que estão com raiva de contra Shepherd; é como se eu as tivesse alimentado com algo mágico. E esses não são nem os donuts de bacon lá do continente pelos quais Birdie é obcecada e com os quais Palmer sempre a mima. São apenas um tubo de massa pronta que fritei em óleo e depois polvilhei com canela e açúcar. Mas eu sei o poder que esses donuts exercem, já que eu já comi um tubo inteiro de massa desses para acalmar meu nervosismo de elas chegarem aqui. Estava funcionando até agora.

— Por que você está sorrindo tanto? — Tess pergunta de repente, com a boca cheia de donut.

Estendo a mão, pego um e o coloco na boca, assim não estou mais sorrindo.

— E por que *nós* somos as únicas reclamando, sendo que foi você quem passou as últimas noites reclamando para a gente, também foi você quem convocou esse Bebidas e Reclamações de emergência? — Birdie pergunta, ao colocar o donut meio comido de volta no prato e se inclinar para apoiar os cotovelos no balcão para poder me observar com mais atenção.

— Você finalmente pirou? Talvez três Bebidas e Reclamações seguidos tenha sido demais.

Pigarreio, mexo os pés e olho para o papel toalha que destaquei do rolo para usar como guardanapo. Encaro os meus dedos quando começo a rasgá-lo em pedacinhos para não ter que olhar para elas enquanto falo.

— Bem... é um pouco difícil reclamar do cara agora, depois que eu fui até a casa dele ontem à noite, e ele me deu um beijo que me deixou atordoada. E se eu não tivesse pisado no freio, poderia ter deixado esse mesmo cara percorrer todas as bases e marcar um ponto bem na parede de fora do chalé dele, e posso confirmar que o pau dele não é pequeno e ele não é brocha, então quem quer mais champanhe? — Falo tudo de uma vez, e pego a garrafa e a seguro no ar, com um sorriso imenso no rosto.

Há um longo momento de silêncio após minha confissão, o que me dá tempo de sobra para reviver cada momento delicioso daquele beijo mais uma vez antes de elas processarem tudo o que acabei de dizer. Birdie e Tess começam a gritar tão alto que quase quero tapar os ouvidos com as mãos. Em vez disso, enquanto elas reclamam e gritam do outro lado do balcão, dizendo que eu perdi a cabeça por deixar outro homem fazer isso comigo, e que agora elas vão ter de botar fogo em todas as coisas dele, de verdade, por tirar vantagem de mim, coloco o champanhe na mesa com toda a calma do mundo, me viro e me afasto do balcão.

— Se você tivesse parado de reclamar do Bodhi e do maldito assento do vaso sanitário, não teríamos esse problema agora! — Birdie grita com Tess.

— Não é *minha* culpa que toda aquela gostosura do Shepherd transformou o cérebro dela em mingau! Acontece até com as melhores de nós! —

uma TACADA e um ACIDENTE

Tess responde, conforme pego meu celular no braço do sofá onde o deixei quando me despedi de Owen na hora que ele estava saindo para a escola.

Abro o Instagram enquanto volto até elas e, em silêncio, estico o braço entre o rosto revoltado das duas, e fico calada por mais alguns minutos depois que Tess toma o telefone de mim. Estou atrás delas, com os braços cruzados, enquanto Birdie e Tess se inclinam, ombro a ombro, e curvam a cabeça para ler as mensagens que Shepherd me enviou ontem, no intervalo de poucas horas, enquanto eu estava ocupada no trabalho. Quando terminam, as duas estão tremendo com soluços silenciosos, e elas se viram na banqueta, e eu posso ver bochechas manchadas de lágrimas, narizes fungando e queixos trêmulos.

— Sempre foi *você* — Birdie diz com um sussurro rouco enquanto outra lágrima rola por sua bochecha.

O relógio na minha cozinha marca os segundos no chalé silencioso até que começo a me inquietar com o jeito que as duas estão olhando para mim, e então elas voltam a falar desenfreadamente:

— Eu sinto muito! Somos umas idiotas!

— Fale por si mesma. Eu sou maravilhosa. Ainda sinto muito por dizer que você pirou, mas vá se ferrar por me fazer chorar enquanto o sol está no céu. É contra a minha religião!

— Ele é perfeito! Case-se com ele agora mesmo e tenha filhos com ele!

— Foda-se casamento e filhos, e simplesmente foda com ele!

— Ele é o cara mais fofo do mundo. Ai, meu Deus, eu poderia cair morta!

— Eu não disse que ele voltar aqui seria uma coisa boa? Isso é uma coisa muito boa. A melhor coisa entre todas as coisas boas!

Levo a mão à cabeça e fecho os olhos, passa alguns minutos até que o rompante de Tess e Birdie se encerre, e elas finalmente ficam quietas, e aí eu consigo pensar. Quando o silêncio finalmente reina na minha cozinha, afasto a mão e olho para elas.

— Vocês *são* mesmo um bando de idiotas. Depois de tudo o que Kevin me fez passar, vocês acham que eu permitiria alguém fazer isso comigo de novo? Por favor, apenas confiem em mim antes de fazer suposições — digo à cara de choque das duas, e vou suavizando a voz conforme continuo e dou um passo para mais perto delas. — Eu sei que deixei Kevin pisar na minha cabeça. E sei que o deixei me fazer sentir como se ele fosse melhor do que eu e como se eu não tivesse voz. E sei que vocês tiveram que sentar e assistir a isso acontecer ao longo de todos esses anos sem poder fazer nada, e eu só posso imaginar o quanto foi difícil para vocês. Eu amo muito as duas por me defenderem o tempo todo, mas eu *tenho* voz, e *tenho* coragem. Eu só esqueci como usá-las por um tempo. Mas Shepherd... eu não sei, ele aflora tudo isso em mim. Não sou uma idiota. Não mais, pelo menos. Não vou me apaixonar por palavras perfeitas enviadas em mensagens. As ações falam mais alto do que as palavras, e ontem à noite... digamos que aprovo as ações dele até agora.

Na mão de Tess, meu celular apita com uma mensagem, e antes que eu possa pegar o aparelho, ela está abaixando a cabeça para ler.

— Quem diabos é "Um Cara Qualquer Que Beijei", e por que ele está enviando uma mensagem que acabou de me engravidar? — Tess exclama. — Quantos homens você beijou ontem à noite?

— Me dê isso — Birdie ordena, batendo na minha mão quando tento pegar meu telefone. — Minha nossa, acho que acabei de gozar. Palmer realmente precisa melhorar a habilidade de falar sacanagem. Mas, falando sério, quem diabos é esse cara qualquer que você beijou? O Shepherd vai acabar com ele!

Minhas bochechas já estão coradas, e me pergunto o que Shepherd poderia ter dito enquanto Birdie continua batendo nas minhas mãos.

— Você vai me devolver o meu telefone?! Foi com esse nome que salvei o número do Shepherd! É só uma brincadeira entre nós... *Minha Nossa Senhora* — eu gemo quando Birdie finalmente vira o aparelho para que eu possa ver a tela.

> Um Cara Qualquer Que Beijei: Acordei esta manhã e ainda podia sentir seu gosto. Meu Deus, seus lábios são perfeitos. Tudo em você é perfeito, mas especialmente os sons baixinhos que você faz quando estou entre suas coxas. Você ainda consegue sentir o quanto meu pau estava duro por você, linda? Onze horas e quinze minutos até o nosso encontro.

E, assim, estou molhada enquanto o sol está no alto, o que eu achava que ia contra a *minha* religião.

— Ai, meu Deus, você vai sair com ele hoje à noite? — Birdie pergunta, animada, pulando sem parar na banqueta quando eu finalmente consigo tomar meu celular de sua mão.

Assim que o pego, o aparelho apita com uma notificação, me fazendo pular e soltar um gritinho quando vejo que é outra mensagem de Shepherd. É como se ele soubesse que estou aqui na cozinha a meio caminho de um orgasmo depois de apenas uma droga de uma mensagem de texto, e ele quer me deixar ainda *mais* desconfortável. Só que é de Shepherd que estamos falando, e eu já deveria saber.

> Um Cara Qualquer Que Beijei: Você não é a única que pode pesquisar sexo por telefone no Google. Toma! Espera... é muito cedo para sexo por telefone? É, tipo, uma coisa que só se faz de noite? A gente precisa agendar antes? Parece um pouco escandaloso digitar "pau" antes do almoço. Eu deveria ter pesquisado mais. Onze horas e quatorze minutos até o nosso encontro.

Ainda estou rindo para mim mesma enquanto Birdie pira porque eu vou sair com Shepherd. Eu nem sei o que me fez brincar com ele sobre sexo por telefone ontem à noite. Ele apenas faz aflorar algo... *escandaloso* em mim, eu acho. De repente, sou uma pessoa popular esta manhã quando outra mensagem apita no meu telefone.

— Por favor, que seja uma foto do pau do Shepherd, por favor, que seja uma foto do pau do Shepherd — Tess reza baixinho, com os olhos fechados e as mãos para cima com os dedos cruzados. Balanço a cabeça e olho de novo para o aparelho.

Infelizmente, não é outra mensagem sacana de Shepherd ou uma que me faz rir e me deixa à vontade. Pela primeira vez desde que Owen nasceu, não grito por dentro quando vejo o nome "Filho da puta dos Infernos" que Tess fez o favor de salvar na minha agenda seis anos atrás. Foi na primeira vez que Kevin me perguntou se eu tinha engordado. Nem mesmo uma mensagem dele antes de eu estar devidamente cafeinada pode piorar meu bom humor esta manhã enquanto estou pensando no meu encontro com Shepherd esta noite.

— Não é do Shepherd; é do Kevin — digo a Birdie e Tess, enquanto leio rapidamente a mensagem e reviro os olhos.

— Por que você está sorrindo? Por que ela está sorrindo? — minha irmã questiona com nervosismo no que mostro a mensagem dele.

> Filho da puta dos Infernos: Seria bom se você me enviasse o horário da balsa como eu pedi dias atrás. É muito maduro da sua parte tentar me impedir de ver meu filho. De novo.

Tess rosna, e Birdie solta uma torrente de xingamentos que duram um minuto inteiro, ambas tentam pegar meu celular para colocar Kevin em seu devido lugar por mim. Isso é o que Kevin faz. Não importa que eu tenha enviado, anos atrás, o link com os horários da balsa, nem que ele poderia muito bem procurar essas informações na internet. Se ele me pede algo, e eu não respondo em tempo recorde, a culpa é *minha* e *eu* sou a razão pela qual ele nunca vê o filho. O idiota faz a mesma coisa com a agenda de beisebol do Owen. Em mais de três anos, ele não foi a nenhum dos jogos do filho, então parei de enviar os horários. Mais uma vez, seria fácil ele encontrar a informação na internet, mas eu sou a filha da mãe que o mantém longe do filho, a culpada por ele nunca poder ver o garoto jogar. Tenho vergonha de mim mesma por ter aceitado essa situação por tanto tempo; que eu tenha permitido que alguém me tratasse dessa maneira, sendo que eu não merecia nem nunca mereci.

— Gente — digo a elas, com calma, segurando o celular fora do alcance das duas enquanto digito a resposta. — Deixa comigo. E estou sorrindo porque tenho voz e coragem, e já é hora de começar a usá-las.

Clico rapidamente em "enviar" antes que eu perca a confiança recém-descoberta, viro o aparelho para elas enquanto Tess lê minha resposta em voz alta:

— *Sabe o que seria muito legal, Kevin? Se você começasse a agir como um ser humano decente para variar. Parece que nem sempre conseguimos o que queremos. O horário da balsa está disponível na internet. Como sempre esteve.* — Tess termina, olhando para mim com um sorriso no rosto, e funga alto. — Nossa garotinha está tão adulta. Estou tão orgulhosa.

De repente, meu bom humor quando penso no meu encontro com Shepherd esta noite começa a despencar.

*Ai, meu Deus. Kevin está vindo para a ilha.*

Acabei de conseguir Shepherd de volta, e claro, minha autoconfiança está ótima no momento, mas ainda sou uma garota que quer impressionar o cara de quem ela gosta, não jogá-lo de cara no atoleiro de merda que é minha vida. Todos aqueles donuts começam a revirar no meu estômago enquanto Birdie toma um gole de mimosa antes de falar:

— Alguém mais está *super*animada para que o Mefistófeles chegue logo na ilha? — ela pergunta, ao erguer a mão como se estivesse na escola.

— O quê? Não! Você está chapada? — pergunto, ao diminuir o volume do celular antes de colocá-lo no balcão para que eu não tenha que ouvir quando a resposta cheia de raiva de Kevin chegar. Pressiono a mão no estômago para tentar acalmar a náusea.

*Shepherd já sabe da minha idiotice de uma noite só. Ele realmente precisa ficar cara a cara com a situação? Aff...*

— Levando em consideração a quantidade de maconha que Bodhi fuma e o fato de estarmos bem perto de Tess agora, *todas nós* podemos estar chapadas por causa do cheiro da erva e nem ter noção disso — Birdie dá de ombros. — Mas falando sério. Estou formigando só de pensar naquele babaca vindo para uma visita.

— Sim, estou sentindo uma faísca de algo. Vai ser divertido — Tess concorda, ambas alheias ao meu pânico crescente.

— Não há nada divertido *nem* de animador sobre Kevin vir a Summersweet. Vocês se lembram da última vez que ele esteve aqui? Tive que fazer um tour de desculpas durante uma semana depois que ele foi embora, indo atrás de todas as pessoas que ele insultou durante as vinte e quatro horas que esteve na ilha — lembro a elas.

— Querida, aquele babaca não tem a mínima chance quando Shepherd Oliver der uma boa olhada nele. — Tess ri enquanto Birdie assente e se junta à risada.

— Essa briga não é dele — murmuro baixinho, nem mesmo acreditando nas palavras que saem da minha própria boca. Eu só beijei aquele homem uma vez, mas uma vez foi o suficiente para me dizer que de jeito nenhum ele vai ficar parado e me deixar lidar com Kevin sozinha.

— Um homem que diz as coisas que Shepherd te disse nessas mensagens, que é direto ao dizer que para ele você é o prêmio, vai defender sua honra, quer você queira ou não. Ah, sim, isso vai ser divertido. — Birdie assente com um sorriso imenso no rosto.

— Chega de álcool para vocês duas — murmuro, ao percorrer o balcão e tirar o champanhe do alcance delas.

Tudo bem, estou sorrindo um pouco para mim mesma enquanto pego as taças e as coloco na pia. E com certeza, parte da náusea vai embora conforme um monte de fantasias de Shepherd montado em um cavalo branco e me levando para longe do vilão malvado passa pela minha cabeça. Dane-se. A briga ainda não é dele.

**TARA SIVEC**

— Tudo bem, eu tenho exatamente quinze minutos antes de precisar sair para o trabalho — Birdie anuncia, pulando de sua banqueta. — Tempo suficiente para escolher uma roupa para você usar no seu encontro.

É como se elas *quisessem* me fazer perder a cabeça esta manhã. Eu não estava nem um pouco nervosa com o meu encontro com Shepherd até agora. Meu armário está cheio de nada além de camisetas e shorts. E embora eu tenha certeza de que o ego de Shepherd adoraria que eu usasse uma de suas camisas em nosso encontro, eu não posso usar uma droga de camiseta em um encontro com Shepherd Oliver!

Birdie agarra meu braço e começa a me puxar para o corredor, mais uma vez alheia ao meu pânico.

— O armário da Wren não tem nada que seja vulgar o suficiente para uma saída com Shepherd. Nós vamos precisar ir dar uma olhada no seu armário — Tess diz a Birdie, com uma bufada, e agarra meu outro braço e me puxa em direção à porta.

— Você acabou de me chamar de vulgar?

— Desculpe, foi outra pessoa que transou com Palmer na primeira vez que se beijaram?

— Não, não, fui eu. Porra, aquele foi um bom dia. Eu não acho que ela deveria ir com uma roupa vulgar no primeiro encontro. E ela com certeza não pode pegar nada do *seu* armário ou vai parecer que vai a um funeral.

— É engraçado porque é verdade. Quem achar que é uma boa ideia faltar o trabalho para ir às compras no continente, diga *sim*!

— *Sim!* — Tess e Birdie gritam juntas enquanto eu as deixo me arrastar em direção à porta.

— A maioria ganha! — Birdie anuncia, tirando o próprio celular do bolso para ligar para o campo de golfe. — Vou ligar para a nossa mãe depois de ligar para a SIG e pedir a ela para cobrir o seu turno hoje.

Eu nem me incomodo em lembrá-las de que eu tenho uma voz enquanto elas falam ao meu redor e fazem planos para mim e pegam minha bolsa e me arrastam porta afora. Vou deixá-las interferir apenas uma última vez, porque eu não posso usar uma droga de camiseta e um short em um encontro com Shepherd Oliver.

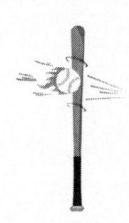

# CAPÍTULO 11

## "PARECE QUE ELE ESTÁ MANDANDO PARA AS CERCAS."

*wren*

> **Wren:** Eu tenho que perguntar uma coisa, mas acho que você vai criar dificuldade.

> **Um Cara Qualquer Que Beijei:** Eu nunca crio dificuldade.

> **Wren:** Claaaaaaro. Certo, ok.

> **Um Cara Qualquer Que Beijei:** Que tal apenas me perguntar para que possa ser agradavelmente surpreendida?

> **Wren:** Tudo bem. Está ficando tarde. Tudo bem se eu for me encontrar com você no local em que você quer me levar?

> **Um Cara Qualquer Que Beijei:** Não.

> **Um Cara Qualquer Que Beijei:** Não mesmo.

> **Um Cara Qualquer Que Beijei:** N–Ã–O.

> **Um Cara Qualquer Que Beijei:** Este é um primeiro encontro de verdade, e eu vou buscar você como manda o figurino. Só me diga quando.

TARA SIVEC

> **Wren:** O que aconteceu com o não criar dificuldade?

> **Um Cara Qualquer Que Beijei:** Não estou criando; estou sendo um cavalheiro.

> **Wren:** Olha, hoje rolou uma coisa com a minha irmã e a Tess, e elas me fizeram... ir ao SHOPPING. Fui arrastada de loja em loja, onde fui forçada a experimentar muitas roupas na frente de um monte de espelhos MENTIROSOS. Passamos o dia bebendo em um spa onde pessoas tocaram meus pés, seguido de um cochilo acidental para que eu pudesse esquecer do toque nos pés, o que me fez deixar Owen tarde na casa do amigo dele para uma festinha do pijama, e agora Birdie não para de gritar comigo falando de sapatos.

> **Um Cara Qualquer Que Beijei:** Respire, querida. Tudo o que você precisar, você terá. Me encontre aqui no meu chalé quando terminar. Leve o tempo de que precisar. Eu esperei minha vida inteira por você. Não vou a lugar nenhum.

Posso não ter curtido a vida loucamente durante meus muitos anos de solteira, mas ainda assim fui a encontros suficientes para saber que eles são sempre estranhos e nunca são tão românticos quanto os filmes e os livros fazem parecer. Nenhum deles teve qualquer esforço ou consideração, e todos incluíram jantar em algum lugar aqui na ilha, a que já fui centenas de vezes, onde todo mundo que eu conheço e com quem cresci tem lugar na primeira fila para a noite. O que não é nada romântico, especialmente quando você está na sétima série comendo pizza no Fatia da Ilha com Jeff Lindauer, e Erika da farmácia corre até sua mesa para te entregar a caixa de absorventes de fluxo intenso que ela esqueceu de colocar na sua sacola quando você esteve lá mais cedo.

Esses encontros nunca foram especiais. Foram apenas algumas horas passadas com outra pessoa, e eu ficava olhando para o relógio, imaginando

*uma* TACADA *e um* ACIDENTE

quanto tempo mais eu teria que sofrer e jogar conversa fora. Ninguém nunca me comprou flores, nem segurou minha mão, nem puxou minha cadeira, nem abriu a porta para mim. Minha irmã e Tess e até Emily... elas são mulheres fortes e independentes que não dão a mínima para coisas assim. Ficam felizes comprando as próprias flores e abrindo as próprias portas. Elas não precisam que homens tenham gestos como esses para se sentirem especiais. Gosto de pensar que sou muito forte e que tive que me tornar independente, querendo ou não. Isso não significa que eu não seja um pouco antiquada nos assuntos do coração. Eu ainda quero romance e esforço.

*Eu esperei minha vida inteira por você.*

A mensagem de Shepherd ainda tem o poder de fazer meus olhos se encherem de lágrimas, mesmo uma hora depois, enquanto caminho pela lateral de sua casa. Especialmente se somada à rosa roxa de caule longo que seguro e que encontrei na varanda, ao lado de um bilhete me dizendo para onde ir e uma pequena vela votiva em um pote de vidro. Eu sabia antes mesmo de chegar aqui que esse encontro com Shepherd seria romântico e especial só porque era com *ele*, mas jamais esperei que o homem fosse simplesmente entrar na minha cabeça e tirar de lá tudo o que eu já imaginei, mesmo o encontro não tendo começado ainda.

Meus pés param, e deixo escapar um suspiro quando vejo um rastro de velas votivas bruxuleantes em pequenos potinhos que descem pelo quintal lateral e desaparecem no canto do deque que dá para a praia. Há pelo menos cinquenta delas; as pequenas chamas dançantes brilham na grama quando me agacho ao lado da primeira para pegar outro bilhete e outra rosa roxa ao seu lado. Pego a segunda flor e vejo pela luz da vela que o bilhete diz apenas:

> *Siga a trilha.*

Ao me levantar, meu coração está batendo loucamente no peito, e continuo andando pela grama do quintal ao lado da casa. Sigo o rastro de velas bruxuleantes, parando para me curvar a cada poucos metros quando vejo outra rosa roxa na grama, até chegar à lateral do deque. Outro bilhete e rosa estão bem onde a grama encontra a areia. Me abaixo novamente, pego a última rosa para adicionar ao buquê em minha mão e leio o bilhete.

TARA SIVEC

Com um sorriso, pego a venda de cetim rosa da grama, rindo baixinho quando vejo que *"a princesa está dormindo"* está escritos com letras brancas na frente da peça. Sabendo que isso deve ser algo que Shepherd usa para dormir, não consigo parar de sorrir quando me levanto e coloco a venda sobre minha cabeça, tomando cuidado para não danificar o buquê de rosas que ainda estou segurando.

Sinto o cheiro de Shepherd antes de senti-lo, um toque fresco de sabonete e sua colônia inebriante invadem meus sentidos e fazem meu coração bater ainda mais rápido. O calor se espalha por cada centímetro do meu corpo quando sinto uma mão no meu quadril. Ela desliza devagar pela frente do meu corpo e pela minha barriga até que seu braço esteja me envolvendo, e Shepherd puxa minhas costas confortavelmente para que eu me apoie nele.

Minha respiração estremece ao sair e, com os olhos ainda fechados atrás da máscara de cetim, sinto lábios quentes e úmidos pressionarem a lateral do meu pescoço. Inclino a cabeça para o lado, e apoio minha mão livre em seu braço enquanto ele aperta os braços ao meu redor e me beija no pescoço. Minha pele fica arrepiada, e estremeço quando Shepherd faz uma pausa com os lábios pairando sobre a minha orelha.

— Sabe por que baunilha sempre foi meu sabor favorito de bala de caramelo? — Shepherd pergunta baixinho, seu hálito quente patina em minha orelha conforme ele esfrega o nariz na lateral do meu pescoço. — Porque você sempre cheira a baunilha. E eu sempre imaginei que esse fosse o seu gosto.

Seus lábios estão de volta ao meu pescoço, mas desta vez quando ele me beija, os dentes beliscam de levinho a pele sensível, e a língua rapidamente segue o ato. Meus joelhos quase fraquejam quando ele afasta a boca para falar perto do meu ouvido de novo.

— Caso eu esqueça de dizer no final da noite, esse foi o melhor encontro que eu já tive na minha vida — Shepherd sussurra.

Tenho que engolir o nó na minha garganta quando finalmente digo minhas primeiras palavras para ele.

— O encontro ainda nem começou. Como você sabe que será o melhor?

Antes de se afastar, Shepherd pressiona os lábios mais uma vez na lateral do meu pescoço.

— Eu simplesmente sei.

Posso ouvir o sorriso em sua voz quando seu abraço afrouxa ao meu redor. O corpo dele roça a lateral do meu braço quando o sinto caminhar para ficar na minha frente. A palma de sua mão desliza suavemente pelo meu braço até que seus dedos estão deslizando pela palma da minha e ele está envolvendo a minha mão na sua, levantando-a em direção a ele. Shepherd beija a minha mão, e mantém os lábios lá por alguns segundos, o que faz meu coração tentar saltar do meu peito. Ao afastar a boca, ele dá um aperto reconfortante na minha mão e começa a me puxar para frente.

— Apenas caminhe devagar; eu estou contigo.

Lágrimas queimam nos meus olhos sob a máscara, as velas, as flores, o carinho e o aperto de mão esmagam completamente meu coração frio e morto, assim como suas palavras. Ele de fato *está comigo*, e quero que Shepherd saiba que eu confio nele. Não perco tempo e tiro os chinelos sobre os quais Birdie reclamou comigo por meia hora, dizendo que combinavam com o macacão sexy que ela e Tess escolheram para mim. Às cegas, deixo Shepherd me guiar com sua mão grande e quente em volta da minha, sabendo que ele nunca me deixaria cair. Meus pés afundam na areia macia quando o sinto me levar até a praia, o bater das ondas fica mais alto à medida que avançamos, a brisa do oceano despenteia meu cabelo, soprando-o para o rosto. Pela primeira vez, não o prendi em um rabo de cavalo nem em um coque bagunçado.

De repente, paramos, e Shepherd me vira na areia até parecer que estou de frente para o caminho que acabamos de percorrer. Ele solta minha mão, e sinto a venda ser retirada de mim com todo o cuidado do mundo. Passo alguns segundos piscando rápido para que meus olhos se ajustem e Shepherd entre em foco. Meu coração palpita quando olho para ele pela primeira vez depois que nos beijamos e depois de falar com ele por mensagem desde então. Seu cabelo, com as laterais raspadas e comprido o suficiente em cima para agarrar, está cuidadosamente penteado para trás e para o lado, sua mandíbula foi recém-barbeada, e as duas covinhas aparecem quando ele sorri para mim.

— Oi — ele sussurra, e seu sorriso aumenta no instante em que começo a sentir aquele conhecido frio na barriga.

— Oi — eu respondo, com uma risada baixa. — Você não está nada mal.

Isso é um eufemismo, se é que eu já ouvi um. Eu o vi "nada mal" muitas vezes em sessões de fotos para revistas, mas saber que ele fez isso por *mim* só faz o ato ser ainda mais fofo. Ele está vestindo uma camisa cinza-claro feita de jersey macio, em vez da típica de poliéster; os dois primeiros botões estão abertos, e as mangas, enroladas até os cotovelos e a peça está posta para dentro da calça preta sequinha que foi combinada com um cinto da mesma cor. Suas mãos estão enfiadas nos bolsos da frente. Tento não babar com os músculos de seus antebraços e com a maneira como a camisa se agarra aos seus bíceps, mas é praticamente impossível. Ele é tão lindo que dói, e está tão adorável com os pés descalços na areia que eu gostaria de ter meu celular comigo para que eu pudesse tirar uma foto dele e guardá-la para sempre.

— Você me deixa sem fôlego.

É uma frase brega, mas não há nada brega na maneira como Shepherd me olha quando diz isso, seus olhos percorrem meu corpo bem devagar, da cabeça aos pés, me deixando mais do que um pouco feliz por permitir que Birdie e Tess me arrastassem o dia todo pelo shopping. Finalmente concordamos com um macaquinho supercurto, de mangas compridas e cor de ameixa. Eu queria usar um sutiã de renda por baixo, considerando que a frente da peça desce em um profundo decote "V" logo abaixo do meu esterno, mas fui vencida pelas duas mulheres irritantes que estavam comigo no provador. Com uma fita dupla face estrategicamente posicionada, e o jeito que Shepherd não consegue tirar os olhos de mim, acho que a decisão delas foi muito boa.

— Obrigada pelas flores. São lindas — agradeço, ao levar o pequeno buquê até o meu nariz e cheirá-lo. Ele não precisa saber que é a primeira vez que alguém me dá flores, e o pequeno buquê que estou segurando é a coisa mais romântica que alguém já fez por mim.

— É, bom, você pode querer repensar isso — ele começa. Confuso, meu olhar se ergue para encontrar o dele. — Então, eu só quero dizer, antes de você se virar, que liguei para minhas irmãs e minha mãe para pedir ideias para um encontro, e elas tinham muitas sugestões e passei muitas horas no Pinterest. Eu, eu só…. simplesmente ponha a culpa no Pinterest.

Shepherd para com um suspiro, e o riso borbulha para fora de mim e meu coração se derrete com o nervosismo dele se movendo diante de mim ali na praia. Seus olhos se afastam dos meus conforme ele chuta a areia.

Devagar, vou me afastando dele, e minha risada é interrompida por um suspiro engasgado, e leva apenas alguns segundos observando a cena para meus olhos ficarem tão marejados que mal consigo ver através deles.

— Ai, meu Deus — sussurro. Uma mão trêmula sobe para cobrir minha boca enquanto pisco para afastar as lágrimas. Em vez de desaparecer, elas simplesmente caem pelo meu rosto quando olho para a praia e para o que Shepherd fez.

— É demais, não é? Acho que deve ser demais... — Nervoso, ele para de falar às minhas costas.

No momento, a animação que senti com o pequeno buquê de rosas roxas que ainda seguro ao lado do corpo de repente parece incrivelmente idiota.

Na areia, formando um coração gigante que é facilmente do tamanho do meu chalé, está vaso, após vaso, após vaso transbordando de rosas roxas. Várias centenas de belos vasos de cristal e milhares e *milhares* de rosas deslumbrantes, totalmente desabrochadas. Há pelo menos algumas dúzias em cada vaso que se erguem na areia sob o luar. Um pequeno pote de vidro com uma vela bruxuleante, como as que me levaram pela lateral do chalé de Shepherd, está aninhado na areia ao lado de cada vaso para completar o desenho do coração.

E lá dentro está uma barraca enorme coberta por tule que foi preso à armação formando algo parecido com cortinas, há um lustre pendurado bem no meio do teto. O brilho suave das luzes da luminária resplandece sobre uma mesa posta para dois que parece ter sido tirada de um restaurante cinco estrelas no continente e jogada ali na areia. A mesa está coberta com uma toalha branca e com mais rosas, porcelana elegante e taças de cristal. E mais algumas velas brilham na prataria. Um rastro de pétalas de rosas roxas leva ao cenário romântico na areia, e quando penso que não poderia ficar melhor, ouço os acordes suaves dos violinos começarem a tocar. Ao olhar para o deque de Shepherd, de onde a música está vindo, vejo dois homens vestidos de smoking, parados bem no parapeito, tocando uma melodia lenta e romântica com os instrumentos apoiados nos ombros e presos sob o queixo; a música se mistura com o som do bater das ondas.

— Não posso acreditar que você fez isso — digo a ele, com a voz rouca, chorosa e cheia de emoção enquanto olho para a barraca. — Eu nunca tinha visto rosas dessa cor. Cada cor representa algo. Você sabia? Tipo, vermelho é para amor, e amarelo para amizade. Mas não sei o significado do roxo. Você deve ter escolhido roxo porque é a cor dos Hawks.

Sinto os dois braços de Shepherd envolvendo minha cintura conforme ele se aproxima de mim, me puxando de volta para seu peito ao apoiar o queixo sobre a minha cabeça.

— Hum, eu nunca ouvi falar sobre a coisa da cor — ele reflete. — Você vai ter que descobrir mais tarde.

Há algo em sua voz que me diz que ele sabe exatamente o que a cor roxa significa, mas deixo para lá enquanto ele continua falando, e olho para a visão de tirar o fôlego que ele montou apenas para *mim*.

— Você merece ter tudo com o que sempre sonhou, Wren. E de acordo com o Pinterest e todos os gritos que minhas irmãs e minha mãe deram, é com isso que toda mulher sonha para um primeiro encontro. Eu provavelmente exagerei um pouco com o...

Logo me viro em seus braços quando sua voz começa a ficar adoravelmente rápida e nervosa de novo, ele para de falar no mesmo instante, e um olhar de horror aparece em seu rosto quando ele olha para o meu.

— Não, não, não, não! Eu não deveria fazer você chorar de novo! — Shepherd diz em pânico, ambas as mãos sobem para cobrir minhas bochechas, me fazendo rir através das lágrimas.

Na mesma hora, fico na ponta dos pés e acalmo seu pânico pressionando meus lábios nos seus. Me mantenho ali por alguns segundos antes de me afastar para sorrir para ele.

— São lágrimas de felicidade — eu o tranquilizo. — Eu simplesmente não consigo acreditar que você fez tudo isso por mim.

Shepherd solta um suspiro de alívio, beija a minha testa antes de soltar o meu rosto e entrelaçar os dedos na minha mão que não está segurando o pequeno buquê de rosas. Em seguida, continuar a caminhar pela areia.

— Ah, isso é só o começo — ele sorri para mim. — Eu não estava brincando quando disse que passei horas no Pinterest. Você tem noção de como é difícil reservar, de última hora, um avião para passar voando trazendo uma mensagem em uma placa de LED?

— Você está mentindo. — Balanço a cabeça ao dar uma risada conforme percorremos o caminho de pétalas de rosa roxa que leva até a barraca.

— Você está certa — Shepherd responde, com um aceno sério, e solta minha mão quando chegamos à barraca para puxar a cadeira para mim. Assim que estou sentada, ele dá um beijo rápido no topo da minha cabeça e ri ao dar a volta na mesa para se sentar na minha frente. — Não foi nada difícil reservar uma dessas coisas.

— Meio de campo... Ainda não consigo acreditar que você chamou de *meio de campo*, Wren. — Shepherd ri ao balançar a cabeça para mim. — Como você digitou isso sem querer vomitar?

Eu rio ao levar uma trufa de chocolate branco à boca. Sei que minhas bochechas vão doer amanhã por causa das risadas que estou dando esta noite. Acontece que Shepherd estava brincando quanto à reserva do avião com a mensagem em LED, e estou feliz por isso. Acho que meu coração teria derretido se ele tivesse feito mais uma coisa louca e romântica por mim. As flores, a barraca, a música ao vivo enquanto comíamos e a comida eram mais do que suficientes. Shepherd até contratou um chef que fez o melhor risoto de lagosta e filé mignon que já comi na vida. Dois garçons usando smoking igual ao dos músicos vieram à praia para nos trazer os pratos cobertos com cloches prateados extravagantes, e logo desapareceram para dentro da casa de Shepherd, nos dando privacidade. A conversa não parou durante todo o jantar, nem as risadas. Ele me contou das brincadeiras bobas que ele e os colegas fizeram uns com os outros ao longo dos anos, e se gabou de seu amigo Nick e da bela família que ele criou. Contei a Shepherd sobre as alegrias de criar um menino que talvez tenha recebido influência demais de todas as suas tias malucas. Relembramos o ensino médio e as conversas que tivemos on-line quando começamos a conversar novamente, e tudo é fácil e perfeito e exatamente como eu imaginava que seria um encontro com ele.

Agora que o jantar acabou, os garçons tiraram a mesa e os músicos foram para casa, nos mudamos da barraca para outra pequena área na areia que Shepherd preparou para nós para a sobremesa. Cercadas por outro pequeno círculo de velas, estão pilhas e pilhas de almofadas e cobertores, com uma grande bandeja de madeira ao lado repleta de uma variedade de trufas de chocolate, uma tigela de morangos frescos, um balde cheio de gelo e uma garrafa de champanhe que Shepherd estourou assim que nos sentamos. Estamos deitados de lado, de frente um para o outro, depois de beber uma taça, nossos cotovelos descansam nas almofadas, e a cabeça, na mão. Minhas pernas estão cobertas por uma manta quentinha de lã que Shepherd colocou lá alguns minutos atrás, quando viu que eu estava arrepiada.

— Por que você nunca me falou do pai do Owen? — Shepherd pergunta baixinho. De repente, é difícil engolir o último pedaço de trufa na minha boca.

Eu sabia que era apenas uma questão de tempo antes que ele direcionasse nossa conversa para algo um pouco mais sério, e parece que chegou a hora.

— Você quer mesmo arruinar o melhor encontro que você já teve com algo tão bagunçado? — Eu brinco com uma risada sem humor.

Shepherd estende a mão para pegar a minha que está brincando com a borda do cobertor, entrelaça os dedos nos meus e me puxa para mais perto até que meu rosto esteja a apenas alguns centímetros do dele.

— Eu gosto de bagunça — ele me diz com um sorrisinho. — Eu gostaria que você tivesse sido bagunçada comigo na primeira vez que perguntei.

Uma faísca de culpa passa por mim, e eu olho para baixo para olhar nossas mãos entrelaçadas descansando em cima de uma almofadinha, observando o polegar de Shepherd afagar o meu bem de levinho.

— Eu gostava de você — digo a ele, baixinho, ainda encarando as nossas mãos. — Assim... eu gostava de você *de verdade*. E não podia acreditar que você estava me mandando mensagens, falando comigo, e eu sei que deveria ter dito a verdade, mas eu só não queria que o cara por quem eu passei a vida tendo uma quedinha pensasse que eu era uma piada. E não é como se eu pensasse que você fosse gostar de mim, ou voltar para morar aqui e descobrir. Você teve essa vida incrível e glamourosa, saindo com celebridades e aparecendo na televisão e nas revistas, e eu era apenas a idiota do outro lado do país que ficou bêbada e tomou uma decisão ruim e deixou essa decisão ruim tratá-la como merda por muito tempo. Então eu nunca expliquei quando você perguntou se ele estava no cenário. Porque ele estava. Ele está. É apenas esporádico e me suga a vida toda vez que aparece, e eu não queria que você conhecesse essa parte de mim. Eu não queria que você visse o quanto eu era fraca ou o quanto deixei o idiota passar por cima de mim.

— Ei, olhe para mim — Shepherd pede baixinho, até que eu enfim faço o que ele pediu. — Você não é fraca nem nunca foi. *Olhe para você.* Olhe para o que você fez sem qualquer ajuda daquele merda. Eu nunca conheci um garoto tão incrível quanto o Owen. *Você* fez isso. E você administra um negócio e cuida de todos ao seu redor. Você é *tudo*, menos fraca, Wren. Você é a pessoa mais forte que eu já conheci.

Eu disse a mim mesma que não choraria mais esta noite, mas ficou claro que Shepherd não recebeu o memorando. Ele solta minha mão para levá-la à minha bochecha, e enxuga minhas lágrimas com o polegar.

— Apenas se lembre de que você disse isso quando Kevin chegar à ilha. Eu acho que ele está vindo para uma visita. Uhul! — comento rapidamente, e Shepherd se inclina para frente nas almofadas e cobertores para me dar um beijo rápido e reconfortante. Há um roçar de sua língua no meu lábio superior e alguns estalinhos antes de ele se afastar.

— Eu sei que você acha que ele é seu problema para lidar, mas não mais. Nem agora nem nunca mais, ok? Para o que você precisar de mim, estou aqui. Se precisar de mim para acabar com a raça dele, considere feito. Se precisar de mim para garantir que Tess tenha um suprimento completo de isqueiros e fluido de isqueiro, já estou indo fazer a compra. E se precisar de mim para ficar perto de você, te dando apoio... querida, você tem isso desde o dia em que cheguei aqui.

— Eu não quero que você se envolva nessa bagunça. — Balanço a cabeça, mas Shepherd apenas sorri para mim.

— Eu já te disse que gosto de bagunça — ele responde, beija a ponta do meu nariz e depois se afasta.

— As coisas têm sido calmas para você desde que chegou aqui sem ninguém te perseguindo nem tentando se intrometer na sua vida pessoal — lembro a ele. — A polícia da ilha parou alguns paparazzi e os mandou dar meia-volta antes mesmo de saírem da balsa. Paparazzi são gatinhos inocentes em comparação com o que Kevin Stratford fará se não conseguir o que quer. Não quero que você seja puxado para isso depois de fazer tudo o que pôde para evitar a imprensa desde a sua lesão e desde que se aposentou.

Shepherd apenas sorri de novo, então se aproxima de mim na pilha de almofadas e cobertores, sua mão se afasta da minha bochecha para deslizar pelo meu quadril e envolver as minhas costas. Ele se enrola em mim e me puxa para perto.

— Deixe que *eu* me preocupe com isso — ele ordena, enquanto coloco minha mão em seu peito, bem acima do coração, a batida constante contra minha palma me acalmando tanto quanto a sua proximidade. — Caso você esteja esquecendo, eu sou bem conhecido por aí. Posso lidar com um idiota de merda como ele.

Shepherd pisca para mim, me fazendo rir, mesmo que ele não tenha absolutamente nenhuma ideia do que está dizendo. Kevin é um idiota narcisista que não se importa com ninguém além de si mesmo, e com uma ligação para o papai, todos os seus problemas são magicamente resolvidos. Assim que ele souber que Shepherd Oliver está aqui, e que estamos namorando e ele está na vida de Owen, Kevin com certeza vai armar uma cena, e não vai ser bonito de se ver. Ele nunca quis a mim nem ao meu filho, mas isso não vai importar, porque ele é idiota a esse ponto.

Mas Kevin não está aqui agora, e não quero mais pensar nele. Eu só quero aproveitar o melhor primeiro encontro que já tive com o melhor homem que já conheci. Quero aproveitar o fato de que eu estava certa de confiar em meus instintos na outra noite quando fui até ele depois de ler suas mensagens. Decidindo tentar ser ousada, inclino a cabeça para frente até minha boca estar pairando sobre a dele e deslizo a mão pelo seu peito e ao redor de sua nuca.

— Podemos parar de falar de coisas bagunçadas agora? — sussurro, roçando os lábios nos seus até que escuto um gemido baixinho escapar dele, o que me faz sorrir contra sua boca.

Shepherd aperta o braço em volta de mim com mais força, me puxando para mais perto, em seguida cola os lábios nos meus e, ao mesmo tempo, desliza a língua na minha boca. Assim como na primeira vez que nos beijamos, assim que sua língua roça a minha, sinto como se estivesse voando. O tempo para, as ondas não estão mais quebrando e tudo ao nosso redor deixa de existir. Estamos só nós dois nesta praia, cercados por almofadas e velas. Minha mão aperta mais a nuca de Shepherd enquanto ele inclina a cabeça, aprofundando o beijo, e eu o puxo com mais força para a minha boca, sua língua desliza e gira em torno da minha, me deixando louca.

Estou beijando alguém na praia depois do jantar mais romântico da minha vida. Eu nunca fiquei com ninguém na praia, embora tenha fantasiado com isso muitas vezes. E eu com certeza nunca fiquei com alguém que pudesse fazer meus dedos do pé se curvarem e me fazer esquecer que estou em uma praia pública onde qualquer um pode nos ver, mesmo sendo tarde da noite. Shepherd cumpre todas as fantasias que já tive, e é uma sensação inebriante, e que me faz querer perder o controle e me perder nele. Tudo o que ele tem de fazer é me tocar e eu já fico louca. Aninhada em seu corpo quente e duro, com o cheiro dele me cercando, seus lábios me reivindicando e me marcando com a força de seu beijo, e todas as palavras que ele me disse esta noite, cada centímetro de mim dói de desejo por ele.

Minha perna sobe e desliza pelo seu quadril, o cobertor cai enquanto eu o puxo para mais perto, choramingando em seu beijo quando sinto o quanto ele está duro. E eu sei que é por *mim*, que é por *minha* causa, o que só me faz querer mais. Eu quero que Shepherd apague toda aquela bagunça e que a substitua com toda a *sua* perfeição. Seu cheiro e seu gosto e seu toque apagando cada cicatriz e afastando toda a dor.

Meus quadris têm um espasmo ao sentir seu pau roçar a dor pulsante entre minhas coxas, e Shepherd responde com um rosnado que vem do fundo de seu peito, seu braço se aperta ao meu redor e a boca se afasta da minha para beijar ao longo da minha bochecha e seguir caminho até o pescoço. Minha mão desliza pela parte de trás de sua cabeça, pressionando sua boca com mais força na lateral do meu pescoço. Ele chupa aquele ponto logo abaixo da minha orelha, e eu vejo estrelas. Fecho os olhos com força e solto um gemido sufocado quando sinto sua mão agarrar minha bunda, me puxando para si para me ajudar a rebolar e esfregar sua ereção em mim enquanto ele mordisca e chupa meu pescoço. A dor pulsante misturada com uma deliciosa queimação me faz começar a ofegar em meio aos meus gemidos de necessidade. Inclino a cabeça para trás para dar a Shepherd melhor acesso ao meu pescoço enquanto eu me esfrego nele, sem nem mesmo me importar por estarmos em uma praia pública.

— Ah, olá! Vocês não são meus dois swingers desaparecidos!

*Até que eu me importo.*

Ouvir a voz de um homem bem acima de nós na areia é o equivalente a alguém ter jogado um balde de água fria em cima de nós dois. Shepherd e eu nos separamos e nos afastamos um do outro entre almofadas e cobertores como dois adolescentes que foram pegos se beijando pelo pai de alguém.

*Só que não é o pai de alguém... e espero que nunca seja pai de alguém.*

— Espere um momento — Bodhi diz, seu rosto vai para a prancheta que ele está segurando enquanto o meu está no mesmo tom de um tomate, e estou ofegando tanto que parece que acabei de correr uma maratona.

Ou que quase tive um orgasmo dado pelo homem que está atualmente do outro lado dos cobertores, segurando uma almofada sobre a virilha e olhando para o cara que sempre parece um surfista sem-teto com seu cabelo loiro desgrenhado e camisetas e bermudas surradas, e que sempre cheira a uma mistura de maconha e patchouli.

— Vocês *são* meus swingers desaparecidos? — Bodhi pergunta, olhando de mim para Shepherd. — Eu não vi o nome de vocês na lista, mas vou verificar de novo. Tess nunca me disse que *vocês dois* gostavam dessas excentricidades.

Bodhi arqueia as sobrancelhas para nós e pisca antes de voltar a olhar para sua prancheta.

— Nós não somos swingers! — enfim respondo ao namorado de Tess quando me lembro de como fazer uso das palavras. — O que você está mesmo fazendo aqui? Swingers? A Tess sabe disso? *Vocês* são swingers? — sussurro essa última parte, meus olhos se arregalam, nem mesmo acredito que estou tendo essa conversa agora sendo que, apenas alguns segundos atrás, eu não sabia que havia mais alguém nesta droga de praia.

Bodhi apenas ri e balança a cabeça para mim, em seguida coloca a prancheta debaixo do braço.

— Eu mal dou conta da Tess. De jeito nenhum eu daria conta de duas mulheres. E eu não divido, nem gosto muito da ideia de uma rola extra estando no mesmo quarto comigo e com a minha mulher. É uma distração. Sou o diretor de atividades de um pequeno encontro de swingers esta noite. Estávamos prestes a começar com o lançamento de argola, mas perdemos Rick e Janet. Vocês querem ser Rick e Janet esta noite?

— Não! — Shepherd e eu gritamos ao mesmo tempo.

— Tudo bem, então. — Bodhi simplesmente dá de ombros, se vira e começa a se afastar para onde agora vejo um grupo de cerca de vinte pessoas, pelo menos dez casas abaixo, sentadas ao redor de uma fogueira na praia.

Quando ele vai embora e ficamos apenas Shepherd e eu novamente, nós dois nos olhamos por alguns segundos e começamos a rir. Ele se levanta dos cobertores e caminha até mim, estendendo a mão e me ajudando a levantar.

— Vou acompanhá-la até seu carrinho de golfe.

Detesto que a noite esteja terminando, mas é muito tarde, e eu tenho que estar na Girar e Mergulhar de manhã cedo. Shepherd entrelaça os dedos nos meus e segura minha mão enquanto me conduz pela areia, pegando um dos vasos de rosas roxas com a promessa de levar quantas eu quiser para a minha casa amanhã, eu estou apenas feliz por saber que este é apenas o primeiro de muitos outros encontros que virão.

Depois que Shepherd coloca o vaso de flores no chão do meu carrinho, passamos alguns minutos parados na entrada de seu chalé, dando um beijo de despedida. Por fim ele se afasta, me coloca atrás do volante, afivela meu cinto de segurança e me dá um último beijo na bochecha antes de se afastar.

— Dirija com segurança e me mande uma mensagem quando chegar em casa. Aproveite as rosas. — Ele sorri para mim ao dar um passo para trás e deslizar as mãos nos bolsos da frente enquanto eu dou partida no carrinho de golfe.

— Pode deixar. E também vou pesquisar o significado da rosa roxa.

— Por favor. — Shepherd pisca para mim quando começo a dar ré, e me pergunto se meu coração vai parar de vibrar toda vez que estou perto dele.

Vinte minutos depois, já em casa, depois de ter mandado uma mensagem para Shepherd dizendo que cheguei sã e salva; estou aconchegada na cama vestindo apenas uma das minhas camisetas dos Hawks com o nome dele nas costas, é quando pego meu celular de onde o coloquei para recarregar na mesa de cabeceira, e abro o Google.

Minha respiração falha quando os resultados aparecem em segundos, meus olhos se enchem de lágrimas e me sinto exatamente como me senti no minuto em que me virei na praia mais cedo e vi tudo o que Shepherd tinha feito por mim. Como se eu não pudesse acreditar que era *real*.

Porque de acordo com o Google, a rosa roxa significa "amor à primeira vista". E Shepherd não me deu apenas uma ou outra rosa roxa. Ele encheu a praia com todas que pôde comprar. Porque um homem que adora glitter e sabe usar uma pistola de cola quente, que passa horas no Pinterest enquanto também pede a ajuda da mãe e das irmãs para o nosso encontro, saberia *exatamente* o que a rosa roxa significava.

TARA SIVEC

# CAPÍTULO 12

## "CERTIFIQUE-SE DE COBRIR TODAS AS BASES."

### shepherd

— Ele precisa levar as coisas devagar e não sobrecarregar a mulher.

— Meu amigo mandou trazer *milhares* de rosas para a ilha em um jato particular, uma para representar cada dia em que ele nunca tentou ter uma chance com ela. Shepherd basicamente decidiu tomar uma atitude. Engatou a primeira e só foi, cara.

— Tudo bem, as rosas *foram* bem legais, mas ainda assim... Ele precisa desacelerar um pouco. Ela já passou por muita coisa, só estou dizendo. Ela é uma boa garota de cidade pequena, não é uma piriguete de beisebol. Ele precisa demonstrar respeito.

— Ter respeito por aquela bunda, não é? *Ai, puta merda, Pal!*

— É da minha futura cunhada que você está falando. Da próxima vez, vou dar um soco no pescoço em vez de no braço. Ele precisa recuar e cortejá-la como um cavalheiro de verdade.

— Como você cortejou a irmã dela naquele galpão de manutenção no campo de golfe? É assim que isso se chama agora? Foi um *cortejo* barulhento e agressivo. Você quase a *cortejou* na parede do galpão. Você até *cortejou* a calcinha dela. Por falar nisso, você já encontrou a peça?

— Não estamos falando de mim; estamos falando *dele*. E ele precisa lembrar que ela é mãe.

— O que diabos isso tem a ver com alguma coisa?

— Você só tem que ser... mais gentil.

— Não, não tem. Wren é uma bela de uma gostosona. Dama nas ruas, maluca entre os lençóis.

— Nunca mais diga isso na minha frente — eu finalmente falo, olhando por cima das panquecas de abóbora que estive enfiando na boca. Eu estava sentado de frente para Palmer e Bodhi no A Barca enquanto eles discutiam minha vida sem a minha participação.

— Posso dizer isso quando você *não* estiver na minha frente? — Bodhi pergunta, apontando o garfo para mim com pedaços de panqueca grudados na ponta e calda pingando no prato.

— Hum... claro.

— Maravilha. — Ele sorri, enfia o garfo na boca e depois fala com a boca cheia de panqueca: — Estou tão feliz que Tess e Birdie estão finalmente nos deixando ser seus amigos. Desculpe pelo moletom incendiado. Tentei esconder todos os isqueiros de Tess, mas ela é uma ninja com essas coisas. Acho que ela os costura no sutiã. Parecia um moletom muito legal também. Palmer vai comprar um novo, um que seja menos inflamável.

— Por que *eu* tenho que substituir o moletom? Não foi *minha* namorada que tacou fogo nele — Palmer reclama.

— Quem dirigiu o carrinho de golfe da fuga? *Não* sou eu quem tem um carrinho azul espalhafatoso com chamas pintadas na lateral, aros giratórios e sistema completo de iluminação e som — Bodhi lembra a ele.

Palmer olha para mim fazendo careta.

— É, fui eu. Mas você precisa entender o quanto a Birdie consegue ser persuasiva. Não tenho nenhuma voz quando ela tira a camisa. Se faz você se sentir melhor, eu não deixei que elas parassem na loja de bebidas a caminho de casa para comprar uma garrafa de vodca para comemorar. Foram direto para cama para pensarem sobre o que fizeram.

Quando recebi uma mensagem de Palmer mais cedo, perguntando se eu queria tomar café da manhã com ele e Bodhi, eu não poderia ter ficado mais feliz. Nick anda ocupado por causa da temporada, e não tivemos tempo de fazer muito mais do que trocar algumas mensagens desde que cheguei aqui. Achei que seria ótimo finalmente fazer alguns novos amigos, e era um bônus eles já fazerem parte da vida da Wren e do Owen e poderiam me dar alguns conselhos muito necessários sobre como seguir em frente com ela. Percebi meu erro assim que me sentei, fiz meu pedido e não consegui dizer uma palavra desde então. Tantos conselhos não solicitados foram dados que agora estou duvidando de tudo o que fiz e disse a Wren desde que cheguei à ilha.

*Eu a sobrecarrego? Estou indo rápido demais?*

Verifico meu celular sobre a mesa pela décima vez desde que me sentei e tentei me desligar dos dois homens à minha frente, mas ainda não há uma resposta para a mensagem que enviei a Wren esta manhã quando acordei. Apenas um simples:

> **Bom dia, linda. Tenha um bom dia no trabalho. Me mande mensagem se precisar de alguma coisa.**

Talvez ela não precise de nada e ache que não precisa responder até que precise.

*Ou talvez ela tenha procurado o significado da rosa roxa e te bloqueou porque você a assustou pra caralho. Maldito Pinterest.*

— Ora, ora, se não são as Supergatas sentadas fofocando enquanto bebem latte.

Quando ouvimos a voz sarcástica de Murphy, desviamos o olhar do café que estamos tomando para encontrá-lo parado logo ao lado da nossa mesa. Bem, Bodhi ergue os olhos de seu copo plástico de leite com chocolate com tampa e canudo.

— Qual das Supergatas *você* é? — Bodhi pergunta a ele.

— Não sou super e nem gata. — Murphy cruza os braços e o encara.

Bodhi simplesmente se inclina para frente, apoia os cotovelos na mesa e toma um gole barulhento de seu leite com chocolate antes de responder:

— É, mas são quatro Supergatas. Há apenas três de nós — Bodhi lembra a ele. — Você é a Sofia, sem sombra de dúvida. Velho e malvado, latindo para todo mundo sair de seu gramado.

— As pessoas precisam ficar longe do meu gramado — Murphy murmura enquanto Bodhi prossegue.

— Eu, é claro, sou a Blanche, Palmer é a Rose e Shepherd é a Dorothy.

— Eu *não* sou a Rose — Palmer reclama. — *Você* é a Rose. Você é a alma ingênua e gentil, e eu sou a Blanche, divertido e espontâneo.

— Você não tem a coragem para ser a Blanche. Aceite!

— Como vocês, idiotas, conseguiram arranjar mulher? — Murphy interrompe os dois homens discutindo na minha frente.

— É um maldito milagre, Murph — Bodhi diz a ele com um aceno sério antes de sugar mais leite com chocolate pelo canudo.

Murphy nem se despede; ele simplesmente se afasta de nós resmungando um monte de palavrão, pega um saco de comida para viagem no balcão ao lado do caixa e, em seguida, desaparece pela porta de vidro.

— Tudo bem, podemos voltar ao que estávamos falando antes da interrupção da Supergata, *Rose*? — Palmer pergunta a Bodhi com um sorriso.

— Vá se ferrar, eu *não* sou a Rose. E eu acho que meu amigo aqui só precisa seguir o fluxo e estar no momento. Faça o que sentir que for certo — Bodhi fala, assentindo com a cabeça em minha direção, enquanto limpo a boca com um guardanapo e me recosto no banco. — Quero dizer, eu pedi a Tess em casamento ontem à noite, então vamos curtir o momento!

— Como é que é? — Palmer grita, dando um aceno de desculpas e sorrindo para os outros clientes tomando café da manhã, e logo abaixa a voz. — Você? Casamento? Pelo menos está dentro da lei? Acho que vários estados e países já devem ter colocado você em algum tipo de lista.

Eu tenho que rir do que Palmer diz. Não conheço Bodhi há muito tempo, mas não precisa conhecer o cara tão bem assim para perceber que ele não se parece com nada que eu já tenha visto antes. Tão relaxado e feliz o tempo todo, sem uma única preocupação ou responsabilidade no mundo, nunca fica satisfeito fazendo a mesma coisa nem ficando parado no mesmo lugar o tempo todo; é alguém que nunca, nunca quer ser algemado. Ele é um espírito livre, e o fato de estar aqui em Summersweet por tanto tempo e no que parece ser um relacionamento muito sério com Tess, é simplesmente incompreensível para todos que o conhecem.

Palmer me disse, quando Bodhi pediu licença para ir ao banheiro bem quando cheguei, que é apenas uma questão de tempo até que algo comece a chamar Bodhi de muito, muito longe, seduzindo-o e trazendo de volta aquela necessidade constante de ver tudo, ir a todos os lugares, e experimentar todas as coisas. Fiquei um pouco triste pela Tess, mesmo ela sendo incendiária e dura na queda. Então me lembrei de que a mulher deve conhecer muitas maneiras de matar um homem como Bodhi e fazer parecer um acidente de surf, então talvez ela vá ficar bem. E, de qualquer forma, eu tenho minhas próprias coisas com que me preocupar.

Tipo se toda a sacanagem pesada que pensei sobre Wren, desde que ela gemeu na minha boca e esfregou aquele corpo sexy em cima de mim ontem à noite na praia, são pensamentos apropriados para se ter sobre a mãe de alguém. É decente pensar em como teria levado apenas mais alguns movimentos do meu pau entre suas coxas deliciosas para que eu pudesse finalmente saber que sons ela faz quando goza? Era errado entrar no meu chalé depois que ela foi embora, trancar a porta e tirar meu pau para fora da calça ainda na entrada de casa? Minhas bolas estavam tão pesadas com a necessidade de gozar depois daqueles amassos com Wren que eu não podia dar mais um passo sem antes me aliviar de alguma forma. Provavelmente era um não para ficar encostado na porta, na escuridão da minha casa, com a cabeça inclinada para trás e os olhos fechados enquanto eu revivia cada segundo daquele beijo.

Sua bunda coube direitinho na minha palma enquanto eu a ajudava a mover aquela doce boceta sobre o meu pau.

Seus ofegos cheios de desejo enquanto eu chupava e mordiscava seu pescoço.

A forma que eu podia sentir, mesmo através da calça, que ela estava quente e molhada só para mim.

Cuspi na minha mão e a movi para cima e para baixo, na velocidade da luz, sobre meu pau, movendo os quadris. Gozei com tanta vontade que rugi o nome de Wren, e então quase desmaiei na frente da porra da porta.

*Ter uma ereção sob uma mesa cheia de panquecas de abóbora parece muito sacrilégio para toda a associação de especiarias de abóbora, e agora estou com vergonha.*

— É sério que você pediu Tess em casamento ontem à noite? — Palmer pergunta, me tirando dos meus pensamentos sacanas com a *mãe de alguém*!

— É — Bodhi responde, ao largar o garfo e empurrar o prato vazio para mais perto da beirada da mesa, para a garçonete levar.

— O que ela disse? — pergunto. Conheço Tess o suficiente para saber que ela provavelmente o socou quando ele fez o pedido, mas não vejo um olho roxo nem qualquer sinal de inchaço no nariz.

— Ela disse: "Não. Sai fora" — Bodhi responde, com um sorriso. Ele cruza os braços diante do corpo, como se não fosse grande coisa seu pedido de casamento ter sido recusado, mas eu apenas rio, porque aquilo com certeza é algo que Tess diria.

— Ok, então o que aconteceu? Você parece muito relaxado — Palmer contempla, virando-se para olhar para Bodhi e observar seu rosto.

— Eu não sei, cara. Ela continuou chupando meu pau, e eu voltei a assistir a maratona de Riverdale. — Ele dá de ombros. — Foi bem na parte boa em que a Cheryl assiste àquele vídeo e descobre...

— Cala boca, cala boca, cala boca! — Palmer reclama alto, cobrindo os ouvidos e balançando a cabeça de um lado para o outro. — Eu não cheguei nessa parte ainda. Nada de spoiler, seu idiota!

Rio de como esses dois são ridículos até eu começar a engasgar e ter que tomar um gole de água do copo que a garçonete acabou de encher quando parou para tirar nossos pratos.

— Sério mesmo que você pediu a Tess em casamento enquanto ela estava te pagando um boquete? — Palmer pergunta, com desgosto, e tira as mãos dos ouvidos para balançar a cabeça para Bodhi. Ele tem todo o direito de estar revoltado. Palmer acabou de pedir Birdie em casamento em rede nacional, da maneira mais romântica possível para o mundo inteiro ver, e Bodhi não conseguiu nem desligar a televisão. É hilário e *tão* Bodhi.

— Foi uma experiência muito profunda, e não estou falando apenas na garganta de Tess, *ba-dum-tiss*. — Bodhi bufa depois de usar os dedos como baquetas na mesa. — De qualquer forma, ela disse não, mas tudo bem. Não sei se eu seria muito bom com isso de ter uma esposa. Você não precisa, tipo, lembrar onde a deixou e lembrar de voltar? Ainda não sei onde deixei aqueles óculos de sol da Oakley que o xamã no Tibete me deu, mas, sabe, acabei de encontrar outro que alguém esqueceu na praia, então tudo bem.

Palmer continua a balançar a cabeça para Bodhi ao se virar para me encarar.

— Por favor, siga meu conselho e nunca, nunca siga o *dele* — Palmer fala, apontando o polegar para Bodhi.

Nós dois o observamos usar a tela de seu celular e um raio de sol que entra pela janela do restaurante para iluminar os olhos de outro cliente, rindo o tempo todo até Palmer tomar o aparelho de sua mão com um rosnado irritado.

*Certo, então Bodhi provavelmente não é a voz da razão. Entendi.*

Agora que a mesa foi limpa, exceto pelo nosso café que acabou de ser reabastecido e o outro copo de plástico com chocolate foi deixado para Bodhi, eu me inclino para frente, apoio os braços sobre a mesa e junto as mãos.

— Ok, então, eu preciso de conselhos para lidar com o Kevin.

Assim que digo o nome dele, vejo uma mudança no humor e no comportamento dos dois. Ambos ficam com os ombros tensos, os olhos estreitados, Bodhi estala os dedos e Palmer solta um rosnado. Isso faz os pelos da minha nuca se arrepiarem. Nunca vi nenhum desses homens de mal humor, mesmo quando estão aborrecidos. Se apenas o som do nome desse idiota os deixa tão irritados, só posso imaginar que tipo de merda ele fez com Wren todos esses anos. Ela não falou muito, e eu não quero forçar a situação. Ver a expressão em seu rosto durante o pouco em que ela me contou sobre o cara, me fez perceber que não quero fazê-la passar por isso novamente. Não quero fazê-la reviver nada que tenha a ver com ele, e farei tudo ao meu alcance para garantir que ela nunca se sinta fraca.

— Desembuchem — exijo, em voz baixa, apertando minhas mãos entrelaçadas com mais força para não ficar tentado a pegar algo quebrável e jogar na parede.

Palmer solta um suspiro profundo, e imita a minha posição ao colocar os braços na mesa e cruzar as mãos, já Bodhi abre algo em seu celular e vira a tela para que eu possa ver.

— Conheça Kevin Stratford. Filho da puta bonito, não é? — Bodhi bufa quando dou minha primeira boa olhada no homem que odiei desde antes de saber qualquer coisa sobre ele.

Nem sequer percebo que estou prendendo a respiração até que ela sai trêmula enquanto observo seu rosto. Não vejo semelhança nenhuma com Owen, a não ser pelo cabelo castanho-escuro. Não sei por que isso me incomoda tanto, me perguntando se aquele meigo e incrível garoto seria parecido com o merda do pai. Talvez porque eu saiba o quanto seria péssimo para Wren ter de olhar para uma pequena réplica do homem que a fez se sentir menos do que é por tantos anos no corpo da pessoa que ela ama mais no mundo. Saber que minha avaliação inicial estava certa alivia um pouco da minha ansiedade; Owen é um mini-Wren.

Kevin Stratford *é* um filho da puta bonito; nisso Bodhi tem razão. Ele é bonito de um jeito engomado, babaca, mauricinho, com aquela calça de sarja rosa-claro, a camisa branca social e um blazer de linho azul-claro. Ele está parado no convés de um megaiate no meio do oceano, com os óculos escuros de grife perto da boca para que ele possa segurar uma das hastes com os dentes.

*Que idiota do caralho.*

— Ele é rico, só que não de verdade — Palmer começa. — O dinheiro é todo do papai. E antes que você perca a cabeça por ele nunca ter dado nada a Wren, é porque ela não o deixaria fazer isso, mesmo que ele oferecesse, o que ele nunca fez, de qualquer maneira. Os pais dele nunca conheceram o Owen, mas enviam duzentos dólares todos os anos em março como presente de aniversário, então pelo menos Wren nunca teve que pagar por um par de chuteiras.

— Só que o aniversário do Owen é em outubro — Bodhi bufa, sem humor.

— O idiota é gerente de fundos monetários na empresa do pai dele na Carolina do Norte — Palmer prossegue, enquanto eu continuo encarando aquele idiota, já calculando quanto dinheiro o cirurgião plástico de Kevin vai ganhar consertando o rosto bonito do paciente quando eu terminar com ele. — Que é apenas um título chique para *"eu não faço porra nenhuma para ganhar um salário, e meu pai me salva de todos os problemas em que me meto"*. Na verdade, eu o conheci na mesma noite em que Wren o conheceu. Serei sincero com você; ele era um filho da puta encantador. Disse todas as coisas certas, só tinha olhos para Wren a noite toda. Merda, *eu* quase queria dormir com ele no final da noite. E então o teste deu positivo e ele mostrou a verdadeira face. Só o vi uma outra vez; foi logo depois que Owen nasceu, e eu estava aqui de visita. Foi mais do que suficiente. O babaca se acha.

— Eu nunca o conheci, mas Tess contou muitas histórias, e nós dois vimos todos os prints das mensagens que ele enviou e ouvimos os áudios furiosos que ele deixou ao longo dos anos — Bodhi acrescenta, finalmente baixando o celular. — A última vez que ele esteve aqui, a primeira coisa que o cara disse a ela foi: *"Você está um pouco gorda. Talvez seja melhor parar com o sorvete".*

Uma visão da jaqueta de linho azul-clara de Kevin coberta de sangue de repente se forma na minha mente no que eles continuam, o que me coloca em um tipo especial de inferno que eu sei que empalidece em comparação ao que Wren realmente teve que passar.

— Sempre diz que ela é uma mãe ruim porque trabalha demais — Palmer adiciona, meus braços começam a tremer por causa da força com que estou apertando as mãos sobre a mesa. Tento também não vomitar as pilhas e pilhas de panquecas de abóbora que comi, enquanto estou sentado aqui ouvindo o que Wren teve de suportar todo esse tempo.

— Lembra da mensagem que ele enviou no dia de Natal daquele ano, dizendo a ela que deve ser uma droga passar outro feriado sozinha porque ninguém a quer?

— Não se esqueça da mensagem de voz de cinco minutos onde ele a chamou de V-A-dia-desses, porque ela não deixou Owen voar para Las Vegas sozinho para ir ao quarto casamento de Kevin.

— Ele sempre a culpa por nunca ver o Owen. Ontem ele a chamou de vadia com todas as letras, porque ela não passou o horário da balsa para ele.

— Ele a chama de burra e idiota o tempo todo.

— Sempre dizendo coisas para ela como: *"Se você realmente amasse nosso filho, você não…"* três pontinhos, preencha o espaço em branco. De acordo com Kevin, cada decisão que ela toma é sempre a errada.

— Não posso nem pronunciar a última coisa…

— Você precisa. Ele tem que saber tudo.

— Ele tira sarro dela o tempo todo por ter sido a… pior transa que ele já teve, e entra em uma quantidade nojenta pra cacete de detalhes sobre ela ser frígida e morta e… *porra*, eu quero vomitar só de repetir isso, porque esta é minha futura cunhada, mas aí está. Kevin Stratford em poucas palavras. Como queremos matá-lo quando ele chegar aqui?

— Eu voto com fogo! — Bodhi anuncia, levantando a mão no ar. — Tess acabou de comprar marshmallows.

Preciso de uns cinco minutos de respiração profunda, com os olhos fechados, enquanto Palmer e Bodhi discutem a maneira mais fácil de matar um homem. Só então percebo que não quero mais virar a mesa, jogar todos os pratos e copos no chão, e depois cair de joelhos e gritar a plenos pulmões até ficar rouco.

Quando me sinto calmo o suficiente, solto minhas mãos, me inclino para o lado, tiro a carteira do bolso de trás da calça jeans e jogo dinheiro suficiente para pagar pelo nosso café da manhã junto com uma gorjeta muito generosa para a garçonete que teve que escutar toda essa insanidade na última hora e meia enquanto nos atendia. Interrompo os protestos de Palmer sobre pagar a conta dizendo que ele pode pagar na próxima vez. Mesmo que eu provavelmente vá me arrepender de todos os conselhos com os quais fui bombardeado esta manhã, é bom ter amigos aqui e poder fazer planos com eles. Parece tão estável e familiar, mesmo quando planos de assassinato estão correndo à solta pela minha cabeça.

— Por que ele está tão calmo? — Palmer pergunta a Bodhi quando me levanto, ambos se juntam a mim antes de Palmer me olhar conforme caminhamos pelo corredor. — Por que você está tão calmo?

— Eu não estou *nada* calmo. Estou tentando entender e lidar com isso com maturidade — digo a eles enquanto vamos em direção à porta da frente, acenando e dizendo olá para alguns conhecidos. — Além disso, agora eu tenho Wren e Owen. Não quero estragar tudo indo para a prisão. Você já viu o tipo de salas de artesanato que eles têm lá? São terríveis.

— Viu? — Bodhi dá um tapinha no braço de Palmer enquanto saímos para a calçada e para o sol brilhante do fim da manhã. — Eu disse que ele era a Dorothy. Realista e sarcástico. Seremos bons amigos para sempre!

*uma TACADA e um ACIDENTE*

Nós três rimos; Bodhi e Palmer prometem me apoiar quando Kevin chegar aqui, caso eu precise de alguma coisa, e então seguimos caminhos separados. Palmer vai se juntar a Birdie na SIG, já que ele pegou algumas aulas de golfe para dar esta semana, e Bodhi caminha em direção à praia para provavelmente dormir à sombra de uma árvore em algum lugar.

Eu dirijo de volta para minha casa para arrumar minhas coisas e me vestir para o jogo de mais tarde, já que preciso ir até a escola, rever os vídeos do nosso último jogo, montar a escalação de rebatidas, ter certeza de que o campo está pronto, e me manter o mais ocupado possível para que eu não procure o endereço de Kevin Stratford na internet e vá lhe fazer uma visita que acabe precisando de dinheiro para fiança e um bom advogado.

Antes de ir para a escola, quando estou levando as coisas para meu carrinho de golfe, uma notificação de mensagem chega no meu celular. Tiro o aparelho do bolso lateral da mochila, e sorrio quando vejo a mensagem.

> Oi! Desculpe ter demorado tanto para responder. Esqueci meu celular em casa e saí do trabalho rapidinho para vir pegá-lo e acabei de ver sua mensagem, assim como todas as flores lotando todas as minhas mesas e balcões e que não estavam aqui quando saí para o trabalho antes de amanhecer. Eu nem quero saber como você entrou no meu chalé quando eu não estava em casa, e não me importo. O cheiro aqui está paradisíaco, e é TÃO BONITO!!!!! Obrigada por não trazer *todas*. Acho que eu teria ficado presa aqui. HAHA! Vejo você no jogo hoje à noite.

Ok, então pelo menos é bom saber que eu não a sobrecarreguei com as flores nem a fiz fugir gritando apavorada. Agora eu só preciso descobrir uma maneira de desacelerar as coisas e dar a Wren o respeito que ela merece depois de tudo pelo que Kevin a fez passar. E não tentar rasgar suas roupas toda vez que ela está perto de mim.

*Vai ser divertido.*

# CAPÍTULO 13
## "VOCÊ PEGOU MEU CORAÇÃO."

*shepherd*

— Ei, garoto! Se você for só assistir ao jogo, compre um ingresso! Isso foi um strike!

Mesmo que eu devesse estar prestando atenção ao jogo na minha frente, assim como toda vez que escuto aquela voz linda e atrevida gritando das arquibancadas, olho por cima do ombro, e vejo Wren lá no meio, cercada por outros pais, e esqueço completamente que eu deveria estar sendo o técnico de um jogo de beisebol do ensino médio.

As arquibancadas estão lotadas de moradores da ilha para torcer pelos Summersweet Wildcats que estão invictos no momento, mas não importa o quanto todos estejam berrando durante o jogo, eu sempre consigo ouvir a voz de Wren. É como se meus ouvidos estivessem afinados para ela, tirando meu foco do jogo e indo apenas para *ela*. No quanto ela sempre está linda, seja na praia sob o luar, usando um macacão sexy pra caramba, ou sentada nas arquibancadas sob as luzes, vestindo um moletom e shorts jeans, vinda direto do trabalho. No quanto ela é apaixonada pelo beisebol, não apenas gritando com os árbitros a noite toda quando eles tomam uma decisão idiota, mas dando gritos de instrução e encorajamento para os jogadores, cada termo de beisebol sai sem esforço de sua boca, o que faz meu pau saltar no calção bem no meio da porra de um jogo de beisebol do ensino médio. Igual aconteceu no dia em que cheguei, quando ela estava sendo a treinadora substituta, só que *naquele* dia tive que realmente colocar as mãos sobre a virilha, pois fiquei duro assistindo a Wren e sua liderança magistral naquele treino.

Eu sempre ria quando ela errava a terminologia de beisebol em nossas mensagens e achava meio fofo. E com certeza não há riso envolvido quando ouço a linda, doce e às vezes atrevida Wren Bennett gritar coisas como:

— *Chupa essa!*

— *Bate mais forte!*

— *Use esse taco!*

— *Vai ficar brincando com essa bola?*

E...

— *Você pode pegar uns nachos pra mim?*

É, então, estou no inferno. *Tudo* o que ela diz me excita, e parece que eu me amaldiçoei dizendo que precisava desacelerar as coisas e parar de imaginá-la nua o tempo todo. No momento, estou me imaginando comendo nachos em seus seios nus, e um homem tem seu limite, caramba!

Quando os olhos de Wren encontram os meus e ela me lança um sorrisinho e acena para mim com os dedos, é preciso muita força de vontade para desviar o olhar dela e voltar para o jogo. Sei que não sou eu jogando naquele campo, mas ao olhar para as arquibancadas, sentado ali na ponta do abrigo dos jogadores, no mesmo lugar em que costumava sentar no ensino médio e olhar para lá, desejando que Wren estivesse ali torcendo por mim, quase me sinto como um adolescente de novo e minha garota finalmente foi me ver jogar. E o fato de que a *minha garota* é aquela com quem eu tenho sonhado desde adolescente, sentado neste banco e olhando para as arquibancadas do outro lado da cerca, só torna tudo ainda melhor. E mais difícil manter meu desejo por ela sob controle. Estando aqui neste lugar com os mesmos cheiros, paisagens e sons, é difícil parar de lembrar de todas as fantasias que eu costumava ter com Wren no passado, fantasias em que ela ia a um dos meus jogos no ensino médio e nós comemorávamos a vitória com ela montando meu pau ali no abrigo depois que todos já tinham ido embora.

De repente, toda a merda que Palmer e Bodhi me contaram sobre Kevin passa pela minha cabeça, despejando um balde de água fria em minhas fantasias. Eu preciso me concentrar em apagar, com nada além de coisas boas, todas as coisas ruins que aquele idiota já fez e disse a ela, em vez de em todas as fantasias que me fazem andar de pau duro, pelo amor de Deus. Nada além de lembretes de que ela é forte, bonita, incrível e perfeita exatamente do jeito que ela é, e não apenas alguém a quem eu quero inclinar sobre um freezer e comer até desmaiar.

Vaias e gritos vindos das arquibancadas quando o árbitro valida o último arremesso de bola me lembram de que eu deveria me concentrar primeiro neste jogo antes de fazer qualquer outra coisa.

Me levanto do banco, fico na frente do alambrado que cerca o abrigo, estico os dedos e os passo pelos buracos da cerca para me segurar enquanto concentro minha atenção em nosso arremessador, Carter. Ele começou a se cansar no meio da entrada final e, depois de duas corridas seguidas antes da rebatida atual, pedi um tempo para conversar com ele e nosso receptor no meio do campo.

Eu podia ver o medo nos olhos de Carter enquanto eu caminhava em sua direção com um sorriso calmante no rosto, sabendo exatamente como uma situação como essa teria se desenrolado com seu antigo treinador. Muitos gritos, berros, dedos apontados e humilhações enquanto o homem o tirava do jogo para substituí-lo por outra pessoa que poderia terminar a entrada. Com os Devils atrás de nós apenas por um ponto, bases lotadas e duas eliminações, é uma situação estressante não apenas para mim como treinador, mas também para o arremessador. Quando vi a determinação no rosto de Carter assim que me aproximei, e ele estava convencido de que poderia eliminar esse jogador e terminar o jogo, assenti com a cabeça, lhe dei uma bola, um tapinha no ombro e disse a ele para acabar com aquele garoto.

Não posso esperar que meus jogadores confiem em mim se eu não confiar neles. Carter está a caminho de ganhar uma bolsa completa para jogar beisebol na faculdade, e é inteligente o suficiente para saber quando o braço está cansado. Se ele disser que ainda consegue, vou acreditar nele. Agora é uma contagem completa com três bolas e dois swings no vazio, e meu coração está batendo forte, e meus dedos, de tão suados, quase escorregam de seu aperto na cerca.

— Não se apresse, garoto — murmuro, ao observar Carter respirar fundo ali no meio do campo enquanto a outra equipe começa a implicar com ele.

Carter balança a cabeça quando o receptor lhe dá um sinal de que ele não gosta, assente quando recebe um bom, e então seus olhos piscam para os meus. Enquanto mantenho um sorriso otimista no rosto, os olhos de Carter voltam para a base, ele se posiciona e executa um lançamento perfeito que confunde o rebatedor. O garoto se mexe para rebater cedo demais, e o apito alto do árbitro e o grito: *"Strike!"* faz as arquibancadas rugirem atrás de mim. Carter termina o jogo exatamente como ele disse que faria, e eu estou socando o ar, gritando junto com os fãs.

O resto dos Wildcats abandonam suas posições no campo para correr para Carter, e são acompanhados por outros jogadores sentados aqui no banco comigo. Passamos os próximos quinze minutos comemorando e depois apertando as mãos dos jogadores e treinadores da equipe adversária antes de as crianças começarem a arrumar suas coisas espalhadas pelo abrigo e saírem com os pais ou amigos para continuar a comemoração com pizza no Fatia da Ilha, como de costume.

Fico onde estou, enquanto um monte de pais de jogadores passam para se certificar de que os filhos pegaram tudo e para apertar minha mão e me agradecer por outro excelente jogo. Todo mundo agora parece ter se acostumado comigo aqui, e o constrangimento e os olhares constantes desapareceram.

Só quando estou sozinho no campo, e as arquibancadas estão quase vazias, que a única pessoa com quem eu queria falar a noite inteira enfim abre o portão da cerca e vem até mim. Tiro as mãos dos bolsos, e sou incapaz de controlar o sorriso enorme que abro ao ver Wren caminhar em minha direção, sabendo que ela é minha, e que ela está vindo até *mim* e que, em apenas alguns segundos, uma das minhas fantasias favoritas estará prestes a se tornar realidade quando ela vir direto para mim e para os meus braços para me beijar no *home plate*. Eu não tinha ganhado o jogo do campeonato com um *home run* que nos levaria ao campeonato estadual como as centenas de vezes que brinquei com essa fantasia na minha cabeça desde que era adolescente, mas ainda é muito emocionante saber que está acontecendo logo depois de eu conduzir meus jogadores a uma vitória.

Wren para a alguns metros de mim, e quando está perto o suficiente para que eu perceba que ela não está retribuindo meu sorriso, lanço a ela um olhar interrogativo, me perguntando por que ela parou ali e não nos meus braços. Especialmente depois de tudo que Palmer e Bodhi me disseram hoje, não quero nada mais do que abraçá-la e mimá-la e apagar todas as coisas ruins que Kevin já fez e disse.

— Você está bem? — pergunto, ao dar um passo em sua direção e parar logo em seguida, me perguntando se algo aconteceu desde que o jogo terminou. Talvez aquele merda tenha enviado outra mensagem.

*Eu vou matar o filho da puta.*

— Sim, ótima! — Wren responde rapidamente com o que agora sei que é um de seus sorrisos falsos. Os mesmos que ela dá quando alguém lhe pede um favor que ela está muito ocupada para fazer, mas não tem coragem de dizer não.

Os olhos de Wren continuam se afastando de mim para olhar para baixo, todo o seu corpo está tenso; desde os ombros rígidos até os joelhos travados, e eu começo a me perguntar se talvez ela apenas se sinta estranha vindo até mim, dando o primeiro passo. Nós não estivemos juntos em público desde o nosso encontro, e talvez ela esteja apenas nervosa, mesmo que haja apenas um poucas pessoas nas arquibancadas e nem estejam prestando atenção em nós enquanto descem as escadas para ir para o estacionamento.

— Então, consigo um beijo por causa das minhas incríveis habilidades de treinador? — pergunto, ao estender os braços e abrir um sorriso malicioso, deixando-a saber que ela não tem razão nenhuma para se sentir estranha, e que vou aceitar toda demonstração pública de afeto que ela quiser fazer.

Wren apenas ri, mas soa forçado, seus olhos ainda olham para longe dos meus e para baixo a cada poucos segundos enquanto eu a vejo torcer as mãos diante do corpo. Tudo isso parece errado, quando não deveria ser nada além de certo, e algo começa a incomodar no fundo da minha mente quanto mais Wren fica ali parecendo desconfortável e sem reduzir a distância entre nós.

A lembrança da última vez que estivemos neste lugar assim, quando ela admitiu o que sentia por mim, de repente passa pela minha mente... junto com o motivo de ela ter se afastado do nosso abraço. A razão para ela tropeçar nos próprios pés para que pudesse dar um passo para trás e para longe de onde estávamos. A razão de suas lágrimas. A razão para ela se sentir como se fosse minha segunda opção. E a razão pela qual seus olhos continuam olhando para baixo naquela noite, exatamente como estão agora. No mesmo instante me ocorre que ela não está olhando para baixo apenas para não ter que encontrar meu olhar, porque ela se sente desconfortável ou nervosa. Wren está olhando para o *home plate*. A meros quinze centímetros de onde estou parado.

Não é o mesmo *home plate*, mas não importa, não é? Ela ainda teve que me ver beijar outra mulher em rede nacional em um desses. Quando Palmer me disse o nome do bar onde Wren conheceu Kevin, jurei nunca pisar naquele lugar. Apenas o pensamento de tirarem proveito da minha maravilhosa e meiga Wren foi o suficiente para me fazer querer vomitar e quebrar o lugar todo com minhas próprias mãos. E aqui estou eu, parado no mesmo lugar em que beijei outra mulher, querendo que *Wren* me beijasse, provavelmente fazendo-a se sentir como se não fosse especial e que eu beijaria *qualquer uma* no *home plate*.

*Merda!*

Diminuindo rapidamente a distância entre nós, percebo que há algo ruim que preciso apagar de suas memórias primeiro, antes que eu possa me preocupar com as que Kevin deixou para trás. Com gentileza, separo as mãos que ela ainda está torcendo, entrelaço os dedos com os seus e a puxo para mim conforme começo a andar para trás.

— O que você está fazendo? — Wren pergunta, seus ombros não estão mais tensos, e um sorriso fácil surge em seu rosto quanto mais nos afastamos do *home plate*, fazendo meu peito doer por eu ser um maldito idiota.

Não digo nada; simplesmente aperto suas mãos e continuo andando para trás, parando quando meus pés chegam à primeira base. Puxo Wren para mais perto até que o cheiro de baunilha esteja me cercando, pego uma de nossas mãos unidas e as levo para a parte inferior de suas costas, puxando-a para mais perto, até que ela esteja pressionada no meu peito. Solto sua outra mão, seguro sua bochecha e inclino seu rosto para cima.

— Beijando você na primeira base — finalmente sussurro a resposta antes de fazer exatamente isso.

De levinho, pressiono a boca em seus lábios carnudos e doces, tirando um tempo para acariciá-los, adorá-los e beijá-la do jeito que ela deveria ter sido beijada durante toda a sua vida; com adoração, como se ela fosse o tesouro mais precioso do mundo. Porque ela *é*. E Wren precisa entender isso.

Finalizo o beijo com alguns selinhos, inclino a cabeça para trás e não posso deixar de sorrir quando olho para baixo para ver seus olhos ainda fechados e uma expressão sonhadora em seu rosto. Ela rapidamente os abre quando afasto minha mão de sua bochecha, desenrolo nossos braços ao redor dela e começo novamente a andar para trás, puxando-a ao longo da linha de base, com a mão na minha, até chegarmos à segunda.

Repito a mesma manobra assim que meus pés atingiram a base, levo nossas mãos unidas para trás de suas costas e a puxo para mim, lhe dando outro beijo lento e adorador na segunda base. E então eu faço isso de novo na terceira, e no centro do campo, e corro com ela até o campo externo, e a beijo no campo direito, central e esquerdo, Wren está sem fôlego e rindo conforme a beijo por todo esse maldito campo de beisebol. Suas bochechas estão coradas, seus olhos estão brilhando de felicidade e, quando voltamos para o abrigo, toda a tristeza que estava lá quando ela ficou a poucos metros de mim no *home plate* já desapareceu há muito tempo de seu rosto.

Wren está firmemente aninhada em meus braços, com os dela apoiados em meus ombros no que ela fica na ponta dos pés, e eu lhe dou um último beijo suave e amoroso antes de me afastar para olhar para ela, que está toda sorridente.

— Sinto muito por agir de forma estranha no *home plate*. Eu estava sendo idiota — ela sussurra, o que faz um grunhido profundo ressoar no meu peito.

— Já chega.

Essa única palavra e a força com que a enfatizo faz Wren fechar a boca no mesmo instante. Libertando-a dos meus braços, levo as mãos entre os braços dela, que ainda estão sobre os meus ombros, e seguro seu rosto.

— Você é brilhante e incrível, e *nunca* idiota. Eu já fiz algumas *besteiras* no *home plate*, e você tem todo o direito de se sentir desconfortável com isso, e se você quiser me chutar nas bolas, vou deixar.

Minhas palavras atingiram o alvo, exatamente como eu esperava, e os ombros de Wren tremem de tanto rir, e aquele sorriso lindo e brilhante está de volta em seu rosto enquanto ela inclina a cabeça para o lado e olha para mim.

— Você é doido. — Ela sorri para mim ao balançar a cabeça. — Agora estou bem. Podemos terminar com um beijo no *home plate*.

Abaixo a cabeça e pressiono a testa na dela.

— Você ainda não entendeu? — pergunto baixinho. — Seja na primeira, na segunda, ou no campo externo. Não importa onde eu a beije, Wren, já estou no meu *home plate*, já estou em *casa*.

Quando um gemidinho fofo escapa dela e Wren logo levanta o rosto e me beija, mais uma vez envolvo os braços ao seu redor e a abraço com força, esperando ansiosamente por todo o resto de lembranças ruins que eu posso substituir por boas. Brigo com o meu pau para ele sossegar conforme sinto o corpo sensual de Wren aninhado no meu e sua boca está na minha.

Termino o beijo e me afasto; volto a segurar a sua mão e começo a nos levar em direção ao estacionamento, parando apenas para pegar minha bolsa no abrigo.

— Vamos lá, vamos encontrar Owen e todos os outros na Fatia da Ilha e comemorar.

Dez minutos depois, atravesso as portas da pizzaria com a minha garota ao meu lado, e passo o resto da noite comendo, rindo, e simplesmente me divertindo muito com Owen e vários de seus amigos da escola que não jogam beisebol. Nesse momento, sei que farei tudo o que puder para garantir que aquele sorriso fácil e relaxado nunca saia do rosto de Wren.

Foder até desmaiar? *Ruim*.

Mostrar a Wren que por ela vale a pena levar as coisas devagar? *Bom*.

# CAPÍTULO 14

## "PARECE QUE O JOGO TERÁ ENTRADAS EXTRAS."

— Não acredito que você tem uma tela de cinema gigante para montar na praia só para nós dois!

— Minha garota merece o melhor. Agora vem aqui e me abrace neste sofá que arrastei até aqui na areia. O filme já vai começar.

— Sério mesmo que você arrastou isso aqui sozinho?

— Claro que não. Eu paguei alguém para fazer isso. Eu só estava tentando impressionar você com o tamanho dos meus músculos, mas essa coisa é pesada, e areia é uma filha da mãe.

— Não se preocupe; estou impressionada. Como você conseguiu fazer uma máquina de pipoca funcionar aqui? Minha nossa, isso é manteiga de cinema de verdade.

— Jujuba azedinha, M&Ms, chocolate com amendoim … qual doce você está com vontade de comer para balancear o salgado?

— Que tal esses aqui colados no seu rosto?"

— ...

— ...

— *Puuuuta merda,* eu nunca vou enjoar dos seus lábios. Ah, merda, não a orelha. Não mordisque a... *Santo Deus.* Ok, ha-ha, olha só! O filme está começando, e você deveria se sentar bem ali, e eu vou me sentar bem aqui.

— *Campo dos Sonhos*? Por que estou surpresa? Você vai recitar as falas do filme inteiro?

— Seria irritante. Claro que não. *"Meu pai se chamava John Kinsella…"*

— Você vai chorar, não vai?

— Pode ter certeza de que vou chorar. Mudei de ideia. Volte aqui e me abrace.

**TARA SIVEC**

— Owen, precisamos conversar.

— Ok, treinador, e aí? Eu sei que pulei as corridas, mas eu estava...

— Não é sobre beisebol. É sobre sua mãe.

— Ai, meu Deus! O que aconteceu? Ela está bem?

— Ela está bem! Merda, eu sou realmente péssimo nisso. Não é nada ruim. É bom! É bom de verdade. Bem, eu acho que é bom, e eu sei que sua mãe disse que já conversou com você, e que disse que estava tudo bem, mas eu sinto que precisamos ter uma conversa de homem para homem e...

— Você e minha mãe estão namorando. Eu sei. Está tudo bem.

— Ok... mas você tem *certeza* de que está tudo bem? Vou passar muito tempo com ela e estar por perto, e *nunca* vou faltar com respeito com você nem com sua mãe, mas... olha, Owen, quando um homem e uma mulher realmente gostam um do outro, em algum momento...

— Eu vou te interromper aí mesmo. Você está começando a deixar as coisas estranhas. Todo mundo está olhando.

— Eu não quero deixas as coisas estranhas.

— Que bom.

— Ótimo. E só para você saber, só porque sua mãe e eu estamos namorando, não significa que eu vou te dar tratamento especial na equipe e dar a eles razão para encherem o seu saco.

— Entendido.

— *O que diabos você quer dizer com você pulou a corrida, Bennett? Deixe de preguiça e corra!*

— Você está fazendo de novo. Está sendo estranho.

— Sabe de uma coisa? Apenas aceite o fato de que isso vai ser estranho por um tempo, e eu vou comprar um carro para você.

— Mude para uma moto e temos um acordo.

— Não força a barra. Vá correr.

— Você é muito ruim nisso.

— Eu sei!

— Talvez devêssemos parar. Vamos encerrar a noite, você pode ir para casa e podemos tentar outra hora.

— Eu não sou de desistir, Wren! Eu vou arrumar. Apenas me deixe continuar tentando.

— Toda essa *tentativa* está começando a ficar dolorosa. Devagar e com carinho, Shepherd. Pare de apressar as coisas.

— Quanto mais você me diz para ir mais devagar, mais rápido a coisa me faz querer ir.

— E veja o que acontece. Você tenta enfiá-lo sem qualquer finesse e estraga tudo. Você está superenferrujado.

— Olha, já faz um tempo, Wren, ok? Você precisa ser paciente e me deixar encontrar meu ritmo.

— Aqui, me deixa mostrar. Vou colocar a mão em cima da sua e... aí está. Viu? Apenas aperte devagarinho bem aqui. Agora toque de levinho algumas vezes. Siiiiim, assim mesmo. Hum, muito bom.

— As pessoas estão olhando.

— Deixe que olhem. Você finalmente montou uma casquinha sem quebrar a maldita coisa em um milhão de pedaços por ter batido o sorvete com força na parte de cima.

— Há uma fila de clientes esperando. Eu estava tentando ser rápido e eficiente. Lembre-me novamente de por que eu achei que ajudar você na Girar e Mergulhar hoje à noite seria uma boa ideia para um encontro?

— Porque você é um amor, e quando descobriu que eu receberia um carregamento de sorvete esta noite, basicamente exigiu vir me ajudar. O que talvez seja uma coisa boa. Me debruçar sobre aquele freezer a noite toda com a bunda para o alto porque não consigo alcançar o chão é irritante. Shepherd? Você está bem? De repente você ficou todo corado e com cara de quem vai desmaiar.

— Estou bem. Eu estou bom. Estou simplesmente perfeito. Por que você perguntou? Quem quer sorvete?

**TARA SIVEC**

— Isso é loucura. Insanidade pura. Você sabe disso, não sabe? Você não pode simplesmente mandar alguém pousar um helicóptero onde quiser em Summersweet para vir nos buscar.

— Na verdade, eu posso. E eu fiz. Agora é só segurar firme e curtir a vista do pôr do sol enquanto sobrevoamos a ilha. Se os fones de ouvido estiverem muito apertados, você pode ajustá-los.

— Você tem que parar de me mimar. Isso é loucura.

— Loucura é eu ter demorado tanto para fazer algo completamente nojento e detestável com o meu dinheiro. Mas saiu mais perfeito do que o esperado, porque você merece todas as coisas nojentas e detestáveis.

— Hum... obrigada?

— Soou melhor na minha cabeça. Ok, prepare-se para olhar pela sua janela em cerca de dez segundos para sua próxima surpresa.

— Shepherd! Sério, o novo par de All Star branco que você entregou no chalé esta manhã, a massagista que você enviou para me dar uma hora de massagem quando cheguei em casa do trabalho e o passeio de helicóptero ao pôr do sol são mais do que suficientes. Você não precisava... desenhar um pênis gigante na areia para que eu possa ver daqui de cima?

— O quê? Não! Não é um…. Filho da puta, é sim. Eu sabia que não deveria ter deixado Bodhi encarregado de escrever a mensagem na areia para mim.

— Quero dizer, é bem anatomicamente correto. Tantos detalhes... Uau, ele até usou pedras para fazer um jato saindo da ponta. É bem artístico. Você pode pedir para o piloto sobrevoar ali por cima de novo? O que ele *deveria* escrever?

— Ele deveria escrever: você é o meu *lar*.

— Muito fofo e romântico.

— Com certeza *era*.

— Conhecendo Bodhi, ele interpretou literalmente. Sabe... toda a analogia do beisebol, de ir escorregando para o lar do jogo... o *home plate*... Entendeu? Pênis gigante... escorregando para...

— Sim, entendi, ótimo! A que horas você disse que precisávamos pegar o Owen na casa da sua mãe?

— Eu não disse. Nós não temos que...

— Ah, mas nós temos! Temos negligenciado o garoto. Eu não quero que ele me odeie por passar menos tempo com a mãe.

— É, dito com essas palavras…

— Mãe, pai, vocês se lembram da Wren...

— Mocinha, vem aqui e me deixe te dar um abraço por todas as besteiras que meu filho fez você aguentar. Você gosta de rocambole de carne e empadão de frango? Eu trouxe alguns para você deixar no freezer.

— Alguma chance de serem *meu* rocambole de carne e empadão de frango, mãe?

— Cala a boca, seu cagão.

— *Mãe!* Vamos, pai, preciso de reforços.

— Eu não sei o que você quer que eu faça. Ainda acho que a pobre garota precisa passar por um exame da cabeça por andar com você. Sem ofensa, Wren.

— Tudo bem, senhor.

— Nada dessa merda de *senhor*. Me chame de Simon ou de pai.

— Bem, então, o jantar será servido em alguns minutos, Simon. Provavelmente quando Owen chegar da casa do amigo. Se vocês quiserem ficar à vontade, eu vou...

— Querida, sente-se e relaxe. Eu cuido do jantar.

— Shepherd, eu posso...

— Sente. Relaxe. Eu cuido de tudo.

— Lá vamos nós... Aí está o homem que criamos para não ser um cagão. Desculpe a demora, Wren. Nós estaremos no deque, apreciando a vista. Nos chame quando o jantar estiver pronto!

— Estou feliz que você esteja achando engraçado ao ver a excelente opinião que meus pais têm de mim.

— Não se preocupe. Farei você se sentir melhor mais tarde, depois que eles forem embora e Owen estiver dormindo.

— Não falei para você que eles vão passar a noite aqui? Devo ter esquecido! Não se preocupe; eles praticamente *imploraram* para dormir no seu sofá grande e confortável. De verdade, é tudo em que minha mãe falava, e como eles não queriam encurtar a visita e ter que correr para pegar a última balsa da ilha, e como estão *morrendo* de vontade de ficar acordados a noite toda e ter uma festinha do pijama com Owen e conhecê-lo, e quer saber? Sente-se à mesa, vou dar um pulinho no deque para lembrar a eles, caso tenham esquecido, e estarei de volta em um instante para tirar o jantar do forno!

— Eu não deitei no sofá e coloquei meus pés no seu colo para que você os massageasse.

— Eu fiz você andar por toda a ilha. Você merece uma massagem nos pés.

— Você parecia muito interessado em irmos a todos os lugares hoje. Tomamos café da manhã no A Barca, pegamos suas balas de caramelo no Coma Isso, fomos ao fliperama, almoçamos na CGIS e passamos para dar oi para Tess, Birdie e Murphy. Aí fomos ao mercado, compramos pizza e comemos nas mesas de piquenique da Girar e Mergulhar, andamos de bicicleta pelo parque e jantamos no deque do Doca do Eddy. Algum motivo para fazermos um tour em Summersweet hoje?

— Primeiro as coisas importantes. Qual foi a única coisa que fizemos em cada um desses lugares?

— Além de nos pegarmos igual a um casal de adolescentes?

— Não. Exatamente isso. Fizemos um tour pela Ilha Summersweet hoje, porque eu queria dar uns pegas na Wren Bennett em todos os lugares em que eu fantasiava ficar com ela quando era adolescente.

— Espero que eu tenha correspondido a todas as suas expectativas.

— Querida, você supera minhas expectativas apenas por estar no mesmo ambiente que eu. Valeu a pena esperar por você. Você *sempre* valerá a pena.

— Você é muito bom nisso.

— Em ser todo fofo e nojento, ou fazendo massagem nos seus pés?

— As duas coisas. Estou meio que me acostumando com todo esse mimo.

— Que bom, porque eu não pretendo parar.

— Se me der licença, senhora, só preciso pegar aquele prato vazio. Já te disse como você está linda esta noite?

— Você sabe que eu a sou responsável pela noite do espaguete, e sou eu quem deveria estar fazendo tudo isso, certo? Mas você está fabuloso nesse avental rosa de babados.

— Quando foi a última vez que você se sentou com sua família e amigos em uma dessas coisas e apenas comeu, concorreu a rifas e se divertiu?

— Hum... nunca?

— Exatamente. Aqui está minha carteira. Preciso terminar de limpar todas as mesas. Vá comprar uma tonelada de números para a rifa daquela cesta com a decoração de outono. Eu quero aquela droga de lanterna em forma de abóbora, e você já sentiu o cheiro daquela vela de torta de abóbora e maçã? Eu preciso daquilo.

— Quando terminar de limpar as mesas, não se esqueça de limpar a cozinha do refeitório.

— Isso foi sexy. Me dê ordens de novo.

— As pessoas estão olhando.

— Deixe que olhem. Estou beijando minha mulher na noite do espaguete no ginásio da Summersweet High School. Se você fechar os olhos, quase pode ouvir a melodia romântica de *Hero* do Enrique Iglesias tocando, e podemos fingir que estamos dançando no baile.

— Você é louco. Vou comprar alguns números da rifa.

— Se eu não levar essa lanterna de abóbora para casa comigo esta noite, teremos problemas. *"You can be my hero, baby!"*, ok? Você pode ser a minha heroína, gata.

— Por favor, não cante essa música. Então você não quer que eu compre números da rifa da cesta de *noite do encontro*? Tem calda de chocolate, uma garrafa de vinho, alguns livros picantes com homens sem camisa na capa, essa coisa chamada chicote que eu vi em um filme e tem potencial para ser divertido, e alguns brinquedos que precisam de pilhas. Embora eu já tenha a bala de prata e aquela borboleta, mas acho que brinquedos vibratórios nunca são demais.

— Eu... O quê...? *Puta merda...*

**TARA SIVEC**

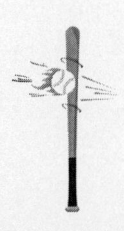

# CAPÍTULO 15

## "CALCINHA PRETA DE ALGODÃO."

*wren*

— Então já são doze encontros em duas semanas, e... nada? Talvez o pau dele esteja quebrado.

Reviro os olhos para Emily. Estou segurando o celular na minha frente com uma mão e apoiando o queixo na outra, com o cotovelo na mesa de piquenique roxa na Girar e Mergulhar. Pela primeira vez na história recente, Tess e Birdie não conseguiram chegar a um Bebidas e Reclamações. Eu provavelmente poderia ter ficado no conforto da minha própria casa para este, já que eu poderia beber e reclamar com Emily em qualquer lugar, mas eu precisava sair de casa.

Eu tenho a noite de folga, Shepherd estava no continente ajudando o pai a consertar um vazamento na pia da casa deles, e alguns amigos de equipe de Owen estavam espalhados pela minha sala, cercados por pilhas de latas vazias de energético e embalagens de fast-food. Estavam fazendo uma maratona de videogames. Por precisar escapar das discussões e gritos incessantes de um bando de adolescentes agindo como crianças, a Girar e Mergulhar foi naturalmente minha primeira escolha.

— Não está quebrado. Eu me esfreguei ali várias vezes e vi que não está nada quebrado. — Suspiro, me sentindo uma idiota por reclamar com Emily por uns bons quinze minutos desde que me sentei.

Essas últimas semanas com Shepherd foram absolutamente incríveis. Ele me mimou tanto que não sei como vou voltar a me acostumar a não receber uma massagem profissional de uma hora por semana ou não ter que preparar o jantar. Shepherd me leva para jantar, cozinha enquanto me manda relaxar, ou pede delivery, certificando-se de que Owen esteja incluído nas noites em que está conosco. E nas poucas noites em que não saímos, meu freezer está totalmente abastecido com toda a comida que a mãe dele trouxe quando ela e o marido vieram me visitar e acabaram dormindo no meu sofá velho e nojento, ambos super entusiasmados com isso por algum motivo, ficando acordados a noite toda para jogar jogos de tabuleiro com Owen.

E nem vou falar das extravagâncias. Eu nem sabia que Shepherd tinha um barco até que ele foi entregue no meio da semana passada. Balsa? O que é uma balsa? Era como tomar um sundae com calda quente pela primeira vez e saber que nunca mais seria capaz de comer apenas sorvete de baunilha puro. Dane-se esperar na fila por vinte minutos apenas para ir até o continente para comprar algumas coisas na Target. Fiz Shepherd me levar lá duas vezes em um dia só porque ele podia, rindo como um lunático enquanto voávamos pela doca da balsa com todos esperando na fila. Foi glorioso.

Essas últimas semanas foram incríveis, e eu preciso me beliscar o tempo todo, porque parece um sonho. Nunca nos faltam conversas nem risadas, estou sempre contando os segundos até poder vê-lo novamente, e o jeito que ele interage com Owen é tão natural que, toda vez que os vejo juntos, meus olhos ficam marejados. Mas desde o nosso primeiro encontro, quando fomos interrompidos na praia por Bodhi, Shepherd não tem sido nada mais do que o perfeito cavalheiro. E embora eu ame cada minuto de seu lado fofo e romântico, onde ele toma seu tempo me beijando de levinho e bem devagar, certificando-se de que eu saiba o quanto me adora, estou começando a achar que aquele homem selvagem, descontrolado e cheio dos rosnados que me empurrou contra a parede de seu chalé durante nosso primeiro beijo é a parte que era um sonho.

Não parece um sonho. Toda vez que fecho os olhos e penso naquele beijo, tenho que esfregar as coxas e me remexer, porque ainda posso senti-lo ali, deliciosamente duro entre minhas pernas. Meus vibradores, os que eu já tinha, já que é claro que comprei uma quantidade obscena de números com o dinheiro de Shepherd para que ele pudesse levar para casa aquela maldita lanterna de abóbora em vez de colocar dinheiro na cesta de *noite do encontro*, têm sido tão usados depois de todas as nossas noites juntos que o meu lindo e precioso bala prata pediu arrego e se recusa a funcionar.

— Ei, Terra chamando Wren! — Emily grita pelo meu telefone, estalando os dedos enquanto eu pisco, saindo do meu torpor. — Pare de pensar em Shepherd nu e se concentre.

Sinto minhas bochechas esquentarem de vergonha e muitas outras coisas, agora que *estou* pensando em Shepherd nu.

— Não sei mais o que fazer. Eu fiz o que você disse quando conversamos antes de ele me levar em nosso segundo encontro para assistir filmes na praia e comecei a ser mais ousada — explico. — Mordisquei sua orelha, olhei para ele sugestivamente algumas vezes igual treinei no espelho, falei dos meus brinquedos e até passei a mão na bunda dele *duas vezes*.

— Quantos anos você tem? Doze? — Emily pergunta, com um olhar incrédulo. — Apenas tire a calcinha e diga que quer dar para ele.

— Emily! — eu meio que sussurro, meio que grito, olhando por cima do ombro e, em seguida, para ela. — Crianças poderiam estar sentadas aqui nestas mesas!

— Você sabe que são dez horas de uma noite de dia de semana, sua mãe já fechou a sorveteria, e eu posso ver claramente que todas as mesas atrás de você estão vazias, ok?

— Quem precisa tirar a calcinha? — Ouvimos gritos atrás de mim.

— Cala a boca, Ed! — Emily grita o mais alto que pode pelo meu celular antes de abaixar a voz para falar para mim: — Ed não conta.

Olhando por cima do ombro para o homem mais velho sentado em seu carrinho de golfe ao longo do meio-fio da frente da Girar e Mergulhar, bebendo seu milk-shake de caramelo noturno, lanço um sorriso tímido para ele e aceno antes de me virar para encarar Emily.

— Seja legal com Ed — eu a repreendo. — Você sabe que ele está apenas esperando minha mãe terminar para que ele possa ter certeza de que ela chegue bem em casa. É fofo. Não seja má.

Ed Walton, o dono do Doca do Eddy, vem aqui para tomar um milk-shake noturno desde que me lembro, certificando-se de que minha mãe e eu estejamos seguras depois de fechar a sorveteria.

— Aquele homem só vai aí agora pela fofoca, e você sabe disso — Emily zomba, e eu dou de ombros, sabendo que ela provavelmente está certa. Ed fica com os ouvidos superafiados nas noites em que vínhamos aqui para Bebidas e Reclamações. — E agora você acabou de me dar a resposta para o seu problema. Droga. Eu esperava que Shepherd fosse mais esperto do que isso… — Emily fala com um balançar de cabeça.

— Do que você está falando? Qual é a resposta para o meu problema?

— Cara — ela bufa, aproximando o rosto da tela. — Ele *mãezificou* você.

— Ele, o quê?

— Ah cara, ele *mãezificou* muito você — ela suspira.

— Isso é alguma gíria sexual estranha de hoje em dia que eu vou ter que pesquisar na internet e depois me arrepender da decisão. Igual foi com aquele negócio do waffle azul com que eu ainda tenho pesadelos? Já disse para você que não tivemos momentos sensuais, estranhos ou não. Ele nem tocou nos meus seios.

O rosto de Emily fica menor na tela quando ela se recosta na cabeceira da cama, ainda segurando o celular, ela apoia os braços estendidos sobre os joelhos dobrados e cobertos.

— Não, nenhuma gíria estranha de hoje em dia, embora tenha um fetiche com lactofilia em que os caras se excitam com leite materno.

— Esqueça que eu perguntei — murmuro, balançando a cabeça.

— Em poucas palavras, ele não está mais olhando para você como a mulher gostosa que ele quer comer semana que vem. Shepherd agora vê você como uma *mãe* com quem ele tem que ser gentil e alguém a quem tratar com respeito — Emily explica, meu corpo agora cora de irritação com aquele homem em vez de com desejo.

— Mas eu não sou a mãe *dele* — reclamo, repassando rapidamente cada minuto que passamos juntos apenas para ter certeza de que eu nunca o repreendi nem o tratei como criança, porque isso seria péssimo.

— Mas você é a mãe de *alguém*, então não importa. Um dos caras deve ter entrado na cabeça dele e dito para o cara ir devagar. Você disse que eles contaram sobre todas as merdas que Kevin fez com você quando foram tomar café da manhã, então tenho certeza de que isso também não ajudou. Um cara como Shepherd realmente gostaria de ter certeza de que você está sendo respeitada depois das merdas que Kevin fez. Aposto que foi o Palmer, aquele merdinha sensível.

*Filho de um Baby Ruth...*

— O que está acontecendo? O que eu perdi? — minha mãe pergunta, animada, enxugando as mãos no avental preto que amarrou na cintura enquanto anda pelos fundos da loja para se juntar a mim na mesa de piquenique roxa.

Minha mãe e eu sempre fomos próximas. Birdie tira sarro de mim o tempo todo, porque eu sempre contei tudo para nossa mãe, fosse bom ou ruim. Minha irmã gosta de ter seus segredos, mas eu não sei. Meu relacionamento com a nossa mãe é diferente, e sei que deve ser porque eu segui os passos dela; nós duas engravidamos de um turista idiota aos vinte anos de idade. Pelo menos nosso doador de esperma foi embora e nunca mais deu as caras depois que Birdie nasceu, mas o fato ainda assim formou um vínculo especial entre nós. Como se tivéssemos passado pela mesma guerra e sobrevivido para contar a história. Ela está tão atualizada quanto Emily sobre as minhas últimas semanas de namoro com Shepherd, então pelo menos eu não tenho que dar outro resumo de todos os nossos encontros, me fazendo sentir culpada de novo por estar reclamando. Eu prefiro continuar sentindo raiva de Shepherd agora do que voltar a me sentir mal.

— Bem, Laura, você perdeu a triste realidade de que Shepherd *mãezificou* Wren — Emily explica, enquanto minha mãe acena para ela na tela, seu sorriso vai sumindo rapidamente enquanto sua cabeça vira para o lado para olhar para mim.

— Ah, não — ela sussurra. — Ele *mãezificou* você? Eu nunca esperei isso de Shepherd Oliver.

— Como diabos *você* sabe o que isso significa? — pergunto.

— Hum, olá? Porque eu sou mãe. E caso você tenha esquecido, tenho um apetite sexual muito saudável.

— Eca — murmuro, enquanto Emily bate palmas e assobia. Literalmente. Ela é uma maldita líder de torcida profissional. Eu tenho que esperar dois minutos inteiros até ela terminar três rodadas do seu canto: *"S-E-X-O. Vaaaai, Sexo! Vaaaai, Laura!"*.

— Lembram de Todd, o veterinário? — minha mãe pergunta quando Emily termina.

— O gago? — Emily pergunta.

— Não, aquele era Adam, o instrutor de surf. Ele era *muito* bom no oral.

— Mãe! — reclamo, começando a perceber que talvez Birdie esteja certa e nossa mãe e eu compartilhamos demais.

— Enfim... Todd e eu tivemos três encontros muito sensuais — ela continua, enquanto eu tento não vomitar quando minha mãe diz a palavra *sensual*. É quase pior do que *úmido*. — Depois do terceiro encontro, começamos a compartilhar coisas pessoais. Eu contei a ele sobre vocês, garotas, e o pênis simplesmente voltou para dentro do corpo do pobre Todd, para nunca mais ser visto. Triste, de verdade. Tínhamos uma conexão e senti que poderia ter virado alguma coisa legal.

Um ronco nada feminino sai de mim quando minha mãe diz isso. Enquanto eu passei a vida inteira sonhando com contos de fadas e castelos e um cavaleiro de armadura brilhante, minha mãe ficou perfeitamente satisfeita pulando de um homem para o outro depois que nosso pai foi embora. Laura Bennett decidiu naquele momento que ninguém nunca mais se afastaria dela. Ela nunca manteve um homem por perto tempo suficiente para ele ir a lugar nenhum, e eles sempre ficam passados quando ela lhes dá um pé na bunda porque está entediada.

— Já aconteceu algumas outras vezes ao longo dos anos — minha mãe continua, com um encolher de ombros. — Nunca me importei, mas essa sou eu, e você é *você*. E você merece ter um homem que não apenas a mime na vida, mas também a mime no quarto. Mas Shepherd é um homem muito teimoso. Quando ele enfia algo na cabeça, não sei se é fácil tirar a coisa de lá.

— Eu estou fodida — murmuro, com um enorme suspiro.

— Pouco provável — Emily bufa, e logo fica séria quando olho para ela. — Brincadeirinha! Tess e Birdie me contaram algumas coisas sobre a maneira como aquele homem te olhava quando vocês deram um rolê pela ilha nas últimas semanas. Ainda há esperança.

— Aaah, sim! — minha mãe concorda com um grande sorriso, e assente ao pegar o celular da minha mão para que ela possa segurá-lo. — Eu me esqueci disso. Ah, Emily, você deveria ter visto o jeito que aquele homem olhava para a bunda de Wren toda vez que ela se inclinava enquanto eles trabalhavam aqui naquela noite. E Katrina Ogden contou a Kelsea Moore, que contou a Dee Trejo, que me contou que quando eles estavam jogando na praia em frente ao Doca do Eddy uma noite depois do jantar, o pobre Shepherd ficava se ajustando na calça toda vez que nossa doce Wrenny se afastava dele!

— Quem ficou de pau duro jogando na praia?

Todas ignoramos o grito de Ed vindo lá do carrinho de golfe enquanto Emily retoma de onde minha mãe parou.

— Recebi uma mensagem de Jilly Bradel dizendo que ela estava sentada na varanda do namorado duas noites atrás e viu Shepherd e Wren se beijando na entrada da casa de Shepherd — Emily conta para minha mãe, se sentando novamente na cama e pulando para cima e para baixo, animada, enquanto me pergunto se é possível o rosto de uma pessoa realmente pegar fogo. — Sabia que o namorado dela está de licença do Exército e alugando um chalé anual bem ao lado do Shepherd? Enfim, ela disse que Shepherd estava todo calmo e tranquilo com as mãos nos bolsos enquanto Wren se afastava, mas Jilly disse que assim que o carrinho de golfe de Wren estava fora de vista, foi como se o homem tivesse perdido a compostura. Curvado, com as mãos nos joelhos, o corpo tremendo e arfando tanto que Jilly ficou preocupada com a possibilidade de ele desmaiar. Embora ela não parecesse muito preocupada com a de ter que fazer uma reanimação em Shepherd Oliver.

Uma faísca de ciúme me atravessa e, por um momento, esqueço que minha mãe e minha melhor amiga estão conversando sobre como Shepherd se comportou perto de mim quando eu não estava olhando, como se eu não estivesse sentada bem aqui.

*Vou quebrar os joelhos de Jilly Bradel com um taco de beisebol se ela olhar para Shepherd novamente.*

— Ele definitivamente quer colocar o taco no campo interno dela.

*Eu gostaria muito que tivesse sido a minha melhor amiga que disse essa última coisa.*

Minha mãe ri da própria piada, enquanto Emily faz a gentileza de informar que Shepherd me deixou em um spa no continente ontem enquanto ele comparecia a alguns compromissos, e como depois de ser toda massageada, decidi me depilar com cera quente.

— Ok, podemos partir daí. — Emily assente com a cabeça, seu rosto de repente fica todo sério. — Wrenny, é hora de você recorrer ao armamento pesado.

— Eu... eu pensei que tivesse feito isso — respondo, nervosa. — Foram duas doses de vodca do bar portátil na areia ao lado da máquina de pipoca quando Shepherd estava ocupado montando o projetor de filme só para eu ter coragem de beijar o pescoço dele e roçar os dentes em sua orelha.

Emily inclina a cabeça para trás e ri. E ri, e ri, e ri, minha mãe se junta a ela até que eu finalmente bato a mão na mesa e elas ficam quietas.

— Calem a boca e apenas me digam o que fazer.

— Essa é a minha garota — minha mãe diz com um sorriso encorajador, me dando um tapinha nas costas. — Vá mesmo atrás dessa rola.

— Meu Deus, mãe — reclamo, enquanto Emily me diz o que fazer.

— Olha, garota. Vocês dois não tiveram nenhum problema em falar e confessar o que sentem um pelo outro e todas essas merdas, deixando tudo às claras. É hora de fazer a mesma coisa com o sexo. Você precisa dizer a ele o que quer e mostrar que você é muito mais do que apenas a mãe de alguém. Que você é uma mulher sexy pra caramba e que merece uma boa trepada pela primeira vez na vida.

Minha mãe assente para o que Emily está dizendo, e minhas mãos começam a suar, fico feliz por minha mãe ter pegado o telefone e por ainda estar segurando-o; caso contrário, eu provavelmente o teria deixado cair. Ela está certíssima, mesmo que isso me deixe nervosa pra caramba, e agora estou irritada de novo. Esperei a vida inteira por isso, e Shepherd continua me fazendo esperar. É *coragem* demais daquele homem!

— Quanto tempo ele vai ficar ocupado com os pais? — Emily pergunta, e eu olho para a hora na parte superior no canto da tela do meu celular.

— Ele disse que me ligaria assim que saísse de casa e chegasse ao barco. Ele ainda não ligou, então serão quarenta minutos ou mais depois que ele ligar.

— Eu adoro que você nem pisca quando fala sobre o *barco* dele, como se fosse uma canoa em vez de um barco a motor tipo iate esportivo de um milhão de dólares com duas cabines abaixo do convés — Emily ri, me fazendo revirar os olhos. — Mudança de planos. Você vai mandar mensagem para ele agora mesmo e dizer que há uma emergência na Girar e Mergulhar.

— O quê? Por quê? Eu não quero mentir e deixar o cara assustado — digo a ela.

— Não, não, isso é bom — minha mãe concorda e faz que sim com a cabeça. — Não é uma mentira para assustar, apenas algo bobo que o fará vir correndo. Tipo, você deixou cair um galão de sorvete no pé e acha que está quebrado.

— Ah, *sim*! — Emily comemora. — E você não quer incomodá-lo nem nada, mas ninguém está atendendo suas ligações, blá, blá, seja fofa como sempre, dizendo que não quer incomodar ninguém, e então *bam*! Você vai trepar até cansar.

Eu apenas balanço a cabeça para ela.

— Não entendo como mentir para Shepherd para que ele volte correndo só para descobrir a mentira vai fazer o homem querer fazer qualquer coisa do tipo.

— Laura, mova o telefone para que eu possa ver as costas de Wren — Emily ordena.

Minha mãe faz o que ela manda, e Emily desaparece de vista junto com o braço da minha mãe. Antes que eu possa virar a cabeça e perguntar a minha mãe que merda ela está fazendo, sua mão segurando o telefone já está vindo de trás de mim para segurá-lo na nossa frente, e posso ver o rosto sorridente de Emily novamente.

— Ah, vai ser moleza — Emily reflete. — Como tirar doce de criança.

— Ainda não estou entendendo — lembro a ela, ergo a mão e aceno no ar.

— Wren, você está usando o sobrenome dele nas costas. Em letras garrafais, a palavra OLIVER está estampada em seus ombros — ela me diz, enquanto olho para a camiseta branca justa com o mascote dos Hawks na frente. — Se você se virar quando ele entrar, o cara ficará de quatro, com certeza. Provavelmente nem será capaz de se controlar. Estou ficando com calor só de pensar.

É a mesma camiseta que eu estava usando no dia em que voltei a vê-lo, quando ele se esgueirou pelos fundos da Girar e Mergulhar. Pensando em retrospecto, deixo de lado toda a mágoa e raiva daquele dia e apenas me concentro na minha lembrança de como Shepherd estava quando me virei e o vi parado ali, na minha frente. Ele estava ofegante, com as mãos cerradas, um músculo saltava em sua mandíbula pulando, e eu acho que pensei que ele estivesse irritado por eu o ter chamado de lixo humano. Mas agora que paro para pensar, repasso o momento na minha cabeça, só que mais devagar; suas feições e todo o seu comportamento realmente se suavizaram quando ele não estava mais olhando para minhas costas, e Shepherd riu quando eu o chamei de lixo humano. Ele só ficou assim quando me virei.

E ele estava assim na noite em que fui ao seu chalé, quando ele abriu a porta e me viu parada lá na varanda, em vez de sua mãe.

E ele parecia estar assim quando nos afastamos um do outro na praia, no dia que Bodhi nos interrompeu.

E mesmo que tenha sido uma surpresa ouvir todas as coisas que minha mãe e Emily disseram sobre o jeito como Shepherd olhou para mim quando eu não estava prestando atenção desde então, tive essa visão dele algumas vezes nas últimas semanas quando o olhei por cima do ombro. Eu nunca tive ninguém me olhando assim, e não sabia o que estava realmente vendo. Shepherd me quer *de verdade*. E, por algum motivo ridículo, ele simplesmente acha que não deveria.

— Concluindo, você usar o nome dele nas costas é basicamente o equivalente a um cara mijar em cima da mulher dele — Emily termina, me fazendo fazer uma careta com o cenário. — Você está reivindicando esse homem como *seu*, com todas as letras maiúsculas e em roxo brilhante. Foi diferente quando ele chegou aqui, porque você ainda não era *dele* e ele tinha que se controlar. Ele não precisa mais se controlar; só precisa ser lembrado disso.

Emily se aproxima da tela e baixa a voz.

— Querida, é melhor você ter algo naquela área dos fundos da sorveteria para segurar firme desta vez.

Tremo ao ouvir suas palavras, tantas imagens se passam pela minha mente que eu deveria ter vergonha de mim mesma, já que minha mãe está sentada bem ao meu lado, mas não adianta agora que Emily colocou os pensamentos lá.

Estou tão ansiosa para colocar o plano em ação que quero gritar por ainda estarmos sentadas aqui sem fazer nada.

Tive o cuidado de não usar nenhuma das minhas camisas com o nome de Shepherd desde que ele chegou aqui, porque eu tinha a sensação de que ele nunca pararia de me provocar. Mas esse é claramente o meu problema. Talvez *eu* devesse estar provocando *o cara*.

— Aproxime-se, pequena — Emily encoraja através da tela, curvando o dedo para mim com um sorriso maligno. — Nós não teremos muito tempo depois que a mensagem for enviada, e tenho muito a te ensinar. Laura, estou colocando você no comando do telefone de Wren, porque não confio nela para seguir adiante.

— Eeeei — protesto. — Eu posso enviar uma simples mensagem.

— Certo, mas e se ele responder? — Emily pergunta. — Você vai se sentir culpada e falar a verdade, e então tudo terá sido em vão. Você dá a primeira rebatida, mas sua mãe pode limpar a barra, se necessário.

Com um suspiro, concordo, relutante, já que elas têm mais experiência com isso do que eu, e espero que toda essa merda valha a pena.

> Wren: Desculpa te incomodar! Eu sei que você está ocupado com seus pais. Quando terminar, você poderia dar uma passadinha na Girar e Mergulhar? Não precisa pressa, nem nada! É só que... eu meio que deixei cair alguma coisa no meu pé, e ninguém mais atende o telefone. Eu estou bem! Não sou nenhuma donzela em apuros, estou bastante confortável em uma cadeira, na verdade; só não acho que consigo dirigir meu carrinho de golfe para casa.

> Shepherd "O Homem Mais Gostoso Que Eu Já Beijei"
> Oliver: Estou a caminho. NÃO SE MEXA.

> Wren: Acabei de ver que você mudou o seu nome no meu celular. E obrigada por vir!

> Wren: Esquece o que eu falei. Não me diga o que fazer. Se eu quiser me mexer, eu vou me mexer. Acabei de cruzar as pernas. O que você vai fazer sobre isso, Oliver? Me dar um tapinha?

> Wren: Eu não queria dizer essa última coisa.

> Wren: Sim, eu quis. Ignore a mensagem anterior. Me bata, paizinho.

> Wren: etyufv98tiwljr;kfd;'afl6789

> Shepherd "O Homem Mais Gostoso Que Eu Já Beijei"
> Oliver: Você também bateu a cabeça??? NÃO SE MOVA!

Quando ouço um carrinho de golfe derrapando no cascalho do estacionamento da Girar e Mergulhar e logo parar, já me lembrei de todas as técnicas de respiração que conheço e as tenho usado para me manter calma durante a espera. Eu precisava usar todos os truques que sabia para manter a calma depois da luta que tive com minha mãe pela posse do meu celular durante aquela troca de mensagens idiota até que ela finalmente me deixou sozinha e foi para casa.

Agora, estou aqui de frente para o freezer, com as mãos apoiadas lá e meus olhos fechados depois de seguir as instruções estritas de Emily, *inspirar, expirar,* quando escuto a porta dos fundos se abrir com tanta força que provavelmente bate nos tijolinhos do lado de fora, e um lampejo momentâneo de culpa toma conta de mim.

— Wren?! — Shepherd grita, minha técnica de respiração para quando ouço sua voz em pânico e esqueço como respirar.

*uma* TACADA *e um* ACIDENTE

*Este homem pensa que feri a cabeça, e agora provavelmente vou confirmar esse fato. Além disso, por que diabos mantemos a temperatura tão fria aqui dentro? Eu deveria estar vestindo mais roupas.*

— Wren! Onde você... *Meu Deus do céu.*

Sei exatamente quando Shepherd vira o corredor e me vê, pois sua voz imediatamente passa de pânico para *"hã?".* Eu me certifico de não ficar nervosa, de costas para ele, mesmo que eu queira muito, muito mesmo. Seguindo as instruções estritas de Emily, minha camiseta com o nome de Shepherd nas costas agora está puxada para cima e amarrada em um nó bem embaixo dos meus seios, meu torso está à mostra. E como eu claramente perdi a cabeça esta noite e estou tão desesperada que farei o que qualquer pessoa me disser, meu short jeans agora está dobrado em uma prateleira, e eu estou aqui, usando apenas uma calcinha preta de algodão, de costas para Shepherd, fingindo estar casualmente em pé na frente do freezer *de calcinha no meu local de trabalho. Que merda estou fazendo?!*

— Eu... eu... O que está acontecendo?

Sentindo pena da voz apavorada de Shepherd, pressiono minhas mãos nervosas e suadas com mais força sobre o freezer, respiro fundo e olho para ele, por cima do ombro.

*E rapidamente percebo que Emily é uma maldita gênia.*

Shepherd não está nem um pouco assustado. Não de uma forma ruim, pelo menos. Suas mãos estão fechadas em punhos ao lado do corpo, um músculo está pulsando em sua mandíbula, ele está ofegante, e nem sabe que estou olhando para ele, porque seus olhos ficam alternando entre seu nome escrito na parte de trás dos meus ombros e minha bunda.

*Ai, meu Deus. Ai, meu Deus. Ai, meu Deus, o que eu faço agora? O que Emily disse que eu deveria fazer em seguida? Algo com calda de chocolate, certo?*

Engolindo em seco, aquela expressão possessiva nos olhos de Shepherd faz algo comigo que na mesma hora deixa minha calcinha completamente molhada. Mas ele ainda está parado, tentando se controlar, e agora lembro que estou irritada com ele. Me viro para encará-lo, quase rio quando escuto Shepherd soltar um gemido baixinho quando minha bunda e seu nome desaparecem de vista. Mas eu não rio; simplesmente cruzo os braços.

Eu estou aqui seminua, e ele está ali, delicioso naquele short da Nike preto que é meu favorito e camisa azul de manga comprida, e sim, meus olhos se arregalam um pouco quando vejo a protuberância muito óbvia em seu short. E isso só me irrita ainda mais, porque caramba! *Estou aqui, de pé, seminua e com vários lugares que você poderia colocar essa protuberância!*

Todo o resto que Emily me instruiu a fazer sai voando do meu cérebro. Eu tenho a tendência de vomitar palavras perto desse homem, então é melhor seguir a tradição. Uma vez que minha boca se abre, não há como pará-la, assim como naquele dia em que eu abri meu coração para ele.

— Escuta aqui, meu amigo, eu sou mãe. E eu serei mãe até o fim dos meus dias, e não há nada que eu possa ou *queira* fazer para mudar isso. Mas eu não sou apenas a mãe de alguém. Eu adoro que você pense que eu precise que você se controle e me respeite, e eu agradeço; de verdade mesmo. Mas eu sou uma mulher de trinta e quatro anos que só fez sexo baunilha na droga da posição papai e mamãe uma *triste* quantidade de vezes, e nunca nenhum homem me olhou como você olha, os dedos do meu pé nunca se curvaram igual se curvam quando você me beija, ou que me levou a um orgasmo avassalador em tempo recorde igual você fez, ou que tenha me feito *literalmente* quebrar meu vibrador favorito por causa do uso excessivo, como você fez. Agora me sinto ridícula de pé aqui com minha bunda de fora enquanto você está aí, e por eu ter precisado mentir para você de novo dizendo que tive que tirar o short porque derramei chocolate nele. Mas só o tirei porque esperava que você finalmente fizesse algo a respeito dessa situação! Eu esperei minha vida inteira para me sentir assim e desejar alguém dessa maneira, e isso é uma merda eu finalmente ter você e você *ainda* estar me fazendo esperar! *Porra!* — eu grito, irritada, finalmente tomando fôlego para jogar as mãos para o ar enquanto Shepherd continua parado olhando para mim, boquiaberto.

De repente, sua boca se fecha, ele se vira e se afasta de mim. Nem percebo o que está acontecendo até ele desaparecer no corredor, e eu ouço a porta dos fundos bater de novo, e estou aqui sozinha de novo.

— Só pode ser brincadeira. — É tudo o que consigo murmurar, com voz chocada, ao passar pela dor de abrir meu coração para ele *de novo*, e o cara estragar tudo *de novo*.

Só que Shepherd está voltando pelo corredor e parando a três metros de mim, antes de minha raiva entrar em ebulição. Suas mãos ainda estão fechadas com força na lateral do corpo; os músculos do braço, tensos e salientes enquanto ele ofega como se tivesse acabado de correr pelas bases e, desta vez, me encara com um sorriso imenso no rosto.

— Desculpe, só fui trancar a porta... — Ele para, e o sorriso imediatamente some de seu rosto quando seus olhos se movem devagar pelo meu corpo; da minha cabeça até meus pés descalços. Meu coração bate descontroladamente quando sua língua desliza sobre seus lábios antes de ele voltar a falar em voz baixa e rouca: — Ninguém precisa entrar aqui e ver o que estou prestes a fazer com você.

Um suspiro excitado voa da minha boca, seguido rapidamente por um *"ah, finalmente!"* meio guinchado, e até imagino Emily batendo palmas de alegria.

É uma coisa boa eu ter inspirado quando comecei, porque antes que eu possa piscar, Shepherd acaba com a distância entre nós, seu corpo cola no meu junto com sua boca, cortando meu suprimento de ar.

**TARA SIVEC**

# CAPÍTULO 16

## "O INFAME FREEZER."

*wren*

— Vire.

A voz de Shepherd está calma e séria quando ele finalmente afasta a boca da minha. Agora sou *eu* quem está ofegante quando olho para ele no momento que seus braços me soltam e ele espalma o freezer, com uma de cada lado de mim. Seu corpo forte está me prendendo, pressionado meus pontos macios em todos os lugares certos, das minhas coxas ao peito. Solto a sua camisa, que estive segurando desde que ele me beijou, deslizo as mãos pelo seu peito e sigo mais para baixo. Ouço Shepherd arfar quando me viro devagar em seus braços. Como ele não recua nem me dá espaço para eu me mexer, meu corpo esfrega no dele enquanto me movo, o que significa que a protuberância que vi antes agora está grossa e dura ao deslizar contra o meu quadril e as bochechas da minha bunda até que finalmente estou de frente para o freezer. Apoio as mãos abertas bem ao lado das de Shepherd, meu coração bate alto e rápido no meu peito quando vejo uma de suas mãos deixar seu lugar ao lado da minha.

Me escuto ronronar como um gatinho quando sinto sua mão grande e quente deslizar devagar pelas minhas costas, adicionando apenas um pouco de pressão até que as minhas deslizem alguns centímetros para a frente.

— Você tem alguma ideia do efeito que ver a porra do meu nome nas suas costas causa em mim?

Shepherd não me dá tempo para responder, e eu também não seria capaz. Esqueço de como faz para respirar e falar quando ele move os quadris de leve, aquela protuberância gloriosa e dura sendo pressionada bem entre as bochechas da minha bunda através do seu calção e da minha calcinha, me mostrando exatamente o efeito que causa nele.

Estou molhada e pulsando com tanto desejo que quase quero gritar. A mão de Shepherd deixa minhas costas e agarra meu quadril com firmeza conforme ele se inclina para frente. Seu peito pressiona minhas costas até minha barriga estar apoiada no freezer, e seus lábios estão pairando bem pertinho da minha orelha. A sensação de sua respiração quente na minha pele me faz empurrar os quadris para ele, querendo mais, *precisando* de mais. Os dedos de Shepherd apertam as laterais dos meus quadris, e ele murmura alguns palavrões em meu ouvido e, meu Deus, saber que fiz algo para deixá-lo louco me deixa ainda mais molhada.

O calor de seu corpo e seu cheiro me cercam no que ele me prende contra o freezer. Posso sentir a batida rápida do coração em seu peito pressionado em minhas costas, e só de lembrar suas palavras de quando ele atravessou a sorveteria, dizendo que ninguém precisa ver o que ele estava prestes a fazer comigo, meu corpo inteiro fica tenso de expectativa, e cada pelo em meus braços e na nuca se arrepia de desejo.

Os lábios de Shepherd se prendem ao lado do meu pescoço, e estremeço quando sinto sua língua deslizar e me provar, meus joelhos quase cedem quando sua mão deixa meu quadril, deslizando pela frente do meu corpo até que a palma esteja pressionada na parte inferior da minha barriga, e seus dedos encontram seu caminho logo abaixo do cós da minha calcinha.

— Você precisa me dizer se for demais, Wren — Shepherd diz em meu ouvido com uma voz rouca e sussurrada. Seus quadris avançam apenas o suficiente para me lembrar o quanto ele me quer, e seus dedos mergulham um pouco mais na minha calcinha. — Você é a porra de um sonho se tornado realidade, e eu quero que seja bom para você.

— Já está sendo bom — eu o tranquilizo no mesmo instante, e viro a cabeça por cima do ombro até que seus lábios estejam pairando sobre os meus enquanto eu ofego neles. — Por favor, Shepherd...

Nem sei pelo que estou implorando, estou perdida em completa necessidade; só sei que preciso que ele faça alguma coisa antes que eu caia dura. Tudo está quente, tenso e pulsando, e preciso de algum alívio. Mal tenho tempo para respirar antes que Shepherd responda ao meu apelo. Ele abafa meus arquejos com a boca, seus lábios se fundem aos meus ao mesmo tempo em que ele enfim desliza a mão completamente para dentro da minha calcinha.

**TARA SIVEC**

Minha boca se abre com um suspiro quando enfim o sinto onde eu o quero; a língua de Shepherd dá voltas com a minha enquanto a pontas de seus dedos deslizam pela minha umidade e então circulam meu clitóris. Eu vejo estrelas, e meus joelhos fraquejam no que ele move os dedos e me beija avidamente até que eu tenha que afastar minha boca da dele para poder respirar.

— Porra, você está tão molhada — ele rosna na minha boca, me fazendo gemer. Aquelas palavras fazem meu corpo incendiar e a maneira hábil com que ele gira a ponta dos dedos em torno do meu feixe pulsante de necessidade também ajuda.

Minha cabeça se afasta dele e se inclina para frente. Meus olhos se fecham quando o corpo de Shepherd me aperta ainda mais contra o freezer para me manter de pé, como se ele soubesse que minhas pernas estão quase cedendo. Sua mão entre minhas coxas faz meu desejo chegar a proporções que jamais imaginei serem possíveis. A palma das minhas mãos bate em cima do freezer, e palavras sem sentido voam da minha boca quando os lábios de Shepherd descem para a lateral do meu pescoço no que ele mergulha dois dedos dentro de mim.

— Puuuuulllll-ta... meeerda, — murmuro, e alongo o xingamento conforme ele mantém os dedos longos e grossos dentro do meu corpo e começa a esfregar a palma da mão contra aquela dor pulsante. Quando dou por mim, estou rebolando em sua mão.

— Meu Deus, você é tão gostosa — Shepherd murmura bem no meu ouvido, removendo bem lentamente os dedos de mim. Ele faz meu corpo inteiro estremecer ao levar os dedos para circundar meu clitóris algumas vezes antes de voltar com eles para onde estavam. — Tão quente e apertada em volta dos meus dedos.

Ele enfatiza as palavras empurrando-os profundamente dentro e fora de mim até que eu esteja choramingando e gemendo, e meus quadris estejam rebolando cada vez mais rápido por causa do que ele está fazendo comigo.

— Não pare — ofego, quando o polegar de Shepherd começa a torturar meu clitóris e seus dedos bombeiam para dentro e para fora. — Ai, meu Deus, isso é tão gostoso. Podemos fazer assim? Eu li sobre isso em livros, e parece tão sacana.

— Caramba, você é tão doce que está me matando — Shepherd murmura no meu pescoço, ao esfregar o pau duro na minha bunda enquanto me tortura com os dedos, mas não é suficiente. Eu preciso de mais. Eu preciso dele *todo*.

— Você também está me matando — arquejo, gemendo alto quando ele enfia os dedos mais fundo. — Esquece da minha calcinha; me fode de uma vez!

As palavras saem da minha boca antes que eu possa detê-las, e amaldiçoo Emily de mil maneiras diferentes na minha cabeça. Meus quadris param seus impulsos, a mão de Shepherd pausa entre minhas pernas com os dedos ainda dentro de mim, e nenhum de nós respira nem se move por alguns segundos até que Shepherd finalmente rompe o silêncio falando bem na minha orelha:

— Você... você quis mesmo dizer isso?

Levando em conta que posso me sentir tendo espasmos em torno de seus dedos, esqueço que não é do meu feitio falar essas coisas e simplesmente sigo adiante. Já esperei tempo demais. Mereço essa experiência.

— Sim. Sim, eu quis. Você vai ficar aí o dia todo ou vai terminar o que começou?

*Santo Deus, o que deu em mim?*

De repente, Shepherd está tirando a mão do meu corpo e da minha calcinha. Antes que eu possa reclamar, suas mãos vêm por trás de mim e agarram as laterais da minha calcinha; em seguida, ele a puxa pelas minhas pernas sem qualquer cuidado. Nem me incomodo de olhar para trás quando a chuto e afasto dos meus tornozelos, lançando-as para algum lugar do outro lado da sala, porque *puta merda, isso está realmente acontecendo!* Na verdade, estou pulando na ponta dos pés quando o escuto às minhas costas, mexendo no calção. Ele puxa a peça para baixo, então sinto suas mãos agarrando meus quadris e sua boca volta para pertinho do meu ouvido, ofegante enquanto eu faço minha parte para terminar de eliminar aquele último fio de controle que ainda o mantém no lugar.

— Não sou frágil. Você não vai me quebrar — lembro a ele bem baixinho, antes que o homem possa dizer qualquer outra coisa. Estou me precavendo no caso de ainda persistir alguma dúvida de que ele precisa ser gentil e respeitoso comigo neste momento em particular.

— Continue dizendo coisas assim, e isso vai acabar antes mesmo de começar — Shepherd me avisa baixinho, puxando o lóbulo da minha orelha entre os dentes. Meu corpo inteiro vibra em expectativa, já que, além de suas mãos segurando meus quadris com firmeza, ele ainda não está me tocando em nenhuma outra parte.

*Vamos lá! Me parta ao meio com esse pau enorme!*

**TARA SIVEC**

O corpo inteiro de Shepherd estremece, me fazendo perceber que acabei de dizer essas palavras em voz alta. E então tudo acontece em um piscar de olhos e, de repente, com um movimento suave, fluido e abrasador, sinto Shepherd em todos os lugares. Meu corpo é esmagado no freezer quando ele me inclina sobre a tampa, envolve um braço firmemente em volta de mim, dobra os joelhos e empurra com força.

— Ai, meu Deus! — Não consigo evitar que as palavras escapem da minha boca ao mesmo tempo que esmurro o freezer conforme Shepherd simplesmente se alinha e me penetra profundamente com um movimento forte de seus quadris.

Ele fica parado dentro de mim, tão grosso, e ereto, e perfeito que me tira o fôlego. Seu braço se aperta ao redor do meu corpo enquanto palavrões rápidos saem de sua boca pressionada ao meu ouvido.

— Porra. Meu Deus. *Puta merda*. Me dê um minuto.

Sinto seu pau pulsando, e gemo querendo mais, rebolo e faço Shepherd soltar um gemido sufocado, levando não mais do que o minuto de que ele precisava.

— Segure firme, linda — ele rosna na lateral do meu pescoço antes de se soltar por completo e *me foder de uma vez*.

E porque lá no fundo ele ainda é um cavalheiro, Shepherd mantém o braço apertado em volta de mim para proteger meu corpo de bater na frente do freezer quando ele começa a se mover. Não há nada que eu possa fazer além de segurar firme enquanto ele leva a outra mão de volta para o meio das minhas pernas, excitando meu clitóris com dedos experientes conforme me penetra sem parar.

— Sim, sim, ai, meu Deus, é muito melhor do que papai e mamãe — eu canto enquanto Shepherd me arrebata contra o freezer. Porque é isso que ele está fazendo. Seus dedos me fazem elevar cada vez mais alto conforme ele brinca com meu clitóris, e o pau me reivindica no que ele estoca de novo e de novo.

— Porra, sua boceta parece um punho ao meu redor. Tão perfeita e apertada.

— Mas qui... iieeeeee porra...

Nem sei o que está saindo da minha boca a essa altura, nem me importo. É o melhor momento da minha vida, e quero que dure para sempre, mas algo nas palavras sacanas saindo da boca doce e romântica de Shepherd bem no meu ouvido... me faz chegar cada vez mais perto do meu orgasmo, meus quadris rebolam erraticamente em sua mão enquanto seus dedos deslizam e giram cada vez mais rápido ao redor do meu clitóris.

— Meu Deus... caramba — Shepherd murmura, salpicando beijos na lateral do meu pescoço enquanto seus quadris batem na minha bunda. — Meu pau dentro de você parece mais um *sonho*, linda. Porra, estou tão feliz que você é minha.

Não importa quantas vezes eu tenha sonhado em viver este momento com este homem, absolutamente nada se compara à realidade de ouvi-lo me chamar de *sua* enquanto faz todas as minhas fantasias sacanas se tornarem realidade. Cada momento da sem graça e entediante papai e mamãe por que precisei passar, vezes que nunca cheguei nem perto de gozar, é instantaneamente apagado da minha mente, e nada resta além de Shepherd dizendo e fazendo coisas sacanas comigo nos fundos da Girar e Mergulhar.

— Continua falando. Continua falando! — exijo, a risada de Shepherd retumba em seu peito pressionado em minhas costas no que ele me curva ainda mais sobre o freezer. Meus pés se afastam um pouco mais, e arqueio as costas quando ele me fode com força.

O braço que estava me segurando se afasta do meu corpo, e sua mão aparece para se apoiar no freezer ao lado da minha. O ato o faz se afundar tanto dentro de mim que ambos soltamos gemidos sufocados. Enquanto ele se move em mim com mais força, seus dedos giram cada vez mais rápido ao redor do meu clitóris.

— Você gosta quando eu digo o quanto você é gostosa enquanto estou comendo você? — Shepherd pergunta em voz baixa. Meu corpo inteiro estremece com suas palavras quando o sinto sorrir na lateral do meu pescoço. Ele puxa o pau todo para fora e então estoca de novo, fazendo o ar sair dos meus pulmões com um assobio quando ele responde por mim, já que eu claramente não posso falar agora. — Sim, você gosta.

Shepherd começa a se mover de verdade agora, com estocadas profundas e superficiais, e minhas mãos deslizam mais para frente em cima do freezer. Meus olhos se fecham e minha boca se abre quando ofego e gemo conforme ele continua sussurrando coisas deliciosamente sacanas no meu ouvido. A mão que estava ao lado da minha em cima do freezer de repente envolve meu rabo de cavalo. Um som completamente desumano escapa de mim quando ele o prende em seu punho e, em seguida, puxa minha cabeça para o lado, ganhando melhor acesso. Enquanto seus dedos trabalham magistralmente entre minhas pernas e suas estocadas ficam mais irregulares,

**TARA SIVEC**

Shepherd arrasta a língua até o meu pescoço, terminando com um chupão e uma mordidinha bem debaixo da minha orelha.

— Vamos, linda — Shepherd sussurra, seus dedos no meu clitóris se movem em um rápido padrão diagonal, meu orgasmo se avoluma cada vez mais com cada sacanagem ofegante que ele fala no meu ouvido e com cada golpe de seus dedos. — Me deixe sentir essa boceta apertada ordenhando meu pau.

— Puuuaaaaa-meeeeaaaa *porra*, isso!

Suas palavras e o que ele está fazendo comigo são tão abrasadores que não haveria como impedir esse orgasmo, mesmo se eu quisesse. Está me atravessando com a velocidade de um trem desgovernado e provavelmente causará o mesmo dano quando descarrilhar em mim. Sem qualquer aviso, me sinto fazendo o que Shepherd quer. Estou convulsionando ao redor do seu pau enquanto ele começa a estocar mais forte, meu orgasmo explode e me invade em ondas pesadas e pulsantes, minhas mãos batem em cima do freezer novamente, comigo cantando seu nome enquanto gozo.

— Ah, porra! — Shepherd grita, suas estocadas ficam irregulares e erráticas conforme eu gemo durante todo o orgasmo mais longo da história até que fico sem palavras e sons.

Minha boca está aberta em algum tipo de choque orgástico quando ambas as mãos de Shepherd estão de repente agarrando meus quadris, puxando meu corpo de volta para encontrar o dele de uma maneira tão deliciosamente dura e contundente que prolonga meu orgasmo até que tenho certeza de que posso ter mesmo morrido. Uma, duas, três vezes, Shepherd estoca em mim até que fica parado bem lá no fundo enquanto goza com meu nome rugindo de sua boca como se ele fosse um leão no topo de uma montanha, definitivamente me fazendo sentir como se eu fosse *qualquer coisa,* menos a mãe de alguém.

Meus braços cedem por fim, e eu desmorono em cima do freezer com Shepherd logo atrás. Seus quadris têm espasmos contra mim, e seu corpo inteiro estremece com o fim do seu orgasmo conforme nos movemos até que meu peito e bochecha estão achatados na tampa do freezer, com a lateral do rosto de Shepherd pressionado ao lado do meu.

Leva vários minutos de respiração arfante para que eu me sinta humana novamente, enquanto aprecio a sensação do corpo de Shepherd em cima do meu, mesmo que ele esteja se segurando um pouco para não me esmagar, enquanto seu pau ainda pulsa dentro de mim.

— Você está bem? — Shepherd arfa, afastando o rosto da minha bochecha e levantando uma de suas mãos para afastar do meu rosto alguns longos fios de cabelo que caíram do rabo de cavalo. — Meu Deus, eu te machuquei? Me diga que você está bem.

A preocupação em sua voz me faz sorrir quando ele espalha beijos por toda a lateral do meu rosto até cobrir todos os pontos que ele pode alcançar, e eu começo a rir.

— Estou mais do que bem — respondo com um suspiro satisfeito, que termina com um pequeno suspiro quando sinto Shepherd mover lentamente seus quadris e sair de dentro de mim. — Não posso acreditar que passei a vida sem sentir isso. Foi muito melhor do que qualquer cena de livro.

Sinto Shepherd rir baixinho nas minhas costas, e então ele está se afastando de mim, me ajudando a ficar de pé e logo me vira para eu ficar de frente. No mesmo instante, suas mãos sobem para cobrir as minhas bochechas, e ele abaixa a cabeça e pressiona os lábios nos meus. Ergo as mãos para descansá-las em cima das suas conforme ele desliza os polegares para frente e para trás nas minhas bochechas. Shepherd me beija de forma suave e lenta por vários e longos minutos até que meu coração começa a acelerar novamente. Então ele termina o beijo com alguns toques de seus lábios nos meus e apoia a testa na minha.

— Achei que estava fazendo a coisa certa ao me comportar como um cavalheiro. Eu não tinha ideia de que estava deixando você tão louca quanto você estava me deixando — Shepherd comenta, me fazendo rir. — Nunca tenha medo de me dizer o que você quer de novo, assim que você quiser, ok?

Assinto com a cabeça, fico na ponta dos pés e lhe dou um beijo rápido antes de me afastar. Depois do que aconteceu aqui, Shepherd praticamente criou um monstro, e agora parece que não tenho nenhum problema em dizer a ele o que quero.

— Entendi. Então agora é um bom momento para te dizer que nunca recebi um oral e que estou muito ansiosa para tentar cavalgar? — pergunto, fazendo Shepherd gemer ao afastar as mãos do meu rosto e envolver os braços ao meu redor. — Devo fazer uma lista de tudo o que quero? Vou fazer uma lista. Vamos seguir a ordem alfabética, começando com boquete. Desculpe, anal terá que esperar por uma ocasião especial, tipo o seu aniversário.

**TARA SIVEC**

Deixo escapar um grito quando a mão de Shepherd dá um tapa em uma das minhas nádegas nuas enquanto ele me segura em seus braços e balança a cabeça com um enorme sorriso no rosto.

— Não posso acreditar que Bodhi era realmente a voz da razão. — Antes que eu possa perguntar sobre o que ele está falando, Shepherd abaixa a voz para um sussurro. — Estou tão feliz que você é minha.

Meu coração palpita, extremamente feliz por saber o quanto ele é bom em me mimar em *todos os lugares*.

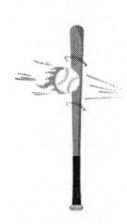

# CAPÍTULO 17

## "É TUDO MARAVILHOSO, ATÉ QUE ALGUÉM PERDE AS BOLAS."

*wren*

Mãe: Vejo que você levou uma surra de pau ontem à noite.

Wren: MÃE!

Mãe: Não seja tímida, garota! Eu não sabia que Shepherd era um amante... voraz e selvagem. Se deu bem!

Wren: Está cedo demais para isso.

Mãe: Está tudo bem. Você não precisa confirmar verbalmente. No momento estou analisando a prova. Meio bagunçada, mas estou muito feliz por você. Amantes caóticos podem ser superemocionantes, mas não vou limpar essa merda sozinha.

Wren: Você está bêbada? Ainda não são oito da manhã.

Mãe: VOCÊS estavam bêbados ontem à noite quando saíram da Girar e Mergulhar depois da surra de pau?

Wren: Não diga "surra de pau". Ninguém fala isso. E do que você está falando? Deixamos a Girar e Mergulhar como? Shepherd e eu deixamos exatamente do jeito que estava depois que você fechou.

TARA SIVEC

> Mãe: Então você confirma que houve uma surra de pau! Desculpe, trepada.

> Wren: É, surra de pau é melhor. Só use surra de pau.

> Mãe: Sério, Wren, o lugar está uma bagunça. Ninguém está mais feliz do que eu por você finalmente ter tirado as teias de aranha da sua amiga, mas é melhor você vir aqui e me ajudar a limpar a bagunça.

— Nós não fizemos isso — digo a minha mãe pela segunda vez enquanto estou ao lado dela nos fundos da Girar e Mergulhar e inspeciono os danos.

— Que pena — ela responde, e nós duas nos abaixamos para levantar uma das prateleiras de metal que foi derrubada para colocá-la de volta na parede. Os copos e tigelas de isopor que estavam empilhados lá, agora espalhados por todo o chão. — Eu quebrei algumas prateleiras e derrubei coisas das paredes algumas vezes durante uma surra de pau. Sempre dá tesão.

— Podemos, por favor, nos concentrar no que aconteceu aqui ontem à noite depois que Shepherd e eu fechamos tudo? — pergunto a ela enquanto pego a vassoura e a pá para começar a varrer todos os recipientes de granulado que foram despejados no chão, e minha mãe começa a empilhar as coisas nas prateleiras e jogar fora o que está quebrado.

— Você tem certeza de que trancou tudo?

— Tenho. — Assinto, grata porque a pessoa que fez isso só jogou produtos secos no chão e por isso não temos que limpar calda de chocolate nem de caramelo. — Shepherd tem esse TOC em que ele volta três vezes para checar se uma porta foi trancada. Eu sei com certeza que ele fez isso ontem à noite, porque eu o provoquei sobre... Quer saber, eu só sei.

Não há necessidade de dizer à minha mãe que quando Shepherd disse: *"Eu tenho que fazer isso três vezes seguidas"*, eu bufei e respondi: *"Pena que você não se sente assim sobre orgasmos"*.

Era como se finalmente fazer sexo gostoso tivesse ligado um interruptor em mim e eu não pudesse mais controlar o que saía da minha boca.

Shepherd não se importou, já que ele quase me deu outro orgasmo quando me deu um beijo de boa noite contra a parede de trás da Girar e Mergulhar. *Depois* que fechamos. E ele só parou porque Ed passou uma última vez com seu carrinho de golfe ao redor do prédio e nos flagrou lá como dois adolescentes antes de rir e depois sair à toda.

— Laura! Você está aqui?

Falando do diabo empata orgasmos...

Minha mãe e eu paramos a limpeza quando Ed vira no corredor, ele tropeça e xinga baixinho.

— Você disse que o lugar estava um pouco bagunçado — Ed afirma, arqueando uma sobrancelha branca e espessa para ela.

— Eu também te disse quando liguei cinco minutos atrás, para perguntar se você viu alguma coisa ontem à noite, que você não precisava vir aqui — ela lembra a ele, e pega uma pilha de guardanapos amassados no chão e os joga no grande saco de lixo ao lado dela.

— Me dê esse saco de lixo e vá se sentar — Ed ordena a ela, fazendo minha mãe bufar quando ele toma o saco de sua mão e começa a pegar uma pilha de tampas de plástico que estão todas quebradas. — A esposa estará aqui em quinze minutos para ajudar depois que ela deixar o neto na escola, e Margot e Kathy também virão logo depois para ajudar. Vá lá para frente e se prepare para abrir; nos deixe cuidar dessa bagunça.

Minha mãe e eu trocamos um sorriso e um olhar. Não importa quanto tempo eu viva aqui, não sei se algum dia vou me acostumar com como esta ilha se une sempre que alguém aqui precisa deles.

— Tenho certeza de que foi apenas um turista que ficou bêbado e não tinha nada melhor para fazer — minha mãe dá de ombros.

— Aquele ferrolho foi arrancado da porta. Provavelmente com um martelo ou algo assim — Ed informa quando minha mãe sai correndo para checar.

Eu simplesmente entrei correndo pela porta dos fundos que estava aberta quando cheguei aqui alguns minutos atrás, e nem pensei em voltar e dar uma olhada quando vi a bagunça lá dentro. Ficou claro que minha mãe também não tinha notado, a julgar pela expressão chocada em seu rosto quando ela voltou.

— Eu nem percebi que a trava havia sumido, já que nunca a trancamos. Só notei que a maçaneta não estava trancada quando cheguei aqui. Há uma droga de buraco na nossa porta! — minha mãe reclama.

— Shepherd me fez trancar o ferrolho — digo a ela com um encolher de ombros.

— Já liguei para Billy na delegacia. Ele vai passar daqui a pouco para pegar seu depoimento, e Margot foi comprar outro ferrolho na loja de ferragens a caminho daqui, — Ed diz, arrastando o saco de lixo cheio para o lado e pegando um novo da caixa no balcão. — Como você disse, provavelmente é apenas um turista bêbado que ficou entediado.

— Ou... — minha mãe para, olhando incisivamente para mim.

— Já disse, Shepherd e eu não fizemos isso. Não estou mentindo — sussurro, e me inclino para mais perto dela para que Ed não ouça.

— Você disse que você e Shepherd fizeram isso? — Ed pergunta, parando enquanto sacode o novo saco de lixo para abri-lo. — Sei. Ele não se parece nada com o tipo de amante selvagem. São sempre os mais quietos...

— Ai, meu Deus — eu murmuro. — Pela última vez, nós *não* fizemos isso. De agora em diante, não é permitido que ninguém mais fale sobre a minha vida amorosa, entenderam?

Afasto meu olhar dos dois quando minhas bochechas queimam de vergonha por Ed estar em algum lugar perto daqui ontem à noite enquanto Shepherd e eu estávamos...

*Não, não pense nisso agora ou você vai começar a gemer na frente deles.*

Pelo menos estávamos atrás da divisória que separa a frente da loja dos fundos e ninguém podia nos ver do lado de fora, graças a Deus. Foi definitivamente erótico, e eu gostaria de repetir a dose o mais rápido possível, mas não com espectadores. E agora preciso de um momento para me beliscar, porque tenho uma vida amorosa.

*Eu tenho uma vida amorosa!*

— Não estava falando de você e do Shepherd. Eu estava falando sobre Kevin — minha mãe me diz, me fazendo rir.

— Kevin? Por que Kevin faria isso com a Girar e Mergulhar? E ele ainda nem está *na* ilha.

— Porque ele é um idiota? — Ed fala, e minha mãe concorda com a cabeça.

— Você sabe que aquele homem sempre se esgueira em Summersweet algumas horas antes de sabermos — ela me lembra.

Ele faz isso. Um pai *de verdade* iria direto ver o filho assim que saísse da balsa, especialmente porque já se passaram seis meses desde a última vez que Kevin falou com Owen. Mas nunca foi o caso. Kevin só pensa em si mesmo, e assim que ele desceu da balsa nas poucas vezes em que veio a esta ilha, ele preferiu andar por aí tentando ostentar sua riqueza e status social, incomodando os moradores e tentando fazer todo mundo se sentir inferior antes que ele finalmente fosse encontrar o filho.

— Bem, já faz pelo menos umas oito horas — eu digo, me abaixando para pegar uma pilha de colheres de plástico rosa e levá-las até o saco de lixo que Ed segura aberto para mim. — Kevin com certeza teria irritado alguém nesse meio-tempo, e nós já teríamos ficado sabendo. Ele é um idiota, mas não é um criminoso. O filho da mãe nunca se rebaixaria tanto nem sujaria as mãos com algo assim.

Bufo com apenas a ideia e então gemo quando me inclino para pegar uma bandeja de plástico, percebo que está grudada no chão, e minhas mãos ficam cobertas de chocolate.

*Comemorei cedo demais.*

Uma onda incandescente de raiva passa por mim quando me lembro de encontrar Kevin no continente para almoçar quando Owen tinha quatro anos, e tudo que Kevin fez foi reclamar do quanto Owen era confuso *"eu sei que é difícil para essa sua cabecinha entender, mas minha camisa custa mais do que você ganha em um mês, e você não pode se dar ao luxo de comprar outra se ela for arruinada".*

Meu celular apita com uma mensagem recebida, e rapidamente limpo minhas mãos em uma toalha antes de pegar meu telefone do bolso de trás. Na mesma hora meu humor passa de irritado para calmo e delirantemente feliz.

> Shepherd "O Homem Mais Gostoso Que Eu Já Beijei" Oliver: Onde você está? Está tudo bem? Estou na doca da balsa e acabei de chegar para ajudar a montar o seu estande. Já faz muito tempo desde que eu beijei você. Se apresse.

— Vá, nós cuidamos de tudo — minha mãe me tranquiliza enquanto lê a mensagem por cima do meu ombro, inclinando-se para beijar minha bochecha. — O Festival Summersweet não espera por ninguém, e nosso estande é sempre o mais procurado. Vá se encontrar com o seu homem e comece a trabalhar.

Com outra confirmação de Ed de que eles resolveriam tudo, saio da Girar e Mergulhar e entro no meu carrinho de golfe para ir até a praia perto da doca da balsa.

Todos os anos, para encerrar oficialmente a temporada turística de verão, a ilha realiza o Festival Summersweet na principal praia pública. Há brinquedos e jogos, estandes de comida e, no fim da noite, todos se sentam ao longo da praia para assistir ao desfile dos barcos. Qualquer morador da ilha que tenha um barco pode participar do desfile, desde que esteja registrado no comitê do festival. Todos que participam capricham na decoração dos barcos, colocam pisca-pisca, luzes de discoteca, temas inteiros com pessoas fantasiadas, música tocando dos alto-falantes dos barcos, máquinas de fumaça e coreografias. As pessoas dão o melhor de si, os barcos são julgados por um comitê, e alguém vai para casa com o grande prêmio de um ano de balas da Coma Isso.

Obviamente, Shepherd foi a primeira pessoa na fila no dia do cadastro para entrar no desfile de barcos. Todas as empresas da ilha montaram um estande para o festival, e assim que Shepherd e eu terminarmos de montar o da Girar e Mergulhar, vamos preparar o barco dele. O tema é *Campo dos Sonhos*. Ele pediu que uma quantidade obscena de talos de milho fosse colocada ao longo da amurada do barco, holofotes que brilhariam lá das velas, uma tela gigante será montada na parte de trás do barco para projetar o filme, e ele até alugou uniformes autênticos aos do White Sox de mil novecentos e dez para toda a equipe de beisebol do ensino médio usar enquanto eles andassem em seu barco para o desfile. É absolutamente louco e tão a cara de Shepherd.

Afasto o arrombamento da Girar e Mergulhar da cabeça, e desço para a doca da balsa e para o *meu homem*. Eu sempre me divirto todos os anos no Festival Summersweet, mas tenho a sensação de que este ano vai superar todos os outros. Assim que Shepherd e eu terminamos de montar o estande da Girar e Mergulhar e de decorar o barco dele, temos o resto do dia para nos divertir, já que marquei com um monte de adolescentes para fazer os turnos em nosso estande e, pela primeira vez, não marquei nenhum para mim. E também pela primeira vez, Birdie, Tess e eu temos nossos pares, e vamos ter o melhor encontro triplo da vida.

Sem nem saber, Shepherd vai realizar mais um sonho meu, mesmo que seja algo tão simples como ter alguém segurando minha mão enquanto passamos o dia curtindo o festival.

*uma* TACADA *e um* ACIDENTE

— Se você se sentar e terminar seu almoço, prometo que vou te deixar comer o resto da maçã do amor.

— Você nunca deveria ter deixado o cara entrar naquele concurso de comer algodão doce — digo a Tess, parando enquanto todos nos sentamos em uma mesa de piquenique, observando Bodhi alternar entre risadinhas e gritinhos enquanto ele corre em círculos ao redor de nossa mesa.

— Não achei que ele fosse comer a porra de quinze sacos de algodão doce com um caçador de maçã do amor — ela murmura. — Além dos palmier, bolos de funil, bolinho de Oreo frito, churros e dois bolinhos de maçã. Caramba. Isso precisa parar.

— Você quer que eu...

Tess ergue a mão para Shepherd quando ele começa a se levantar de seu lugar ao meu lado no banco da mesa de piquenique.

— Eu cuido disso — ela suspira. — É por isso que eu nunca vou ter filhos. Já estou criando um criançón.

Jogando a maçã do amor meio comida para mim, eu tenho tempo suficiente para pegar o palito antes que Tess pule do banco como uma velocista profissional.

— Aaah, merda! — Shepherd, Birdie, Palmer e eu estremecemos e gritamos ao mesmo tempo quando Tess se joga sobre Bodhi, envolvendo os braços ao redor dele.

— Acho que ele vai precisar de um raio-x daquele ombro — Shepherd murmura, ao se levantar e apoiar as mãos em cima da mesa para se inclinar e dar uma olhada melhor em Tess deitada em cima de Bodhi na areia ao lado do estande de limonada.

Entre arquejos e gemidos depois de ser nocauteado, Bodhi estende a mão para cima e ao redor do corpo de Tess para bater em sua bunda.

— Ele está bem — Birdie bufa. — Vamos andar de carrossel.

— Você deve ser tão boa quanto maconha, porque agora, você é tudo de que eu preciso!

Tess apenas bufa com o grito atrás de nós e revira os olhos.

**TARA SIVEC**

— Ei, vamos lá. Não vá embora. Vem aqui e me dê um pouco dessa doçura!

— Vai lá, Tess. Vá dar um pouco dessa doçura ao homem — Birdie ri.

— Ele já teve um pouco da minha doçura, tá bom? — Tess responde, e aperta o passo. Do nada ela fica muito apressada para encontrar o estande do giroscópio.

— Ele parece triste de verdade por você não ir lá dar essa doçura toda para ele. Quase me sinto mal pelo cara — Palmer brinca.

— Há poucas coisas nessa vida que me causam dor, Tess Powell, mas você dormir com um palhaço é como uma facada — Bodhi reclama, a felicidade de sua alta de açúcar há muito esquecida quando ele olha para trás, com cara de poucos amigos, para o homem cuidando do jogo de dardos de balão, importunando Tess ao passarmos. — Eu não estou doidão o suficiente para isso.

— Foi apenas uma coisa louca que fiz nos meus vinte anos. Eu não sabia que ele estaria aqui. Vamos, baby — Tess murmura, passando o braço pelos ombros de Bodhi. — Eu vou deixar você me passar a mão no Túnel do Amor, topa?

— Não, você não pode passar a mão em mim no Túnel do Amor — lembro a Shepherd pela terceira vez quando nosso carrinho em forma de cisne percorre o trilho de metal, nos levando através de outra cortina de miçangas em forma de coração e a outra sala escura com nada além de luzes vermelhas de coração nas paredes.

— Qual é, só trinta segundos sob seu moletom... é tudo que eu peço — Shepherd implora em um sussurro, seus lábios bem perto do meu ouvido enquanto nos aconchegamos no banco da frente. — Qual é, por que não posso?

A palma da mão dele repousa em cima da minha coxa nua, seu polegar roça para frente e para trás sob a bainha desgastada do meu short jeans, me fazendo reconsiderar seriamente minha decisão, sua respiração na lateral do meu pescoço faz meus mamilos enrijecerem e implorarem pelo seu toque.

— É, por que ele não pode, Wren? Apenas deixe o cara fazer isso.

— É exatamente por isso — eu lembro a Shepherd, e meus mamilos murcham instantaneamente.

Olho para trás, para Birdie enquanto ela se aconchega ao lado de Palmer e então me viro para me afastar alguns centímetros de Shepherd.

— Eu disse a você que deveríamos vir no nosso próprio cisne — ele reclama quando viramos em outra sala escura.

— Você é tão ruim nisso.

— Eu sei!

— Talvez você devesse parar. Eu realmente não preciso de um terceiro.

— Eu não sou de desistir, Wren! Eu vou te dar aquele terceiro ou vou morrer tentando. Apenas me deixe continuar tentando.

— Devagar e sempre, Shepherd. Pare de se apressar.

— Quanto mais você me diz para ir mais devagar, mais rápido me faz querer ir. Quantas vezes eu tenho que dizer isso?

— E mais uma vez, você está tentando enfiar a coisa sem qualquer sutileza e acaba arruinando tudo. Você está tão enferrujado. Aqui, me deixa...

— Ah, não! Você não vai ficar em cima de mim como fez naquele dia na Girar e Mergulhar quando eu continuei quebrando todos os cones! Eu posso jogar uma porra de uma bola de beisebol em um cesto de roupa suja a três metros de distância, ok? Essa terceira lontra de pelúcia será sua; marque minhas palavras.

— As pessoas estão olhando.

— Elas estão olhando, porque você está segurando dezessete bichos de pelúcia, logo serão dezoito, e eles estão maravilhados com minha habilidade de ganhar jogos no festival. Dê um passo para trás. Abra espaço para o seu homem.

— Meu Deus, Eryka Cook acabou de nocautear aquela mulher com um soco — Tess diz com admiração do nosso cobertor na praia, observando o desfile de barcos.

— Eu não tinha ideia de que Shepherd tinha comprado um desses canhões para atirar bolas de beisebol antiestresse na multidão — respondo, estremecendo quando Kimberly Clark empurra Celeste Devries de cara na areia para pegar uma bola que voa para a praia enquanto o barco do *Campo dos Sonhos* de Shepherd passa devagar. Os garotos estão se divertindo muito com os uniformes retrô.

Mesmo com um barco com tema de Natal com dez bonecos infláveis gigantes, uma máquina de neve e um homem vestido de Papai Noel que caminhava pela praia distribuindo doces enquanto o barco passava, estou bastante confiante de que o barco de Shepherd vai estar em primeiro lugar.

Independentemente da pequena quantidade de derramamento de sangue, toda a multidão de espectadores está rindo e gritando pelo barco dele, divertindo-se demais ao brigarem e se derrubarem ao longo da praia para tentar pegar uma daquelas bolas de beisebol antiestresse.

— Nunca vou parar de ouvir que as bolas do Shepherd ganharam o desfile de barcos, não é? — pergunto às garotas.

Birdie e Tess apenas riem enquanto todos finalmente se acalmam quando o barco de Shepherd está fora de vista, e Abba começa a tocar no alto-falante do próximo barco na fila, piscando com luzes coloridas e um globo de discoteca enquanto pessoas vestidas com fantasias dos anos setenta dançam no convés.

— Você nunca vai parar de ouvir piadas sobre bolas, *literalmente* — Tess me tranquiliza enquanto todos nos levantamos e dançamos com o resto da praia.

— Nunca tantas pessoas seguraram as minhas bolas ao mesmo tempo.

— Minhas bolas estavam *voando* no rosto das pessoas.

— Guerras foram travadas pelas minhas bolas.

— Você viu aquele olho roxo que Jan Rowe deu àquela turista só para colocar as mãos nas minhas bolas?

*uma* TACADA *e um* ACIDENTE

— Quantos homens podem dizer que suas bolas ganharam um desfile? Normalmente, as pessoas *lançam* um desfile por causa das minhas bolas.

— Você já terminou? — pergunto quando Shepherd enfim para respirar.

— Sim, acabaram minhas piadas sobre bolas. O que devemos fazer agora que tenho você só para mim? — ele pergunta, ao apertar o braço em volta dos meus ombros enquanto caminhamos pelo festival quase deserto.

— Eu estava pensando em algo como guardar meu taco na sua caixa.

Uma risada engasgada sai de mim, e Shepherd arqueia as sobrancelhas como um vilão sacana e lascivo.

— Ei, não era uma piada sobre bola. Me dê um pouco de crédito.

— Foi horrível e, além disso, nós estamos em um lugar público, em um festival, — lembro a ele, apesar de termos transado em um lugar público ontem à noite, foi o momento mais erótico da minha vida, e só de pensar em fazer algo assim de novo faz minha pele ficar quente e formigando.

Meus olhos agora estão percorrendo toda a praia, observando os estandes e calculando o tempo dos brinquedos, imaginando se dois minutos e trinta e sete segundos sozinhos no Túnel do Amor são tempo suficiente para qualquer coisa criativa, é quando Shepherd ri baixinho e nos leva em direção aos brinquedos.

— Eu estou brincando. Estou com vontade de tomar um sorvete. Vamos parar no seu estande antes que recolham tudo, e então que tal um passeio pelo palácio do riso?

Por uma fração de segundo, lembro que Shepherd me disse ontem à noite para sempre falar e dizer a ele o que eu quero. Quer dizer, eu só estaria fazendo o que ele pediu ao dizer que gostaria de um orgasmo de festival, por favor e obrigada. Posso contar nos dedos quantas pessoas ainda estão andando por aí, e meu filho foi para a casa de Dominic depois do desfile de barcos. Tess levou Bodhi para casa para dar um banho nele e colocá-lo na cama, e não faço ideia para onde minha irmã e Palmer foram. Então está tudo bem; está totalmente de boa. Vamos apenas subornar alguém para fechar algum brinquedo. Ah sim, eu quero ser louca e espontânea!

Mas Shepherd está olhando para mim todo fofo e meigo, e eu realmente deveria estar curtindo o romantismo da coisa, caminhando pelo festival com todas as luzes bonitas como se fôssemos as duas únicas pessoas por aqui. Eu já dei o primeiro passo. Agora deve ser a vez dele, não? Eu não sei como isso funciona, caramba! Eu deveria ter perguntado a Tess antes de ela subornar Bodhi com outro bolo de funil para viagem para ele entrar no carrinho de golfe.

— O palácio do riso parece uma ótima ideia! — falo, em vez disso, me perguntando para onde minha coragem foi.

Além de estar completamente alheia ao fato de que a expressão fofa e meiga de Shepherd mudou rapidamente para aquela expressão sacana e lasciva enquanto caminhávamos até o estande da Girar e Mergulhar, e ele pedir uma grande e entediante casquinha de baunilha.

# CAPÍTULO 18

## "EU SEI COMO PERCORRER TODAS AS BASES."

*wren*

— Essas coisas são assustadoras.

— Por que você está sussurrando? — Shepherd ri, apertando minha mão na dele conforme nos aproximamos de um canto escuro e paramos em frente a um espelho distorcido que nos faz parecer muito pequenos e largos.

— Porque é assustador aqui! — lembro a ele. A cada corredor escuro que viramos, estive esperando que algo saltasse sobre nós. — É toda essa temática de palhaço. Eu odeio palhaços.

Estremeço ao olhar para todos os rostos de palhaço pintados com spray em vários tons de néon nas paredes ao nosso redor, brilhando sob a luz negra.

Shepherd simplesmente desvia o olhar enquanto sorri, e dá outra lambida lenta em sua casquinha de baunilha, já eu tento não olhar para sua língua, e falho miseravelmente. Ele está se divertindo com aquela casquinha desde que a pegou e nós viemos até o palácio do riso. Se eu não soubesse, diria que ele estava tentando me torturar. E já que eu *não* sei, estou apenas supondo que ele realmente gosta daquela droga de casquinha. Felizmente, meu celular apita com uma mensagem, e eu o tiro do bolso de trás, desviando os olhos de Shepherd enquanto ele vira o corpo para um lado e para o outro, rindo de seu amplo reflexo no espelho à nossa frente.

> Filho: Mãe! Você ainda está no festival? Shepherd contou sobre a coisa incrível que aconteceu??? Não é legal?!

TARA SIVEC

— Do que meu filho está falando? — pergunto a Shepherd, e ergo meu celular. Ele faz uma pausa no meio de uma lambida torturante para virar a cabeça e ler a mensagem.

— Merda, ele deveria esperar até você chegar em casa. — Shepherd suspira e então dá de ombros ao mesmo tempo que sorri. — É só uma surpresinha. Algo que preparei para ele. Diga a Owen que já, já você chega em casa, e então ele poderá te contar tudo. Temos um palácio do riso para terminar de visitar, e esta casquinha está começando a derreter.

Já que me recuso a rosnar para uma casquinha de sorvete, digo a Owen exatamente o que Shepherd disse, então guardo o celular no bolso. Quando começo a ir para o corredor que nos levará para a próxima sala assustadora, Shepherd agarra minha mão, me puxando de volta para ele até que eu esteja pressionada em seu peito.

Abaixando a cabeça, ele pressiona a boca na minha, e a frieza de seus lábios causada pelo sorvete me atiça quando ele aprofunda o beijo e sua língua desliza na minha, voltando a aquecer tudo. Terminando o beijo muito antes de eu estar pronta, Shepherd inclina a cabeça para trás, dá outra longa lambida em seu sorvete, e sorri para mim.

Pigarreio para não gritar, me afasto dele e ando pelo corredor até a sala ao lado, meus pés param com um tropeção depois que dou uns poucos passos, e Shepherd bate nas minhas costas por causa da minha parada repentina. Ele me equilibra com uma mão no meu quadril e um olhar bem-humorado em seu rosto.

— Não estou com medo. Eu só não queria bater de cara em um espelho como já vi todas essas pessoas fazerem em vídeos na internet. Este não é o tipo de sala em que se anda rápido, cara.

Shepherd apenas ri de mim conforme olho seu reflexo no espelho à minha frente, quando ele para atrás de mim, *ainda lambendo aquela porra de casquinha... ai, meu Deus, por que ele ainda não terminou essa porcaria?*

A sala em que estamos agora é uma daquelas que não tem nada além de espelhos, por onde as pessoas passam correndo, pensando que veem uma abertura, quando, na verdade, é outro espelho. Já passei por essas coisas muitas vezes para saber que você anda a passo de lesma com os braços estendidos à sua frente se não quiser sofrer uma concussão ou passar vergonha quando bater no vidro e cair de bunda no chão. A sala está muito mal iluminada, com apenas o brilho suave de luzes roxas acima de nós, o carpete preto aos nossos pés e fios de néon revestindo a parte inferior de todos os espelhos. Até onde os olhos podem ver, não há nada além de centenas e centenas de mim, de pé na frente de Shepherd, enquanto ele dá prazer oral a uma casquinha de baunilha por cima do meu ombro.

*Que maravilha.*

— Aqui, segura para mim — Shepherd diz de repente, estendendo a mão ao meu redor para me entregar a casquinha. Ele agarra meus ombros e me vira para encará-lo depois que a pego, então me empurra um pouco até minhas costas tocarem o espelho atrás de mim.

Mais uma vez, eu me forço a não atacar um objeto inanimado enquanto seguro o sorvete dele e dou uma rápida olhada no espelho às suas costas para ver centenas de reflexos de sua bunda perfeita, o que me faz me sentir melhor.

— Acho que precisamos de um minuto antes de caminharmos por este labirinto de espelhos — ele comenta, fazendo meu olhar se afastar de sua bunda quando ele abaixa a cabeça para me beijar.

Shepherd me beija até eu esquecer completamente que estamos em um palácio do riso horripilante, e o gosto de baunilha em sua língua me faz repensar minha posição sobre o sabor ser entediante, até que ele termina o beijo e se afasta apenas o suficiente para me olhar nos olhos.

— Você confia em mim? — ele sussurra, e suas mãos seguram minhas bochechas.

Solto uma risada trêmula, ainda desorientada por aquele beijo enquanto ainda estou em uma sala cheia de espelhos vertiginosos.

— Sim, com certeza, mas se isso tem alguma coisa a ver com palhaços, pode esquecer.

Shepherd apenas sorri para mim, afasta a cabeça da minha e afasta as mãos do meu rosto.

— Me dê uma lambida.

Meu corpo pulsa e fica tenso com suas palavras, e então percebo que ele está olhando para a maldita casquinha de sorvete que eu ainda estou segurando e que está começando a derreter. Com um suspiro, levo-a à sua boca e tento não chorar quando ele dá uma lambida longa antes de voltar a falar.

— Você sabe que eu posso ler seu rosto como um livro, certo? — ele contempla, o canto de sua boca se inclina até que eu possa ver sua covinha, o que faz minhas bochechas corarem de vergonha, e *ok, tudo bem*, com muito desejo. — Continue segurando isso para mim, sim?

O próximo som que sai da minha boca é um suspiro chocado quando Shepherd fica de joelhos na minha frente, desabotoando meu short jeans

**TARA SIVEC**

com habilidade e puxando-o pelas minhas pernas antes que eu possa piscar. A peça cai ao redor dos meus tornozelos, e eu respiro trêmula, grata pelo espelho atrás de mim me apoiar enquanto observo Shepherd. Ele apenas *olha* entre minhas coxas, sua linha de visão está na altura do centro da calcinha de renda branca que tirei do fundo da gaveta de cima da cômoda. Faz anos que Tess a comprou para mim, e a peça ainda estava com etiqueta. Não que eu achasse que algo assim aconteceria aqui, mas eu esperava um pouco de diversão depois do festival.

Tento não apertar a casquinha com força a ponto de ela quebrar e se espalhar por toda a parte, e meus olhos se movem entre Shepherd ajoelhado na minha frente e o reflexo dele por cima de seu ombro com todos aqueles espelhos em ziguezague lá atrás. Ao mesmo tempo, também me esforço não me contorcer enquanto ele apenas olha para mim.

— O que você... *Ai, meu Deus* — gemo alto quando as mãos de Shepherd agarram minhas coxas nuas e ele simplesmente se lança entre elas, aninhando o nariz no meu sexo coberto pela renda. Minhas pálpebras se fecham, e minha cabeça bate no espelho.

Ela passa alguns segundos esfregando o nariz em mim, sussurrando sobre como meu cheiro é incrível. Aquele pedaço de tecido rendado fica tão molhado que talvez dê até para torcer.

— Sh-Shepherd — arfo segundos depois, quando consigo me lembrar de como faz para respirar, levanto a cabeça para olhar para ele e me arrependendo no mesmo instante. Com todos os reflexos da parte de trás da cabeça de Shepherd balançando e virando de um lado para o outro enquanto ele apenas senti o meu cheiro e esfrega o rosto em mim, quase não termino minha frase, mas preciso. — Estamos em um palácio do riso na praia, onde alguém pode entrar a qualquer minuto.

Eu me odeio assim que as palavras saem da minha boca, especialmente porque antes mesmo de entrarmos aqui, eu estava procurando em todos os lugares por um lugar privado para nós. Mas falando sério; qualquer um poderia entrar a qualquer minuto! Essa questão torna meio difícil gostar da experiência, e eu preciso mesmo vestir meu short de novo.

Shepherd afasta a cabeça e nem olha para mim. Simplesmente encara entre minhas coxas como se alguém o tivesse colocado em transe, seus dedos apertando a carne das minhas pernas um pouco mais forte. Outro suspiro voa da minha boca quando ele solta uma delas para arrastar a ponta do indicador pelo meu centro coberto de renda. Quando sente o quanto estou molhada para ele, Shepherd, ali de joelhos, olha para cima com um sorriso no rosto.

— Você notou que a roda gigante estava parada por uma boa meia hora antes de entrarmos aqui, certo? — Shepherd pergunta baixinho, arrastando de novo o dedo sobre a frente da minha calcinha até que eu choramingo e meus quadris se agitam, buscando mais de seu toque, nem aí se alguém entrar aqui neste momento, enquanto ele continua falando. — Palmer pagou cem dólares ao operador do brinquedo para manter ele e Birdie lá em cima por um tempo.

É preciso muito poder mental para processar o que ele está dizendo enquanto continua a esfregar a ponta do dedo para cima e para baixo com o mais leve dos toques. Notei que a roda gigante estava parada há um tempo, mas presumi que fossem problemas mecânicos ou que ninguém queria ir. Sabendo o quanto Shepherd é protetor comigo, mesmo que agora o festival esteja praticamente vazio, não há como ele estar de joelhos se preparando para fazer o que eu acho que ele vai fazer se houvesse a menor chance de alguém entrar aqui. Ele sabe que, para mim, seria mortificante, e não sensual.

Aquele dedo de Shepherd estava me torturando com toques sob o elástico da minha calcinha, quando o que ele diz finalmente faz sentido e eu lembro como falar.

— Será que eu devo perguntar quanto você pagou ao operador do palácio do riso para que pudéssemos ficar aqui sozinhos?

Devagar, Shepherd arrasta o dedo e move aquele pedaço de renda molhada para o lado até que...

*Puta merda, ele está totalmente olhando para minha vagina! Não torne isso estranho, não torne isso estranho, não torne isso estranho!*

— Para algo assim? — Shepherd pergunta, lambendo os lábios enquanto continua de joelhos, olhando para mim. — Isso não tem preço, linda. Eu dei a ele a porra do meu cartão de crédito.

Antes que eu possa rir e perguntar se ele está brincando, deixo escapar um gemido estrangulado quando ele diminui a distância e volta a mergulhar entre minhas coxas, sua língua me lambe exatamente como ele fez com a casquinha de sorvete várias vezes esta noite.

— Ai, meu Deus! — grito, minha cabeça bate no espelho às minhas costas, e meus olhos se fecham quando sinto suas mãos deslizarem mais alto até que seus polegares tocam minha umidade e separam meus lábios para a boca.

— Caramba, sua boceta tem o gosto do paraíso — Shepherd rosna antes de dar outro longo golpe com a língua, me abrindo ainda mais com os polegares. Sua respiração ofegante sobre meu clitóris latejante me deixar louca. Neste momento, ele está parado, mas a língua parece prestes a me tocar de novo. — Abra os olhos e me dê uma lambida — ele ordena de repente.

Eu nem penso, apenas abro os olhos e abaixo a mão até a casquinha estar diante de seu rosto, gemo quando ele dá uma boa lambida no sorvete derretido. Suas mãos mantêm minhas pernas mais afastadas, e então sua boca se afasta da casquinha que estou segurando para voltar para onde estava.

Palavras sem sentido e palavrões saem da minha boca quando sua língua fria finalmente lambe meu clitóris bem devagarinho, circulando e circulando até que a sensação fria desapareça. Não há mais nada ali, a não ser a língua quente e molhada de Shepherd lambendo e chupando e intensificando o latejar até meus joelhos começarem a tremer e minha mão livre logo alcança seu cabelo para segurar firme.

Shepherd afasta a boca daquele ponto entre minhas pernas, e eu tenho dois segundos para recuperar o fôlego enquanto ele olha para mim. Seus olhos estão enevoados e sombrios de desejo, tudo por *mim*.

— Vá em frente e arranque meu cabelo, se quiser — ele me diz, rosnando quando puxo mais forte. — Eu não me importo com o que você faz comigo, contanto que você grite meu nome quando gozar na minha boca.

Não há tempo para elogiar Shepherd por sua conversa sacana, pois ele rapidamente envolve os lábios em torno do que sobrou do sorvete, chupando um bocado enquanto eu ainda não consigo nem pensar direito. Simplesmente seguro a casquinha na frente da minha barriga e, mais uma vez, seus lábios frios estão envolvendo meu clitóris. Shepherd mordisca e suga enquanto a ponta da língua gelada desliza para frente e para trás, repetidamente até que o frio desaparece de novo e não há nada além de calor quente e úmido entre minhas pernas mais uma vez, e eu esqueço meu próprio nome.

A casquinha de sorvete cai da minha mão e respinga no carpete preto, e minha boca se abre com gemidos e arquejos enquanto olho para os reflexos logo acima do ombro de Shepherd, intensificando o desejo pulsante e latejante que ele criou. Encaro os reflexos de Shepherd de joelhos, pressionando e segurando minhas coxas nuas bem abertas. Vejo minha boceta molhada e dolorida em plena exibição toda vez que a cabeça de Shepherd se move, e além de sentir sua boca em volta de mim e me chupando tão perfeitamente, posso ver tudo pelo reflexo. Há algo muito mais erótico nisso, observar sua boca se mover em mim, sentir tudo enquanto assisto, me fazendo me sentir como se estivesse fora do meu corpo, vendo um filme de Shepherd se banqueteando comigo como se eu fosse a sobremesa mais deliciosa que ele já provou. Como se eu estivesse assistindo ao melhor filme pornô de todos os tempos e me divertindo. E, minha nossa, estou gozando assistindo ao que está acontecendo, centenas de Shepherdes de joelhos com a cabeça enterrada entre minhas coxas, me dando um oral no palácio do riso. Vejo meus dedos apertarem seu cabelo, e gemo alto ao puxá-lo com força para mim. Empurro os quadris e me movo em sua boca perfeita, precisando que ele chupe mais forte e lamba mais rápido.

*Puta merda, vou desmaiar quando esse orgasmo chegar.*

Vejo através do reflexo quando Shepherd solta uma das minhas coxas, e sua mão desaparecer da minha linha de visão até que sinto o que ele está fazendo, e um de seus dedos longos e grossos afunda dentro de mim conforme ele desliza a língua para frente e para trás sobre o meu clitóris.

É demais, e não consigo mais manter os olhos abertos. Eu os fecho e seguro a parte de trás da cabeça de Shepherd com as duas mãos, sentindo-a balançar no que ele lambe e chupa, e me fode com o dedo, até que estou fazendo exatamente o que ele ordenou: gritando seu nome enquanto gozo em sua boca.

Sua língua não para de lamber e seu dedo não para de me estocar através do meu orgasmo. Mal tenho tempo para me recuperar, e Shepherd já está de pé e empurrando a bermuda para baixo apenas o suficiente para libertar o pau. Com minhas mãos ainda segurando a sua nuca, trago sua boca para a minha, provando meu gosto em sua língua e gemendo em sua boca quando ele envolve os braços ao meu redor, me levanta para que eu possa cruzar as pernas em torno da sua cintura, e me prende contra o espelho ao me penetrar com uma estocada bruta e profunda.

Não há nada que eu possa fazer a não ser apertar as pernas ao redor dele e segurar firme conforme Shepherd me fode contra o espelho do palácio do riso. As estocadas rápidas e poderosas fazem seu púbis bater bem no meu clitóris, reacendendo outro orgasmo que me faz gemer em sua boca enquanto nosso beijo nunca para. Meu corpo fica ainda mais tenso e apertado em torno dele com o segundo orgasmo, fazendo Shepherd afastar a boca da minha para enterrar o rosto na lateral do meu pescoço. Ele estoca com força uma última vez antes de gozar, xingando e gemendo e cantando meu nome com os lábios pressionados em meu ombro.

Com mais alguns movimentos bruscos de seus quadris entre minhas pernas, ele geme e então cai sobre mim, me pressionando com mais força contra o espelho enquanto nós dois ofegamos e tentamos recuperar o fôlego.

— Meu Deus, você me faz gozar em um período embaraçosamente curto — ele reclama com uma risadinha, nosso corpo ainda pressionado firmemente um contra o outro, e eu aprecio a visão que tenho de sua bunda nua no reflexo sobre seu ombro.

Com ele ainda pulsando dentro de mim, meu corpo convulsiona ao seu redor novamente quando olho para a imagem que formamos no espelho, e sorrio quando Shepherd solta outro gemido alto, reclamando sobre como vou matá-lo. Minhas bochechas estão coradas, meus olhos estão brilhantes e selvagens quando Shepherd me segura contra o espelho, com minhas pernas ainda ao redor da sua cintura. Meus tornozelos estão travados bem acima daquela bunda bonita, com a bermuda no meio das coxas, porque ele nem se incomodou em tirá-la completamente por que precisava estar dentro de mim.

— Nunca mais na minha vida chamarei sorvete de baunilha de entediante. — Suspiro satisfeita, deslizando meus dedos suavemente pelo cabelo de Shepherd depois de quase arrancá-lo pela raiz. Ele espalha beijos ao longo do meu ombro e na lateral do meu pescoço e afasta os quadris para trás e sai de dentro de mim.

Não cheguei a confessar que procurei o significado da rosa roxa logo após o nosso primeiro encontro, e Shepherd nunca me perguntou se eu fiz isso. Sei que ele está apenas esperando por mim, me dando tempo e não querendo me pressionar. E mesmo sabendo que não se deve dizer a uma pessoa que a ama logo depois que ela lhe deu seu primeiro orgasmo oral, não consigo evitar. As palavras estão bem ali na ponta da minha língua implorando para serem libertadas. Shepherd vai continuar sendo perfeito e incrível e fazendo todos os meus sonhos se tornarem realidade, e manter uma última barreira idiota com ele por medo de me machucar é simplesmente ridículo; uma perda de tempo.

Decidindo que talvez seja melhor colocar a calcinha antes de fazer essa declaração de amor, engulo minhas palavras até que pelo menos estejamos fora do palácio do riso e longe de todos os orgasmos.

— Não é tão entediante agora, não é? — Shepherd pergunta com um sorriso, enquanto mantém as mãos nos meus quadris e me segura firme conforme desenrosco minhas pernas dele e volto a apoiar os pés no tapete.

— Ah, você não foi de todo ruim. Aquela casquinha de sorvete foi realmente a estrela desta noite.

Minha risada é cortada por um grito quando Shepherd dá um tapa na minha bunda, e em seguida, abafa o grito com um beijo ardente. O tempo todo eu só penso na melhor maneira de dizer a ele que eu o amo pra caramba.

— Ei! Não se esqueça do seu cartão, cara.

Shepherd apenas ri do olhar chocado no meu rosto quando saímos do palácio do riso, e pega o cartão de crédito que o funcionário segura entre dois dedos enquanto está recostado em um poste de luz. Bem, os únicos dois dedos que ele tem nessa mão....

— Não me olhe assim... Eu falei o que fiz para ficar com o palácio do riso só para nós — Shepherd diz com outra risada, e guarda o maldito cartão black na carteira antes de enfiá-la no bolso da frente de da bermuda. Em seguida ele agarra minha mão e caminhamos em direção ao estacionamento. — Não se preocupe, liguei antes para a administradora e coloquei um limite. Não sou amador.

— Você é louco — balanço a cabeça para ele com um sorriso enorme no rosto que simplesmente não consigo conter desde que Shepherd voltou a se ajoelhar no palácio do riso e me ajudou a colocar meu short de volta antes de sairmos.

— O que é louco é que vou sentir seu gosto nos meus lábios pelo resto da noite, me deixando louco enquanto estou na minha cama sem você.

Estremeço com suas palavras, e ele solta minha mão para apoiar o braço em volta dos meus ombros, me puxando para si enquanto passamos por todos os brinquedos e estandes fechados.

— Shepherd, eu...

Meu telefone apita com uma mensagem, me interrompendo, o que me irrita pra caramba, até que o pego e vejo que é de Owen. Já que ele provavelmente está em casa sozinho agora, eu deveria me certificar de que não é nenhuma emergência. E, além disso, eu gostaria de mandar uma mensagem para Owen antes de chegarmos em casa para ver o que ele acha da possibilidade de Shepherd ficar por lá de noite. Ele dormiu lá quando seus pais passaram a noite no meu sofá, mas ficou no chão, no meio da sala. Não sei até que ponto é apropriado que um homem passe a noite no meu quarto, já que nunca vivi essa situação antes, mas Owen vai ter que se acostumar com isso em algum momento. E não vou deixar Shepherd voltar para casa sozinho hoje. Além disso, espero que ele não queira sair do meu lado depois de dizer a ele o que quero dizer.

Abro a mensagem enquanto caminhamos, Shepherd tira o braço dos meus ombros para pegar as chaves do carrinho de golfe do bolso, e rapidamente dou uma olhada no que está escrito. E depois leio de novo. E mais uma vez só para ter certeza de que não estou vendo coisas, que meu coração não começou a bater acelerado no meu peito e que minhas mãos não ficaram suadas e trêmulas sem motivo. A terceira vez que leio a mensagem, a realidade finalmente cai sobre mim e as palavras que meu filho me enviou enfim são registradas, e todo aquele brilho feliz pós-orgasmo e o amor me iluminando instantaneamente se apagam como se alguém tivesse apertado um interruptor.

Meus pés param na grama quando tudo que comi no festival começa a revirar no meu estômago, me fazendo querer vomitar. Shepherd dá mais alguns passos antes de perceber que eu parei, o sorriso em seu rosto some na mesma hora quando ele olha para mim.

— O que foi? O que aconteceu? É o Owen? — ele pergunta rapidamente quando corre de volta para mim e pega o celular da minha mão quando vê minha expressão.

Mas não sei bem o que ele vê quando olha para mim, porque eu nem mesmo sei o que estou sentindo agora. Tristeza? Irritação? Mágoa? Choque? Tudo isso? Eu observo o rosto de Shepherd enquanto ele lê o que Owen me enviou, esperando que talvez seja uma piada, algo que os dois inventaram só para me assustar. Mas vejo a calma tomar conta de Shepherd quando ele percebe que Owen não está machucado, e vejo o sorriso iluminar seu rosto quando ele olha para cima, e parece que alguém acabou de enfiar uma faca no meu peito.

— Sério, esse garoto é tão impaciente. Bem, surpresa! Não é ótimo?

Eu me ouço fazer algum tipo de som que se parece com um gemido engasgado quando percebo que não é uma piada. De repente parece que alguém me empurrou de um penhasco e que estou caindo, caindo, caindo…

Shepherd ri baixinho, provavelmente pensando que estou tão feliz com o que ele fez que não consigo encontrar palavras, e a dor ricocheteia pelo meu corpo como se eu tivesse me estatelado no chão.

*Só que saber quem me empurrou é o que dói mais.*

— Você marcou uma reunião com um olheiro de beisebol universitário para o meu filho hoje à noite e não me contou? — pergunto com um sussurro trêmulo. Preciso dar tudo de mim para não vomitar quando digo essas palavras em voz alta. Detesto que minha voz soe tão fraca, e eu daria qualquer coisa para meus olhos não se encherem de lágrimas agora, para que eu pudesse pelo menos *parecer* forte, mesmo que eu não esteja me sentindo assim.

Shepherd apenas dá de ombros com aquele sorriso fácil no rosto, como se não fosse grande coisa o fato de que meu filho me enviou uma mensagem de quatro parágrafos falando que Shepherd fez uma videochamada com o olheiro hoje à noite, e que enviou a ele as estatísticas de Owen e que o homem está impressionado, e que ele virá para ver um de seus jogos em breve, e que aquela é a melhor coisa que já aconteceu com ele, e que Shepherd até contratou um jogador de beisebol profissional aposentado do Virginia Rebels para começar a lhe dar aulas particulares de rebatidas.

— Não é incrível? — Shepherd pergunta alegremente, alheio a mim parada aqui na frente dele sentindo como se minhas entranhas estivessem sendo arrancadas de mim. — É uma oportunidade incrível que de outra maneira Owen nunca teria.

*E aí está.*

Nunca teria de outra maneira, porque eu nunca poderia dar a ele algo assim. Não posso simplesmente mostrar meu cartão de crédito sem limite e dar o que quero para o meu filho. Eu tenho que trabalhar duro e perder muito de sua vida apenas para dar a ele o que posso, e meu Deus, isso nunca doeu mais do que agora. Todos os sacrifícios que fiz, pensando que estava fazendo meu filho feliz, e nunca serão bons o suficiente. Nunca será *suficiente* quando outra pessoa pode dar a ele muito mais, e com uma facilidade considerável.

Foi fofo e romântico quando Shepherd fez isso por mim, e todas as outras vezes que ele mexeu os pauzinhos e fez algo maluco e exagerado para mim. Mas não é fofo nem engraçado quando ele faz isso pelo meu filho sem nem pedir. Quando ele marca uma reunião que eu nunca poderia marcar, e paga por um treinador profissional que eu nunca poderia pagar, e faz planos para *o futuro do meu filho* sem sequer me consultar. Eu sempre tive controle sobre todas as decisões em relação ao Owen, e é a única coisa sobre a qual já tive controle na minha vida, e agora está sendo arrancada de mim, porque não importa o que eu faça, nunca será suficiente.

**TARA SIVEC**

Este homem a quem dei todo o meu coração quando tinha treze anos está parado aqui na minha frente com um sorriso no rosto, me fazendo sentir que o que eu faço pelo meu filho não é bom o suficiente, igual ao Kevin. E eu sei. Eu sei que na minha cabeça eles não são nem de longe parecidos, mas não posso dizer isso ao meu coração quando parece que ele está sendo cortado lentamente, pedaço por pedaço. Bem quando pensei que tinha uma voz ativa, ela se desfaz como poeira enquanto cada golpe que Kevin já deu em mim passa pela minha cabeça.

*"Escola pública? Uau, estou vendo o quanto você se preocupa com a educação do nosso filho ao não mandá-lo para uma particular."*

*"Você se importa com a vergonha que ele passe por nunca ter roupas de grife? Ah, isso mesmo. Você não pode pagar."*

*"Você sabe que tudo que tem que fazer é pedir, e eu pagarei por aquele taco caro de que ele precisa. Vamos, Wren, deixe-me ouvir você implorar por isso. Quanto vale nosso filho para você?"*

— Então é isso que o palácio do riso era? — pergunto, limpando com raiva as lágrimas que caem rapidamente pelo meu rosto enquanto Shepherd me olha sem entender nada. — Me manter distraída para que eu não questionasse aquela mensagem que Owen me enviou quando chegamos lá? Ótimo. Funcionou direitinho. Ninguém pode dizer que você não se dedica a uma causa.

— Êpa, que porra é essa? — Shepherd pergunta, diminuindo a distância entre nós e segurando meus braços. De repente me sinto tão cansada que nem me importo em me afastar dele. — Eu não sei o que está acontecendo agora, mas o que aconteceu no palácio do riso não tem absolutamente *nada* a ver com a mensagem do Owen. Linda, o que foi? É uma coisa boa! Por que você está chorando?

— Nunca, nunca mesmo, passou pela minha cabeça que você me faria sentir que o que eu faço não é bom o suficiente para o meu filho.

A cabeça de Shepherd se inclina para trás como se eu tivesse acabado de lhe dar um soco, e suas mãos largam meus braços e ficam penduradas frouxamente ao seu lado. E o pesadelo que me assombrou desde que Owen nasceu volta a brilhar com força. O pesadelo em que Kevin volta e de repente quer o nosso filho, e se importa com ele, e pode lhe dar mais do que eu, e pode ser mais do que eu jamais poderia. E, em um piscar de olhos, ele o está tirando de mim, fazendo-o mais feliz, e dando a ele tudo o que nunca pude.

— Wren, eu nunca...

— Não — eu o interrompo com um aceno de cabeça, me engasgando com cada palavra que sai da minha boca quando apenas alguns minutos atrás eu estava me preparando para dizer a ele que o amo, e caramba, isso faz ser ainda mais difícil de respirar. — Ele é *meu* filho. *Meu*. Você não pode simplesmente vir aqui e mostrar seu dinheiro e sua fama e fazer todos os sonhos dele se tornarem realidade sem falar comigo primeiro! Eu passei a vida inteira deixando os outros me fazerem sentir uma merda, porque não posso dar ao meu filho tudo o que ele sempre quis na vida, e não vou ficar aqui e deixar *você* me fazer sentir assim também.

— Como você pode dizer algo assim, depois de tudo... — A voz rouca e cheia de dor de Shepherd some, e eu não posso mais fazer isso. Não me importo se minhas palavras o machucam, porque suas ações me machucam muito mais.

Pego meu celular de sua mão e continuo enxugando minhas lágrimas ao passar por ele. Shepherd sussurra meu nome de novo com a voz entrecortada e estende a mão para me segurar pelo braço, mas eu nem sequer olho para ele quando me desvencilho e continuo andando.

— Eu não consigo falar com você agora — digo, quando o escuto vir atrás de mim. — *Por favor*, não me siga. Eu preciso ir para casa *sozinha* para ficar com meu filho.

# CAPÍTULO 19

## "ME COLOQUE EM CAMPO, TREINADOR."

### shepherd

— Você fez uma merda federal, cara.

Jogo o dardo seguinte com ainda mais força no alvo pendurado na parede, e Bodhi solta um bufo irritado logo ao lado quando o dardo bate no fio de metal que separa as seções e cai no chão.

— Já é a décima ponta de dardo que você quebra esta noite — ele reclama, se curvando para pegar os pedaços quebrados do chão e jogá-los na lata de lixo ao seu lado. — Se você quebrar outro, Ed não nos deixará mais brincar com brinquedos dele.

— Está tudo bem. Simplesmente compro mais dardos para ele para exibir todo o meu maldito dinheiro — rosno, e lanço outro dardo no tabuleiro. Desta vez, ele fica tão preso na parede de tábuas ao lado que Ed provavelmente terá de usar a unha do martelo para tirá-lo de lá.

Quando pego outro dardo da pilha na mesa alta ao meu lado dentro do Doca do Eddy, Palmer, sentado na banqueta do outro lado da mesa, rapidamente estende a mão e tira todos do meu alcance.

— Chega de objetos pontiagudos para você. — Quando estreito meus olhos e rosno para ele, Palmer apenas ri de mim. — Senta aí, cabeça quente. Você estava sentado chorando em cima sua cerveja quando chegamos aqui, então não tenho medo do seu latido.

— Vai se ferrar — murmuro, me sento na baqueta do bar e dou o último gole na cerveja quente e nojenta antes de voltar a colocar o copo no balcão.

Sim, eu estava engolindo as lágrimas quando ele e Bodhi decidiram aparecer aqui para me irritar, sendo que eu nem os convidei. Eu só quero ficar sozinho, porque estou puto.

E triste. E magoado, *caramba*. Não posso acreditar que, depois de tudo o que aconteceu entre nós e tudo o que eu disse a Wren, ela pensou que eu era parecido com aquele merda do Kevin. Fiquei profundamente abalado quando ela me acusou de fazê-la sentir que o que ela fez não era bom o suficiente, e doeu pra caralho que ela pensasse tão pouco de mim quando eu pensava que ela era todo o meu universo, e eu estava apenas tentando fazer algo legal.

— Olha, cara, você ultrapassou os limites, e vai ter que aguentar firme e lidar com a situação. — Bodhi encolhe os ombros ao se sentar em sua banqueta.

— Você está tirando com a minha cara? Tudo o que fiz foi pensando em Owen. Algo bom. Eu não fiz isso para ser um idiota exibindo meu dinheiro por aí, e com certeza eu não merecia a merda que ela disse para mim — lembro a ele, ficando mais irritado a cada segundo quanto mais repasso as palavras que Wren me disse na noite passada, e tudo o que fui forçado a contar a Bodhi e Palmer quando eles chegaram aqui e não me deixaram em paz até que eu dissesse tudo.

Algumas horas atrás, ao parar de encarar a minha cerveja, olhar para cima e vê-los ao lado da minha mesa, pensei que eles tinham levado uma bronca de suas mulheres e que estavam ali para acabar comigo. Eu tinha certeza de que houve um Bebidas e Reclamações na noite passada depois que Wren foi embora, e que durou até altas horas e talvez até ainda estivesse acontecendo. Para minha surpresa, eles não tinham noção do que tinha acontecido, Birdie e Tess nem tinham falado com Wren desde o festival de ontem, e foi *Ed* quem ligou para eles e disse para virem aqui, porque ele estava com medo de que eu pudesse começar a quebrar tudo.

Eu não tenho ideia de por que diabos Wren não contou a elas. Por que ela não reclamou a noite toda sobre o quanto sou babaca, *igualzinho ao maldito Kevin Stratford*. E é isso que continua trincando a armadura de irritação que vesti. E o que continua me fazendo me *sentir* como o babaca do Kevin é que eu não fui até ela e a fiz falar comigo, mas desta vez estou magoado demais.

— Você não merecia ser comparado ao Kevin, isso é verdade. Mas você com certeza merecia ouvir poucas e boas — Bodhi assente com a cabeça.

Palmer e Bodhi mantiveram a boca fechada e me deixaram reclamar pelas últimas duas horas enquanto eu quebrava metade dos dardos de Ed, mas claramente achavam que já era hora de falar.

— Você quer me dizer de que forma estraguei tudo também? — pergunto a Palmer, com um bufo sem humor.

— Não olhe para mim. — Palmer balança a cabeça ao pegar sua garrafa de cerveja. — Eu fodi as coisas com Birdie, e ainda não sei por que ela me perdoou. Parece que Bodhi *é* realmente a voz da razão.

— Pode apostar que sou. — Bodhi assente de novo com um sorriso fácil, e Jimmy Buffett começa a tocar no sistema de som.

Eu geralmente adoro vir ao Doca do Eddy para relaxar no melhor bar de frutos do mar do mundo. Com uma vibe discreta, fica no cais da área dos moradores permanentes da ilha, e artefatos náuticos pendurados nas paredes de madeira diferentes umas das outras, é sempre um ótimo lugar para ir e relaxar. Mas nada pode me fazer sentir relaxado no momento, nem mesmo Jimmy Buffett e a vista do sol se pondo sobre o oceano através das paredes sem janelas que levam ao deck.

— Olha, eu sei que você não quer ouvir isso, cara — Bodhi continua, ao apoiar os braços na mesa e se inclinar para perto de mim. — Mas você passou um pouco dos limites. Eu sei que você ama o Owen e quer o melhor para ele... Todos nós queremos. Mas Wren é a mãe dele. Você tomou uma decisão muito importante sobre ele sem conversar com ela, e você marcou uma videochamada da qual ela nem sabia, com um homem que ela nunca conheceu e de quem não sabe nada, em uma faculdade do outro lado do país.

Porra. Eu fiz isso. Mas é só porque a Califórnia tem um dos melhores programas de beisebol universitário, e isso não muda o fato de que ela ainda me acusou de ostentar meu dinheiro por aí só para fazê-la se sentir uma merda, e isso não foi legal.

— E para ser sincero, cara. Eu nem acho que é por causa do dinheiro. Não de verdade. — Bodhi dá de ombros, lendo minha mente ao começar a mastigar a ponta do canudo que sobrou do seu coquetel sem álcool. — Você precisa se colocar no lugar da Wren por apenas um minuto e pensar com a cabeça em vez de com a raiva. Ela teve o Owen só para si durante toda a vida, e agora, de repente, ela tem que compartilhá-lo. É assustador para ela, e Wren provavelmente sente que já o está perdendo porque ele está crescendo tão rápido, e então você consegue um olheiro da faculdade, lembrando a ela que ele está mesmo crescendo rápido e que vai embora em breve, e sim. Essa é uma realidade difícil para alguém como Wren aceitar; alguém cuja vida inteira girou em torno daquele garoto e da felicidade dele. Você tem quinze anos de história com que competir e quinze anos de Wren sendo a única presença paternal na vida de Owen. E sei que não é uma competição, mas só estou dizendo para você segurar um pouco a raiva e dar tempo a ela. Deixe-a se acostumar com o fato de que eles não estão mais sozinhos e que ela não precisa mais fazer tudo sozinha.

*Puta que pariu.*

— Você *não* é Kevin Stratford. — Bodhi ri, e então inclina a cabeça para trás e ri um pouco mais até finalmente se acalmar. — E Wren *sabe* que você não é ele, cara. Tenho certeza de que se você tivesse sentado com ela e conversado em vez de fazer surpresa e fazer a mulher sentir como se estivesse perdendo o controle, ela teria aceitado de boa. Provavelmente *não mandaria o Owen para a Califórnia* de boa, mas não acho que ela se importaria com ele apenas conversando com o cara e recebendo alguns conselhos. Olha, é de Wren que estamos falando. Foi um choque, e aquela pobre mulher ainda deve ter transtorno de estresse pós-traumático por causa do Kevin, então tenho certeza de que todos os tipos de coisas maravilhosas que ele disse a ela ao longo dos anos sobre como ela nunca poderia se dar ao luxo de melhorar a vida de Owen estavam passando por sua cabeça quando você jogou essa novidade no colo dela.

Aquele copo de cerveja que eu estou tomando há horas começa a borbulhar e revirar no meu estômago, me deixando enjoado. Por que eu não usei a porra da cabeça? Minha única desculpa é que sou novo nisso e não sei que merda estou fazendo. Bodhi tem razão. Eu amo o Owen, e só quero o melhor para ele, e nunca quis fazer Wren sentir que o que ela deu a ele não é. Tudo o que eu quis em toda a minha vida adulta é uma família que eu pudesse mimar e dar o mundo, e agora que a tenho, nem pensei direito. Simplesmente fui com tudo, sem sequer considerar o passado de Wren ou como isso a faria se sentir.

— A boa notícia é que não havia um Bebidas e Reclamações agendado na noite passada — Palmer me tranquiliza. — Aposto que Wren não reclamou com as garotas, porque assim que chegou em casa, se sentiu uma merda pelo que disse a você.

E aí está, a razão pela qual eu continuei me sentindo mal, porque Wren não reclamou de mim para a irmã e Tess. Bebidas e Reclamações é como uma religião para elas. Aquelas mulheres fazem isso desde quando eram crianças para reclamar de todo mundo que já as irritou ou magoou. Soa tanto com algo que Wren faria que sei que ele deve estar certo. Minha mulher meiga e incrível que tem um coração de puro ouro, que nunca quer fazer nada para deixar alguém bravo com ela, definitivamente se arrependeria das coisas que me disse assim que fosse embora e parasse para pensar em tudo o que aconteceu, e como eu prefiro morrer a fazê-la se sentir que não é boa o suficiente. E eu não fiz nada além de ficar chateado, esperando que ela viesse até mim, porque eu me sentia injustiçado.

*Meu Deus, eu sou um merda.*

— Pelo amor de Deus, ninguém atende a porra do telefone?

Todos nós afastamos o olhar da mesa e vemos Murphy parado lá, parecendo ainda mais irritado do que eu nas últimas vinte horas e quinze minutos.

— O meu está sem bateria. — Bodhi dá de ombros.

— Deixei o meu no carrinho, — Palmer acrescenta.

Viro o celular que deixei no modo silencioso, de tela pra baixo sobre a mesa, vejo cinco chamadas perdidas e duas mensagens de Murphy, em uma das mensagens há apenas um vídeo.

— Bem, enquanto as donzelas aqui estavam sentadas falando sobre *estar naqueles dias*, Kevin, o Filho da Puta, esteve aqui sendo o seu eu idiota de sempre — Murphy resmunga, fazendo meu sangue gelar e meu corpo inteiro ficar tenso de raiva. — Ele já foi até o diretor esportivo e tentou causar um grande alvoroço, dizendo que não é apropriado que a mãe de Owen esteja dormindo com o treinador.

Eu me levanto da banqueta tão rápido que ela voa para trás e cai no chão.

— Calma, garoto. Nós vamos lidar com isso — Murphy me avisa, dando um passo à frente para pressionar uma mão firme no meu ombro. — Você precisa ver o vídeo primeiro para saber tudo com o que estamos lidando.

Mesmo que tudo que eu queira fazer seja sair correndo daqui e encontrar Wren e Owen e ter certeza de que eles estão bem, pego meu celular da mesa, abro a mensagem de Murphy e dou play no vídeo.

Palmer e Bodhi saem de suas banquetas e se juntam ao meu redor para assistir a um vídeo que parece ter sido gravado por um bando de crianças no quintal de uma casa atrás da Girar e Mergulhar. Mesmo que o vídeo tenha sido feito de noite, posso ver claramente a sorveteria atrás deles, mesmo com as luzes apagadas e o local escuro, graças à luz de segurança brilhando de um poste no estacionamento.

— O neto de Sharon Worsham é quem está gravando — Murphy explica quando o vídeo pausa por alguns segundos por causa do Wi-Fi da ilha. — Ele não mostrou a ninguém na hora, porque estava fazendo algo que não deveria com seus amigos depois do toque de recolher e não queria se meter em encrenca.

— Eles estão fazendo o desafio da canela? — Bodhi pergunta, todo animado. — Ah cara, é tão engraçado quando eles começam a tossir e parecem dragões soltando fumaça marrom pelo nariz. Rrraaawwwrrr!

— Eu não sei o que diabos esses idiotas estão fazendo. Apenas preste atenção ao que está acontecendo por trás deles — Murphy ordena.

O vídeo tem menos de um minuto e Palmer é o primeiro a falar quando a gravação termina. Estou com muito medo de abrir a boca, ou vou deixar escapar o rugido gutural que está crescendo dentro de mim e assustar todo mundo aqui.

— Aquele filho da puta é quem vandalizou a Girar e Mergulhar — ele murmura por cima do meu ombro.

Tão claro quanto poderia ser, mesmo que tenha sido gravado bem depois da meia-noite, não muito longe dos adolescentes comendo colheres cheias de canela e se engasgando e rindo muito, está ninguém menos que o filho da puta do Stratford usando um martelo para quebrar o ferrolho da porta dos fundos da Girar e Mergulhar e depois entrar como se fosse o dono do lugar.

— Acho que quando ele ficou sabendo que você e Wren estão namorando e que você está desempenhando um papel importante na vida de Owen, aquela cobrinha ficou irritada — Murphy explica. — Parece que ele pensa que pode provar que Wren é uma mãe ruim ao destruir a loja e falar mal dela por toda a cidade.

— Onde ele está? — rosno, ao tirar a mão de Murphy do meu ombro e me viro na direção da porta.

— Ninguém o viu desde que ele saiu do escritório do diretor esportivo — Murphy corre atrás de mim, com Palmer e Bodhi vindo logo atrás. — Ele pode estar em qualquer lugar de...

O celular vibra na minha mão, e paro bem na frente da porta para olhar para ele, meu coração caindo para meus pés. Se eu não estivesse pensando em todas as maneiras que planejo matar Kevin Stratford, eu provavelmente cairia de joelhos e choraria como um bebê.

TARA SIVEC

> **Amor da Minha Vida:** Me desculpe. Me desculpe mesmo. Eu não quis dizer nada do que disse, só estava com medo, e sendo idiota e ridícula. Ele está aqui. Eu preciso de você, Shepherd. Por favor. Me desculpe.

Sim, se eu não estivesse pensando em tudo que vou fazer para arruinar a vida de Kevin Stratford, nem seria capaz de começar a andar de novo e colocar um pé na frente do outro para sair daqui e ir até a minha mulher. Porque mesmo que Wren ainda esteja assustada e magoada por eu ter ultrapassado alguns limites, o que não foi a minha intenção, ela é a mulher mais forte que eu conheço. Porque apesar da mágoa e dos sentimentos confusos, ela engoliu tudo e me avisou que precisa de mim. O que só me faz me sentir mais idiota ainda por ficar longe dela e não ser capaz de engolir meu próprio orgulho. Eu nunca deveria ter deixado essa mulher se afastar de mim ontem à noite. Eu deveria ter feito Wren falar comigo e chegar à raiz do problema, como um adulto maduro em vez de como uma criança magoada.

— Vou ligar para Tess e dizer a ela para levar o fluido de isqueiro e o maçarico — Bodhi cantarola, enquanto bato a mão na porta de tela, e ela voa para a lateral do prédio.

— Vou ligar para Birdie e dizer a ela para trazer... bem, Birdie. Faz anos que ela quer dar um chute nas bolas do Kevin — Palmer comenta.

— Para quem você vai ligar? — Murphy pergunta enquanto levo o celular ao ouvido, e ele sobe direto no banco da frente do meu carrinho de golfe.

Mesmo que Wren sempre tenha pensado que esta batalha é dela, e eu tenha dito que jamais interviria a menos que ela me pedisse, fiz minhas próprias investigações sobre o idiota que gerou Owen logo depois que conversei com os caras naquela manhã no A Barca. Wren está finalmente me chamando para entrar em campo, e eu não vou estragar tudo. Sei muito bem o que preciso fazer para acabar com essa merda de uma vez por todas, para que ela e Owen enfim possam ter um pouco de paz.

— Vou usar meu maldito dinheiro do jeito *certo* desta vez, sem ultrapassar nenhum limite — digo a Murphy, quando a ligação para uma empresa de fundos de investimentos na Carolina do Norte é atendida.

# CAPÍTULO 20

## "ISSO FOI JOGO SUJO."

*wren*

— Você não sabia que ele está indo mal em matemática? Por que não estou surpreso? — Kevin pergunta, presunçoso, e eu apenas suspiro e olho para o meu celular pela décima vez.

*Bem feito para mim que Shepherd não esteja respondendo. Meu Deus, eu fui tão terrível com ele ontem à noite.*

— Eu não estou indo mal! — Owen grita com raiva, e eu logo desvio o olhar do telefone e coloco um braço tranquilizador em volta dos ombros do meu filho, irritada por Kevin ter nos emboscado quando estávamos jogando beisebol no jardim da frente.

Jogar beisebol com Owen sempre me acalma e deixa tudo melhor. A cada ano que ele fica mais velho e precisa cada vez menos de mim, não importa o que eu esteja fazendo, sempre vou parar tudo quando ele me entrega a luva e me pede para jogar algumas bolas para ele. Por alguns minutos, posso relaxar no jardim e fingir que ele não está crescendo bem diante dos meus olhos, e tudo o que vejo parado do outro lado é aquele garotinho que apoiava a cabeça no meu colo enquanto assistíamos a um filme, e que não me deixava dormir até que eu lesse para ele três histórias de ninar.

Por alguns minutos esta noite, fui capaz de esquecer o erro *estúpido* que cometi ontem à noite com Shepherd. Passei o dia todo me criticando por isso, tentando encontrar as palavras certas para pedir desculpas e esperar que ele me perdoe por dizer coisas tão dolorosas e insensíveis que eu nunca quis dizer, e então Kevin teve que vir e arruinar tudo.

*E agora estou com dor de cabeça, porque ele não cala a boca.*

— Eu *não* estou indo mal, mãe — Owen me tranquiliza, olhando para mim com olhos preocupados e suplicantes, e eu só quero dar um soco na cara nojenta de Kevin por fazer meu bebê se sentir assim. — Tirei seis na minha última prova, o que abaixou a minha média, mas já enviei uma mensagem para Chris, e ele virá amanhã e começará a me ajudar de novo com a matéria. Eu ia dizer para você, eu juro.

— Eu sei — digo a ele baixinho, lhe dando um sorriso reconfortante e apertando meu braço em torno de seus ombros com mais força. — Está tudo bem.

— Talvez se você não trabalhasse tanto ou passasse tanto tempo dormindo com o treinador dele, saberia quais eram as notas do nosso filho — Kevin zomba.

— Vai se ferrar — Owen rosna na mesma hora, e tenho que apertar com mais força quando ele tenta atacar.

— Boas maneiras você ensinou a ele.

— Ah, cala essa merda de boca, Kevin — eu finalmente murmuro, passei os últimos dez minutos ouvindo esse cara me repreender na frente do meu filho, falando das minhas habilidades de mãe e da vadia que sou; já deu.

— Nossa, muito bom, Wren. Que *excelente* modelo você é — Kevin bufa, nem mesmo percebendo o quanto está sendo hipócrita, enquanto fica parado no meio da porra do *meu* jardim, na *minha* ilha, com seu terno de linho idiota e os mocassins sem meias e com tanto produto alisando o cabelo para trás que eu gostaria que Tess estivesse aqui com um isqueiro.

— Owen, vá para dentro.

— Mas eu...

— Vá para dentro!

Posso contar nos dedos quantas vezes levantei a voz com o meu filho, e Owen sabe quando estou falando sério. Apenas para ter certeza de que ele saiba que minha raiva não é direcionada a ele, eu rapidamente me inclino e pressiono meus lábios ao lado de sua cabeça. Respiro fundo, sentindo o cheiro de seu cabelo fresco do banho que ele tomou antes de virmos aqui para jogar, e sussurro em seu ouvido:

— Eu amo você. Eu cuido disso, prometo. Vá para dentro.

Owen afasta a cabeça para olhar para mim, e eu sorrio para ele, tirando meu braço de seus ombros e levantando meu punho para ele dar um soquinho e um sorriso torto. Então ele se vira e começa a se afastar de mim, meu coração se enche de orgulho e me faz lembrar que não importa o que Kevin diga, eu fiz um excelente trabalho criando meu filho.

Pela primeira vez, estou feliz por Owen não ser criança quando ele bate o ombro no de Kevin o mais forte que pode enquanto passa por ele, o que me faz soltar um bufo para disfarçar a risada. Especialmente quando Kevin xinga de dor como um bebezão e começa a esfregar o braço. Assim que Owen sobe os degraus e a porta se fecha atrás dele, solto as rédeas da minha raiva. Não queria que meu filho visse a mãe perdendo a cabeça. Olho para o meu celular silencioso uma última vez, fecho os olhos e respiro fundo.

*Ok, eu posso fazer isso. E de qualquer maneira, essa briga não é dele.*

— Deixe-me dizer o que vai acontecer, agora que...

— Caso você não tenha me ouvido da primeira vez, cala a boca — interrompo Kevin, e abro os olhos devagar. — Sim, eu trabalho muito, e sim, eu não sabia que Owen tinha tirado nota baixa na prova de matemática que foi *hoje de manhã*, porque eu estava no trabalho. Mas onde você esteve nos últimos quinze anos, porra? Você nunca deu a mínima para o *meu* filho, então não finja que se importa agora. Você só está se sentindo ameaçado, porque outra pessoa apareceu para ocupar o lugar que você nunca mereceu. Ele é melhor do que você, e é mais gentil do que você, e só pensa na felicidade de Owen em vez de nas próprias merdas, e meu Deus, eu amo aquele homem por isso. *Porra!* Você é um puta de um merda!

Jogo as mãos para cima, frustrada, porque não importa o que eu diga para este homem; nada vai fazer sentido na cabeça narcisista de merda dele.

— Você com certeza fala muito, bancando a durona sendo que, na verdade, chamou a cavalaria, porque você é *fraca* — Kevin murmura, e aponta com o queixo para atrás de mim.

Antes que eu possa perguntar de que porra ele está falando, eu me viro e vejo Shepherd atravessar o meu gramado, com Palmer, Bodhi e Murphy não muito atrás dele, ao mesmo tempo que Tess e Birdie estacionam no meio-fio com o carrinho de golfe de Tess.

Os olhos de Shepherd estão grudados nos meus enquanto ele se move. Meu coração está acelerado por ele estar mesmo *aqui*, e tenho tempo suficiente para travar meus joelhos e me preparar antes que ele venha direto para mim, fechando seus braços a meu redor e colando os lábios nos meus. Meus braços sobem para envolver os seus ombros, e me agarro a ele o mais forte que posso, choramingando em sua boca quando ele me beija, mergulhando a língua lá e machucando meus lábios com a força de seu beijo.

— Hum, olá? Estávamos no meio de uma discussão.

A reclamação irritada de Kevin faz Shepherd afastar a boca da minha com um rosnado enquanto deslizo minhas mãos para apoiá-las em seu peito e sentir a batida constante de seu coração sob minha palma, me assegurando de que ele está mesmo aqui e eu não tenho que fazer isso sozinha. Eu sei que posso, só não *quero*. Shepherd mantém o olhar no meu conforme me solta e traz as mãos para cima para segurar minhas bochechas.

— Desculpe o atraso, o trânsito estava horrível. — Shepherd sorri para mim, me fazendo rir e balançar a cabeça, sabendo que ele provavelmente passou por no máximo dois carrinhos de golfe para chegar aqui. — Você está bem?

— Agora, sim. Só estou com uma dor de cabeça que pesa cerca de oitenta quilos, fede a desodorante Axe e não cala a porra da boca.

Shepherd ri, e eu apenas encaro seus olhos azuis me olhando com tanto amor, me perguntando como eu pude comparar esse homem com Kevin.

— Você veio — sussurro, finalmente sentindo que posso respirar de novo agora que ele está bem na minha frente e não me odeia pelo que eu disse ontem à noite.

— Claro que vim. Eu deveria ter vindo mais cedo. Me desculpe.

— Não. — Balanço a cabeça, segurando a frente de sua camisa. — *Eu* que peço desculpas. Você não tem nada a ver com ele, e eu nunca deveria ter dito isso para você. Eu estava com medo, e senti como se estivesse perdendo o Owen, o que não tem nada a ver com você nem com dinheiro nem com a coisa incrível você fez por ele, mesmo que eu ainda esteja meio chateada por você não ter conversado comigo primeiro, e isso nunca pode acontecer de novo, e eu juro por Deus que se meu bebê se mudar para a Califórnia, eu vou te estripar como um peixe.

— E eu vou te entregar a faca com todo prazer. — Shepherd ri baixinho, abaixando a cabeça para apoiar a testa na minha conforme seus polegares roçam minhas bochechas.

— Eu sinto muito por ter soltado os cachorros em você daquela maneira. Fiquei repassando na minha cabeça toda a merda que eu escutei durante anos e descontei em você.

— Voz da razão aqui, pessoal! — Bodhi grita, encostado no carrinho de golfe de Kevin.

— Que putinha fraca.

Tenho que travar os joelhos mais uma vez e empurrar o peito de

Shepherd quando ele tira as mãos do meu rosto e tenta passar por mim para chegar a Kevin.

— Ei, cavaleiro de armadura brilhante — digo baixinho, levando uma das mãos para o rosto de Shepherd para fazê-lo olhar para mim em vez de para o idiota que não consegue manter a boca fechada. — Eu cuido disso. Deixe a rainha cuidar dessa.

Shepherd finalmente olha para mim, o canto de sua boca se inclinando devagar até que eu consigo ver sua covinha, e todo aquele fogo e raiva assassina que ele estava mirando em Kevin desaparece de seu rosto.

— Como você desejar, minha rainha — Shepherd responde baixinho, sorrindo para mim ao dar um passo para trás e fazer um movimento gracioso com o braço, me indicando a direção de Kevin.

Eu só quero beijar aquela boca de novo, mas primeiro tenho que levar o lixo para fora. Eu me viro, com Shepherd às minhas costas, e o resto da minha família e amigos ao meu redor, me apoiando, olho para o homem que me fez sentir uma merda por muito tempo, finalmente entendendo que ele não tem nenhum poder nem nenhum controle sobre mim, a menos que eu dê a ele. E já estou farta desse idiota. Ainda mais quando tenho um homem como Shepherd atrás de mim, certificando-se disso.

— Saia desta ilha e não volte — digo a Kevin, e cruzo os braços.

— Eu não vou ficar parado e deixar um jogador de beisebol velho e esquecido pegar o que é meu.

— Ah, alto lá — Shepherd fala atrás de mim. — Me aposentei há *um* mês. Não vou aceitar ser chamado de velho e esquecido por *pelo menos* cinco anos.

— Aaaah, é melhor diminuir para quatro — Palmer grita da calçada, onde ele está com o braço em volta da cintura de Birdie, parecendo estar tentando contê-la assim como fiz com Shepherd. — As irmãs Bennett são exaustivas.

Todos riem quando Birdie dá uma cotovelada na barriga de Palmer, e então Kevin sente a necessidade de abrir a boca e estragar tudo *de novo*.

— Caso você esteja esquecendo alguma coisa, eu sou o pai dele, e existem leis que impedem essa puta patética de me manter longe do meu filho.

Eu apenas suspiro, já acostumada com essas palavras, mas preciso levantar a mão e colocá-la no peito de Shepherd quando ele rosna e dá um passo para mais perto das minhas costas. Sei que ele deve estar morrendo por eu não deixá-lo reorganizar o rosto de Kevin, mas amo que ele esteja atrás de mim e me deixando lutar esta batalha.

TARA SIVEC

— Sério? Você é o pai dele? — pergunto a Kevin, dando um passo em sua direção. — Qual é a cor favorita do Owen? A comida favorita? O lanche preferido? Que jogo de videogame ele joga mais do que qualquer outro? Qual foi a primeira palavra que ele falou? Qual o tamanho do sapato do garoto? O que ele sempre pede quando está doente? Quem é o professor favorito dele?

Kevin abre e fecha a boca, incapaz de responder nem mesmo a uma maldita pergunta sobre o próprio filho, assim como eu sabia.

— Verde neon. O espaguete e o pão de alho caseiro da mãe dele, mas tem que ser macarrão cabelo de anjo, senão é nojento. Salgado é Doritos Cool Ranch, e doce é uma barra de chocolate Hershey com amêndoas. MLB The Show 20, embora ele ainda jogue Fortnite, mas nunca admitirá isso para outra alma viva. "Titi", abreviação de tia, o que deixou tia Birdie delirantemente feliz e a mãe, nem tanto. Tamanho quarenta. Uma Sprite com um canudo e biscoitos Goldfish, mas têm que ser colocados na tigela de plástico do Bob Esponja. E a sra. Schneider — Shepherd fala, sem perder o ritmo e sem nem mesmo parar para pensar.

*Meu Deus, eu amo tanto esse homem.*

— Você é só o treinador e está comendo a mãe dele. — Kevin, mais uma vez, ataca com sua triste tentativa de me fazer me sentir mal. — É claro que você sabe muitas coisas sobre ele, já que está perto do garoto o tempo todo.

— E quem é o culpado disso? — revido. — Ninguém além de você mesmo. Você teve quinze anos para ser pai daquele garoto incrível e maravilhoso que está dentro daquela casa, para conhecê-lo, e você escolheu não fazer isso. A maneira como um homem trata a mãe de seu filho diz muito sobre ele. Você nunca escondeu o que sente por mim quando estava na frente dele, e isso ficou bem claro ao longo dos anos. A culpa é sua que Owen não aguenta nem olhar para você nem estar no mesmo ambiente que você, não minha, e certamente não de Shepherd, que é mais homem do que você jamais poderia esperar ser e não fez nada além de nos amar e cuidar de nós, e nunca nos faz sentir como se não fôssemos bons o suficiente para ele. Então, pela última vez, tire essa sua cara narcisista desta ilha e fique bem longe de mim e de Owen. Ele tem um pai agora, e certamente não é você.

Todos no jardim começam a aplaudir e assobiar quando termino meu discurso, mas fico parada e em silêncio enquanto o rosto de Kevin fica vermelho como pimentão e suas mãos se fecham em punhos ao lado do corpo. Em silêncio, observo a raiva crescer nele, sabendo que algo super-respecial está prestes a sair de sua boca, porque ele não gosta *nada* de ser envergonhado na frente de outras pessoas.

— Ah, sua piranha desgraçada!

— Não. — Às minhas costas, e sem perder tempo, Shepherd diz isso com toda a calma do mundo.

Com um esbarrão suave no meu ombro para me empurrar para fora do caminho, ele dá três passos gigantes para a frente, levanta o punho e dá um soco bem na cara de Kevin.

Há um *"Oooh"* coletivo de dor que vem de todos que estão no jardim.

— Seu *idiota*! Você quebrou a porra do meu nariz! — Kevin geme, com a voz abafada, curvado com as mãos no rosto e sangue escorrendo por entre os dedos.

Shepherd apenas balança a mão e se vira com um sorriso ao caminhar de volta para mim.

— Desculpe, minha rainha. Eu não poderia deixar essa passar.

— Você está perdoado — digo a ele, sorrindo. — Como está sua mão?

Shepherd me deixa pegar sua mão e levá-la à boca para um beijo rápido, para fazer a dor ir embora.

— Doendo pra caramba, mas não tanto quanto a cara dele. — Shepherd dá uma piscadinha, apontando o polegar por cima do ombro, para Kevin, que agora está pirando por causa das manchas de sangue em sua camisa cara.

— Você sabe quem é meu pai? — Kevin grita, enquanto Shepherd e eu ficamos parados olhando um para o outro com um sorriso bobo no rosto. — Você vai se ferrar, seu merda! Ai, meu *Deus*, eu vou acabar com você! — Ele apenas ri como um maníaco enquanto seu celular começa a tocar no bolso.

— Eu sei que você tem isso sob controle, linda, mas se importa se eu der mais um golpe, pelos velhos tempos? — Shepherd pergunta, me fazendo pensar como eu sobrevivi sem ele na minha vida.

— Fique à vontade, Oliver.

Com um beijo na ponta do meu nariz, Shepherd se vira e coloca o braço em volta dos meus ombros, inclinando-se casualmente em mim enquanto o celular de Kevin continua a tocar.

— Na verdade, eu conheço seu pai, Kevin — Shepherd diz a ele, com uma expressão divertida no rosto, ao levantar a mão para observar as unhas, me fazendo rir. — Tivemos uma conversa muito agradável enquanto eu vinha para cá. Acontece que Roger Stratford é um *grande* fã dos Hawks, e ele ficou muito feliz por receber um telefonema do bom e velho Shepherd Oliver. Por coincidência, um de seus jogadores favoritos dos Hawks. Mas não podemos culpá-lo por isso, não é? Eu meio que sou importante. Você entende isso?

Shepherd faz uma pausa para olhar para o bolso de Kevin, onde o celular ainda está tocando, e então dá de ombros.

— Enfim, ele não estava muito feliz com todas as besteiras que o filho estava fazendo, e não ficou nada feliz com a situação da Girar e Mergulhar, seu menino travesso. — Shepherd ri e balança o dedo para Kevin.

— Você só pode estar de brincadeira! Foi ele mesmo que invadiu a sorveteria? — murmuro, olhando para Kevin, que agora está começando a ficar em um alarmante tom de verde conforme Shepherd continua a falar.

— Acontece que faz anos que o homem está tentando conseguir ingressos para a temporada e não consegue. Mas não se preocupe, Kevin! Eu tomei providências para o papai. Ele tem ingressos para a temporada, bem atrás do *home plate*, pelo resto da vida, além de um passe de imprensa para entrar no vestiário quando quiser. Sério, talvez seja melhor você atender esse telefone agora.

O toque finalmente para quando Kevin tira o aparelho do bolso com a mão trêmula, levando-o à orelha. Seus olhos se arregalam e se enchem de lágrimas, e ninguém diz uma única palavra até que Kevin de repente sai correndo do meu jardim.

Bodhi, Tess, Palmer e Birdie se afastam do carrinho de golfe enquanto ele entra com o celular ainda no ouvido, e arranca tão rápido que quase bate no carrinho de Tess estacionado no meio-fio. Só quando ele está fora de vista é que todos finalmente inclinam a cabeça para trás e riem.

— E isso, senhoras e senhores, é o que acontece quando o papai coloca você de castigo e tira o seu iate e seu Porsche e, em seguida, ameaça cortar o resto do seu dinheiro.

Quando Shepherd se inclina para me dar um beijo, eu rapidamente levo minha mão até sua boca para detê-lo.

— Só um momento, garotão. Eu preciso entrar e chamar o Owen.

Sabendo que não há como comemorar o que aconteceu aqui sem meu filho presente, eu me viro e corro de volta para casa, me sentindo mais feliz e mais leve do que em muito tempo.

Oitenta quilos mais leve, para ser exata.

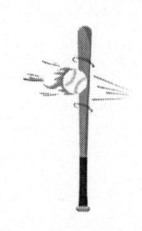

# CAPÍTULO 21

## "UMA TACADA E UM ACIDENTE."

*shepherd*

Eu nem presto atenção à comemoração acontecendo atrás de mim. Fico apenas parado no meio do jardim de Wren olhando para a porta da frente, por onde ela passou alguns minutos atrás, com um grande sorriso no meu rosto. Me seguro, não querendo me mover um centímetro até que ela e Owen venham para fora.

Até que *minha família* venha para fora.

*"Ele é melhor do que você, e é mais gentil do que você, e só pensa na felicidade de Owen em vez de nas próprias merdas, e meu Deus, eu amo aquele homem por isso."*

As palavras que ouvi Wren dizer a Kevin quando cheguei aqui e comecei a atravessar o jardim dela se repetiam na minha mente, junto com a parte em que ela disse a ele que o pai de Owen estava aqui agora, e certamente não era ele.

Porra, essa mulher pode me fazer me sentir como o rei do mundo com apenas algumas palavras perfeitas, e estou tão orgulhoso dela pela maneira como lidou com as coisas hoje. Só quando ouço Tess e Birdie xingarem alto é que me viro da minha vigília feliz olhando para a porta de Wren.

Bem quando um corpo bate no meu e uma boca cola nos meus lábios. Há um momento de confusão quando envolvo os braços ao redor da mulher e me pergunto como Wren saiu de casa e apareceu atrás de mim tão rápido. E então percebo que os lábios de Wren não são tão pegajosos, seu corpo não é tão ossudo, ela não se afoga em um perfume com cheiro tão ruim que me dá dor de cabeça, de jeito nenhum Tess e Birdie estariam gritando se Wren estivesse me beijando, *e puta merda, o que está acontecendo agora... eu sei exatamente quem é!*

— Você só *pode* estar de sacanagem!

Um grito da mulher que eu *deveria* estar beijando me fez acordar e me afastar da boca nojenta e pegajosa que estava na minha. Bem a tempo de ver uma Wren seriamente irritada, de pé na porta de casa, logo antes de voltar para dentro e bater a porta.

— Que *porra* é essa, Alana? — grito, minha cabeça se vira para o maior erro que já cometi na porra da minha vida conforme a empurro para longe de mim e dou vários passos para trás ao limpar aquele brilho labial idiota dos meus lábios.

— Me solta! *Eu vou acabar com ela!* — Birdie grita da calçada, enquanto Palmer está atrás dela, com os dois braços em volta de seu corpo agitado.

Tess se limita a enfiar a mão no carrinho de golfe e pegar um maçarico, girando o botão até que o gás saia do bocal e logo aperta o gatilho de ignição, e o fogo sai da ponta enquanto ela sorri serenamente para a minha ex.

— Você tem ideia da imundice daquela balsa? — Alana reclama, olhando para o celular na mão, sem nem perceber que está a cerca de trinta segundos de pegar fogo. — Você poderia pelo menos ter enviado um iate para me buscar se me queria aqui.

— Que. Merda. Você. Está. Fazendo. Aqui? — grito de novo, me perguntando se estou em outra dimensão. — É o Dia Nacional dos Ex-Namorados e ninguém me contou? Devo usar alguma hashtag? Por que eu sinto que estou na pior comédia romântica já inventada? Quem está escrevendo essa merda?

Examino o rosto de todo mundo ali no jardim, mas todos olham para mim com expressões vazias, a não ser por Tess, que parece que vai começar a transar com o maçarico.

— Ah, não seja assim, Sheppy — Alana murmura, me deixando irritado de verdade. Violentamente irritado. — Aquele seu amigo, Kevin alguma coisa... Ele me enviou uma mensagem no Instagram e me disse o quanto você sentia minha falta e que estava com vergonha de me dizer por si mesmo.

— Maldito Kevin — murmuro, balançando a cabeça e então olhando para a mulher parada na minha frente com seus seios, dentes, lábios e cabelo falsos, e tanto plástico no corpo que ela *realmente* deveria se preocupar com aquele maçarico, e não comigo.

Não posso acreditar que pensei por um segundo sequer que ela poderia tomar o lugar de Wren. Minha Wren perfeita, linda, meiga e macia que tem gosto do paraíso e que talvez *nunca* me perdoe por abrir a porta e ter que me testemunhar beijando essa mulher *de novo*.

Droga!

— Olha, Alana, você precisa dar o fora daqui. *Agora* — digo a ela, nem mesmo dando a mínima se feri seus sentimentos. Preciso entrar naquela casa e ter certeza de que Wren está bem. — Eu não quero você aqui, eu nunca quis você aqui, e *nunca* vou querer você aqui. A única mulher que eu sempre vou querer está dentro daquela casa, provavelmente devastada e...

— Ah, merda — escuto Palmer murmurar com uma risada, me fazendo desviar o olhar de Alana.

E meu pau fica duro na mesma hora.

Porque depois de tudo pelo que ela passou e depois de tudo o que aconteceu aqui esta noite, eu deveria saber que Wren não ficaria arrasada ao abrir a porta e me encontrar beijando Alana. Ela ficaria *puta*.

— É melhor você correr, vadia. — Birdie ri enquanto todos nós assistimos Wren descer os degraus da varanda, girando casualmente o taco de beisebol de Owen em sua mão enquanto caminha, igual àquele vampiro Jasper do filme *Crepúsculo*, que ela me fez assistir após o incidente do glitter, estampando no rosto um sorriso maligno parecido demais com o de Tess.

Na verdade, solto um gemido, e meu pau pulsa no calção quando Wren desce da varanda e bate a ponta do taco no calcanhar de cada pé calçado de tênis enquanto vem em nossa direção, como uma profissional tirando a sujeira das chuteiras. Como eu fiz um milhão de vezes, e *puta merda*, eu quero jogá-la no chão e comer essa mulher até cansar de tão gostosa que ela é. Wren parece uma Harley Quinn mega sensual entrando em uma sala cheia de inimigos para acabar com eles sem nem suar a camisa.

— Querida — digo gentilmente ao me afastar de Alana. — Você está bem?

— Estou ótima, meu bem! — Wren sorri ao passar por mim, envolvendo ambas as mãos ao redor do punho do taco e colocando-o por cima do ombro conforme caminha. — Você veio para a porra da ilha errada, na porra do dia errado, e *beijou a porra do cara errado, vadia*.

— Ah, merda... — murmuro, observando Alana começar a andar para trás tão rápido que tropeça nos próprios pés. Wren se eleva para dar uma tacada na cabeça dela.

Tenho apenas tempo suficiente para correr os poucos passos que Wren deu para longe de mim, envolver meus braços ao redor de seu corpo por trás, e levantá-la do chão logo antes que ela dê o golpe. Wren se contorce e luta nos meus braços, xingando e rosnando tão alto que faz Tess desligar o maçarico e se esconder atrás de seu carrinho de golfe.

— Tudo bem! Eu vou embora! De qualquer maneira, essa ilhazinha é uma merda, e nem tem Starbucks — Alana reclama com um bufo, jogando o cabelo loiro por cima do ombro enquanto se vira e vai embora.

— Ai, meu Deus, adorei os seus sapatos! — Tess diz para Alana quando ela passa, fazendo-a parar e sorrir.

— Sério? Obrigada!

— Não — Tess diz, e para de sorrir. — Cai fora. Você é uma idiota de nariz empinado.

— Dane-se — Alana murmura, indo para a rua, reclamando sobre esse lugar ser inútil e que não tem nem Uber.

Quando finalmente sinto que é seguro colocar Wren no chão, afrouxo meu aperto em torno dela, colocando-a de novo sobre os próprios pés. Ela joga o taco na grama antes de se virar em meus braços.

— Obrigada por me parar. Eu teria me sentido mal se eu realmente batesse nela. Você sabe... mais tarde. Em mais ou menos uma semana.

— Eu sei. — Rio, estendendo a mão para tirar uma longa mecha de cabelo de seu rosto, que caiu de seu coque bagunçado. — Eu amo você, muito — digo a ela. — Que bom eu ter te impedido, ou isso poderia ter sido uma tacada e um acidente.

Wren simplesmente balança a cabeça com o meu trocadilho ruim enquanto eu inclino a cabeça para ela. Na mesma hora, sou parado com uma palma pressionada na minha testa.

— Ah, não. De jeito nenhum, amigão. Você não vai me beijar com essa boca de novo até que todo o seu corpo passe por uma desinfecção de periguete — ela me avisa, olhando para meus lábios com desgosto pela primeira vez desde que cheguei a Summersweet, e eu apenas rio.

— Podemos pedir pizza? Todo esse drama me deixou com fome — Owen reclama ao sair de casa, descer os degraus da varanda e vir até nós.

— Tudo deixa você com fome — Wren lembra a ele.

— Estou em fase de crescimento e preciso ser apropriadamente alimentado, de hora em hora. — Ele dá de ombros quando chega até nós, e eu estendo o punho para ele, mas Owen apenas mantém as mãos nos bolsos da frente.

— Não até você passar por uma desinfecção de periguete.

— Owen! — Wren ri.

— Nem ouse nos culpar por isso! — Birdie diz, enquanto ela e Palmer vêm se juntar a nós, assim como Tess e Bodhi e Murphy, e Owen finalmente ri e bate o punho no meu.

— Não se atreva a gritar com o meu garoto perfeito — Murphy resmunga, ao passar o braço em volta dos ombros de Owen. — É melhor alguém decidir sobre o jantar, e rápido. Eu preciso tomar meu remédio.

— O que eu perdi?

Nos viramos quando Laura vem correndo pela calçada.

— Você quer dizer a ela, ou quer que eu diga? — Birdie pergunta a Wren.

— Ela é toda sua — Wren responde na hora, deixando outra pessoa cuidar de algo para ela, enquanto eu entrelaço meus dedos nos seus e todos nós começamos a entrar na casa.

— Ainda há tempo de mudar de ideia — Wren me avisa ao subirmos os degraus atrás de todos, enquanto Palmer pede pizza, e Birdie começa a contar tudo para a mãe. — Você não ganha apenas Owen e eu; é o pacote completo, toda essa bagunça e a comitiva de malucos.

— Mas eu não gosto de linguiça! Tess, diz a eles que não gosto de linguiça! Eu não vou comer se tiver linguiça, e você não pode me obrigar! — Bodhi reclama de dentro da casa enquanto paramos bem na frente da porta aberta.

— Eu gosto de bagunça — lembro a ela.

— Eu amo você, caso ainda não esteja óbvio — Wren sorri para mim.

— Eu sei. Quer dizer, eu *sou* meio que importante.

— Ai, meu Deus. — Ela ri, revirando os olhos, e agarra minha mão e me puxa para dentro da casa.

Uma casa cheia de amor, e pessoas, e barulho, e onde posso desfrutar do primeiro de muitos jantares com a família pela qual esperei a vida toda.

TARA SIVEC

# EPÍLOGO

*wren*

*Duas semanas depois...*

Shepherd: Me lembre de novo quanto de cobertura vai em um flurry.

Wren: Quatro conchas. Tem certeza de que você vai conseguir encarar esse turno sozinho? Consigo chegar aí em cinco minutos.

Shepherd: Estou bem. Assim como eu estava bem nos últimos três turnos que trabalhei. A Girar e Mergulhar ainda está de pé, e ninguém morreu. Você não deveria estar assistindo a um filme com as garotas e relaxando?

Wren: Você esqueceu que Birdie quer falar dos planos para o casamento hoje à noite? Não haverá relaxamento.

Shepherd: Ai, Deus. Ela levou os fichários?

Wren: Os fichários, vinte e sete vestidos de madrinhas para experimentar, cada um mais hediondo que o outro, e já vi tantos estilos de convite que disse a ela para convidar todo mundo via e-mail. Acho que não vou ser mais madrinha. É isso. É assim que eu morro.

Shepherd: A gente precisa convidar a sua irmã para o nosso casamento?

Wren: Espera, o quê???!!!

Palmer: O que todo mundo vai usar esta noite?

Bodhi: Hum, uma camiseta e bermuda. Nós não temos que ir de terno e gravata, né?

Tess: Você NÃO vai vestir camiseta e bermuda para a primeira entrevista de Shepherd desde que ele se aposentou. Vou encontrar algo legal para você usar.

Shepherd: Vocês podem ir como quiserem. Wren e eu estaremos no banco de reservas no campo de beisebol do ensino médio, e a ESPN quer todos os outros sentados nas arquibancadas para as filmagens.

Wren: Nem a pau você vai com aquele terno roxo que colocou na cama hoje de manhã. Já coloquei na pilha para doar para caridade.

Shepherd: Droga!

Bodhi: Pode apostar! Vou vestir a minha camiseta do Dave Matthews.

Tess: A camiseta é da turnê de dois mil e um. Você não vai vestir essa coisa, pelo amor de Deus. Pare de agir como uma criança.

Wren: Seja legal, Tess. Deixe o Bodhi vestir a camiseta. Só não deixe o cara usar um daqueles vestidos de madrinha horríveis HAHA!

Tess: Já queimei três deles HAHAHA!

Birdie: As bonitas sabem que eu estou neste grupo, certo?

**TARA SIVEC**

*Três semanas depois…*

Shepherd: Que tal uma gastança na Nike?

Wren: Não.

Shepherd: Eu poderia alugar o parque de diversões favorito dele!

Wren: Não.

Shepherd: Que tal um carrinho de golfe só dele?

Wren: Eu vou ter que dizer sim a uma dessas ideias de presentes de aniversário para o Owen, ou você vai continuar me dando sugestões ainda maiores e mais extravagantes, não é?

Shepherd: Agora você está entendendo! Me deixe mimar o garoto, Wren. Eu não vou fazer isso em todas as ocasiões especiais. Só nessas primeiras.

Wren: Tudo bem. Mas, neste fim de semana, ele vai fazer só quinze. Ainda tem mais um ano antes de discutirmos a compra do carrinho de golfe dele. E apenas em ocasiões importantes, Shepherd Christopher Oliver.

Shepherd: Eu NÃO vou devolver o jet ski que comprei para ele no Dia Nacional do Sundae, então você vai ter que lidar com isso.

Wren: Isso nem existe.

Shepherd: É dia onze de novembro. Estou decepcionado com você. Uma dona de sorveteria deveria conhecer o próprio feriado nacional.

*Cinco semanas depois...*

> Mãe: Vejo que você levou uma surra de pau ontem à noite.

> Wren: MÃE!

> Mãe: Não voltaram a arrombar a loja desde que Shepherd instalou um sistema de segurança semelhante ao de Fort Knox, e ainda assim, há colheres, copos e tigelas por todo o chão.

> Wren: Bem, eu não sei o que dizer. Shepherd e eu fomos jantar com os pais dele no continente ontem à noite. Pode ser que VOCÊ tenha feito a bagunça desta vez.

> Mãe: Ah, merda, é isso mesmo! Eu que fiz HAHA! Uau, bebi muito vinho ontem à noite. Agora estou me lembrando de tudo. Stuart é um amante muito selvagem. Talvez precisemos substituir uma das prateleiras da câmara frigorífica. Não sabia que tínhamos quebrado isso também.

> Emily: S-E-X-O! Vaaaai, sexo! Vaaaaai, Laura!

> Wren: Não a encoraje, Emily!

> Wren: Eu nem quero saber por que você estava na câmara frigorífica.

> Mãe: A estimulação do mamilo é muito mais fácil em um freezer.

> Emily: É o mesmo Stuart que fez aquela coisa com as uvas e os dedos dos pés?

TARA SIVEC

Mãe: Não, aquele era Stuart Franklin. Este é Stuart Larson, aquele que consegue dobrar a língua durante o oral.

Shepherd: Por favor, pelo amor de Deus, alguém me tire deste grupo.

Wren: Eu consigo nadar nessa hidromassagem!

Shepherd: Eu sei, linda.

Wren: Você VIU a sala de cinema???

Shepherd: Sim, amor.

Wren: Meu Deus, você vai chorar horrores assistindo Campo dos Sonhos nessa coisa. É enorme!

Wren: Isso é o que ela disse HAHA!

Wren: PORRA, VOCÊ VIU O CLOSET??? Posso colocar um caminhão aqui dentro.

Shepherd: O que você acha? Será que é grande o suficiente para você, eu e Owen?

Wren: Shepherd, esta casa é grande o suficiente para metade da ilha morar aqui. Eu não posso acreditar que a Dona Abigail e o marido estão vendendo este lugar e se mudando para a Costa Rica.

Shepherd: Eu não queria fazer uma oferta até que você desse uma olhada. A decisão é sua, Wren. Se você não gostar, eu construo qualquer coisa que você quiser.

uma TACADA e um ACIDENTE

Wren: Eu amei, e amo você. Você é maluco, e esta casa é muito grande e extravagante, mas meu Deus, estou apaixonada pela cozinha, é tão bonita. Você sabia que tem uma torneira em cima do fogão? Tipo, para que isso serve?! Eu não sei, mas já preciso. Se apresse e vem logo da casa da sua irmã para que possamos contar ao Owen e eu te mostrar o quanto te amo.

*Dois meses depois...*

Wren: Já faz muito tempo desde que seu pau esteve dentro de mim. Faz ideia de como eu fico molhada só de pensar nisso? Eu amo esse tamanho todo, esticando e enchendo minha boceta apertada e molhada.

Shepherd: Meu Deus, mulher.

Wren: Você gosta, lindo? O que você acha de eu deslizar a mão dentro da minha calcinha? Eu passaria os dedos por toda essa umidade e empurraria dois deles bem devagarinho para dentro de mim, desejando que fosse você, empurrando e bombeando e me enchendo tanto.

Shepherd: JESUS CRISTO, MULHER! Você está tentando me matar???

Wren: Você pode sentir o quanto minha boceta está apertada e molhada ao redor do seu pau grande e duro? Lembra da semana passada quando entramos escondidos no campo de beisebol depois que anoiteceu, quando estava vazio e as luzes estavam todas apagadas? Lembra que eu montei no seu colo no banco e que não estava usando calcinha por baixo da saia? Meu Deus, foi tão bom sentar em suas coxas firmes e fortes, enquanto você agarrava minha bunda e eu descia meu corpo, lentamente, no seu pau duro e bonito.

**TARA SIVEC**

— Wren — Shepherd rosna, em advertência.

— Não, continue, estava ficando bom.

Shepherd e eu olhamos por cima dos ombros e vemos Bodhi sentado bem atrás de nós nas arquibancadas, se inclinando para frente e enfiando pipoca na boca. Shepherd estende a mão e pressiona a palma na testa de Bodhi para fazê-lo se afastar antes de se virar para olhar para mim com uma de suas sobrancelhas arqueadas.

— Ok, então talvez o jogo de futebol americano de sexta-feira à noite na escola seja um mau momento para testar minhas novas habilidades de sexo por telefone. — Dou de ombros, e guardo o celular no bolso da frente do meu moletom.

Shepherd faz o mesmo, e deslizo meu braço pela dobra de seu cotovelo para me aconchegar mais perto dele enquanto ele beija o topo da minha cabeça, e voltamos a assistir ao jogo. O terceiro tempo acabou de começar e, agora, os Summersweet Wildcats estão vencendo por um ponto. Ir aos jogos de futebol americano de sexta à noite é uma tradição, mesmo que não tenhamos familiares que joguem. Eu adoro os meses quentes de verão, mas na verdade adoro *muito* os meses frios de outono e inverno, quando podemos usar suéteres e acender fogueiras e nos aconchegar para os jogos de sexta à noite.

— Você está com inveja que Birdie e Palmer estão se pegando debaixo das arquibancadas? Podemos ir quando eles voltarem. — Shepherd arqueia as sobrancelhas para mim e me faz rir antes de continuar em voz mais baixa, colocando a boca bem na minha orelha: — Também estou bastante confiante de que não deveríamos estar sentados um do lado do outro quando fazemos sexo por telefone, mas caramba, linda... Isso foi seriamente erótico. Sua pesquisa parece estar indo muito bem.

— Me avise quando terminar de ler os livros que Bodhi te deu — Tess fala de seu lugar ao lado de Bodhi. — E é melhor você não ter desmarcado todas as páginas com sacanagem. Recorro a elas quando preciso de inspiração extra antes do sexo.

Enquanto Tess e Bodhi discutem atrás de nós sobre como ele é a única inspiração de que ela deveria precisar, olho para o placar e calculo quanto tempo resta no jogo. Depois de praticar minhas habilidades de sexo por telefone e, francamente, estar perto de Shepherd, mal posso esperar para ir para casa e ficar sozinha com ele.

*Casa...*

Meu Deus, só de dizer essa palavra faz o lugar parecer tão pequeno e insignificante, sendo que a gigantesca mansão que Shepherd comprou para nós é tão grande que eu poderia passar de carro pela porta. A dona Abigail e seu marido não moravam lá já fazia alguns meses, então estava completamente vazia, apenas esperando a nossa mudança. O que fizemos no mesmo dia que Shepherd fez a oferta, por insistência da dona Abigail, que simplesmente não conseguia suportar, por nem mais um dia, ver vazia a casa que o marido construiu para ela quando vieram para Summersweet. Ela não queria esperar a papelada ser processada. A mulher estava tão feliz que a casa iria para alguém de Summersweet, especialmente quando dissemos a ela que eles eram mais do que bem-vindos para aparecer e ver o lugar sempre que estivessem na cidade. Ela inclusive contratou um chef gourmet para preparar o jantar para nós todas as noites da nossa primeira semana lá, como agradecimento. O fato de que a casa dela agora é minha, o castelo que sempre estrelou em todas as minhas fantasias de conto de fadas enquanto crescia, e que estou morando nela com o homem dos meus sonhos de contos de fadas já era o agradecimento suficiente, mas, meu Deus, aquele macarrão de camarão picante que o chef fez na segunda noite quase me deu um orgasmo na mesa de jantar.

No extremo sudeste da ilha, ao lado da SIG, a casa de conto de fadas de quinhentos e sessenta metros quadrados, de três andares, com revestimento cinza-claro e pilares brancos, tem um cais privado para o barco de

Shepherd. E o jet ski de Owen, embora ele ainda não tenha permissão para andar naquela maldita coisa sem um adulto o acompanhando. Com quatro quartos e cinco banheiros e meio, temos vistas panorâmicas deslumbrantes do oceano de todas as janelas que vão do chão ao teto, uma cozinha gourmet, uma sala de cinema, uma piscina insana com cachoeiras e uma gruta, e uma das minhas partes favoritas: varandas enormes, brancas e que envolvem o segundo e terceiro andar, nas quais pretendo me aconchegar com Shepherd e assistir a muitos e muitos pores do sol juntos.

É claro que *ele* já planejou colocar uma televisão de tela plana perto da lareira elétrica para que possamos assistir aos jogos de beisebol, e Owen já convidou toda a equipe de beisebol para uma festa na piscina aquecida no próximo fim de semana.

Mas a minha parte favorita de lá? É definitivamente o batente da porta da minha casa que Shepherd mandou um empreiteiro remover e instalar na entrada da cozinha da nossa nova casa, com quinze anos de marcações de alturas do Owen. Incluindo a marca mais recente de ontem, de um metro e cinquenta e quatro, depois, é claro, de uma festa do pijama na casa da tia Birdie.

Eu olho para Shepherd e sorrio logo antes de ele inclinar a cabeça para baixo e pressionar os lábios nos meus. É um beijo suave e gentil enquanto a multidão ao nosso redor aplaude quando os Dukes se atrapalham com a bola, e ela é pega por um Wildcat para uma corrida de cinquenta jardas antes de ser derrubado. Mas não existe isso de *beijo gentil* entre a gente. Assim que sinto sua língua passar pelos meus lábios enquanto estamos sentados ali nas arquibancadas, na hora que todos ao nosso redor se levantam quando os Wildcats marcam outro touchdown, considero seriamente sair do jogo mais cedo ou expulsar Birdie e Palmer de debaixo das arquibancadas, como Shepherd sugeriu.

Todas as manhãs que acordo, tenho de me beliscar para acreditar que este conto de fadas é mesmo a minha vida. E toda vez que Shepherd me beija assim, como se não houvesse mais ninguém no mundo além de nós dois, quase posso esquecer que apenas alguns meses atrás eu pensei que ficaria sozinha e infeliz para sempre. Nem tudo são unicórnios, glitter e adesivos de Lisa Frank o tempo todo. Ainda tem dias em que sinto que não estou fazendo o suficiente, sendo que Shepherd faz tanto por nós, mas esses dias estão ficando cada vez mais espaçados, e estou cada vez mais acostumada a ser mimada, graças a ele. Eu não vou mentir; ir ao shopping agora é uma beleza quando você não tem que levar uma calculadora e decidir entre um novo par de sapatos ou fazer as compras da semana no supermercado, e você pode simplesmente ter seu namorado levando você para todos os lados em seu barco.

— Vocês dois vão parar de chupar o rosto um do outro? Estão perdendo o jogo — Murphy reclama, forçando Shepherd e eu a terminar nosso beijo quando ele se senta no banco à nossa frente na hora que todo mundo se senta depois de marcarmos dois pontos.

— Você trouxe os meus azedinhos, Snickers, jujuba e KitKat? — Bodhi pergunta animadamente atrás de nós, enquanto Murphy lhe entrega um cachorro-quente.

— Tess disse que você não pode comer mais açúcar esta noite — Murphy lembra a ele, e Bodhi faz uma pequena birra.

— Ei, Shepherd, você pode me arranjar um desses moletons dos Wildcats em tamanho grande? — Alan, um dos pais dos jogadores de futebol pergunta ao parar no corredor perto da nossa fileira.

— Você quer o seu sobrenome escrito com glitter ou o normal? — Shepherd pergunta, pegando o celular para anotar o pedido.

— Cara, você ainda tem que perguntar? Com glitter, é claro.

Alan dá um soquinho no punho que Shepherd levantou antes de continuar a subir nas arquibancadas com seus nachos, e eu simplesmente sorrio e balanço a cabeça para o meu homem.

Mencionei que nossa monstruosidade de casa tem uma monstruosidade de sala de artesanato? Parece a biblioteca de *A Bela e a Fera*, só que todas as prateleiras estão cheias de cestas e mais cestas de materiais de artesanato, e, sim, há uma escada com rodinhas. Decidindo continuar praticando suas habilidades de Cricut com minha família e amigos, Shepherd começou a fazer coisas dos Wildcats para todos usarem nos jogos: camisetas, camisas de manga comprida, moletons, calças de moletom e bandeirolas; ele fez para todos uma pilha de coisas para testar e garantir que os adesivos de vinil não saíssem ao lavar. Pais e torcedores ficaram enlouquecidos por eles na primeira vez que fomos a um jogo de futebol americano de sexta à noite, e Shepherd recebeu tantos pedidos nas últimas semanas que decidiu abrir um pequeno negócio em sua nova sala de artesanato, doando todos os lucros para os programas esportivos da escola.

*Ele é tão perfeito que quase quero vomitar. Mas não vou fazer isso. Porque ele é meu e eu o amo.*

E exatamente uma semana depois que Kevin fugiu de Summersweet

**TARA SIVEC**

Island com o rabo entre as pernas, um envelope de um escritório de advocacia na Carolina do Norte foi entregue, preenchido com a papelada que Kevin já havia assinado, renunciando a todos os direitos parentais sobre Owen. Isso partiu meu coração por exatamente três segundos, até que olhei pela janela do meu chalé e vi Owen e Shepherd jogando beisebol no jardim. Owen já tinha um pai, e definitivamente não era Kevin Stratford.

Só falta uma coisa nesta minha vida perfeita. Bem, uma pessoa. Mas ela está vivendo seu sonho do outro lado do mundo, e não importa o quanto eu sinta falta dela, eu só posso continuar feliz por ela.

Meu celular toca no bolso do moletom, e eu logo o pego para o caso de ser Owen com uma emergência. Shepherd o viu conversando com uma... *garota* em um dos estandes durante o intervalo quando foi ao banheiro, e eu continuo esperando que meu bebê me ligue e me diga que ela é nojenta e eu preciso ir salvá-lo. Mesmo que não seja Owen me ligando para uma emergência de uma garota nojenta tentando tirar meu bebê de mim, não consigo afastar o sorriso enorme do meu rosto, pois é como se minha melhor amiga soubesse que eu estava pensando nela.

— Oi, Em, como está...

— *Wrennyyy! Eu amo muito você!*

Me encolho e afasto o celular por um segundo por causa do grito dela. A multidão enlouquece quando um dos nossos jogadores faz uma interceptação, e pressiono o telefone mais perto do ouvido quando ouço Emily gritando um monte de coisas que não consigo entender, e tapo o outro ouvido com o dedo.

— Eu mal posso ouvir você! Estou no jogo! — grito, articulando com os lábios para Shepherd o nome de quem está comigo no telefone quando ele se senta ao meu lado depois de gritar junto com todos os outros.

— Eu disse que pedi demissão! — ela grita novamente, desta vez sem tantos gritos ensurdecedores e com um monte de risadinhas. Emily nunca, nunca ri a menos que...

— Ah, não... quanta tequila você tomou? Tem pão perto de você? Coma um pouco de pão. Se entupa de carboidrato! Você está sozinha? É melhor você não estar sozinha ou...

— Wrenny, querida! — Emily me interrompe com mais risadinhas. — Eu amo como você shempre... Shhhhheeeeeeempre...Como você se certifica *o tempo todo* de que estou bem. Sinto muuuuito sua falta, mas logo estarei em casa! Eu pedi demissão, gata! Nada mais de líder de torcida! Estou voltando para casa amanhã, amiga!

*uma* TACADA *e um* ACIDENTE

Suas palavras arrastadas finalmente fazem sentido em meu cérebro, meus olhos se arregalam em choque, e meu coração começa a bater com uma animação nervosa, esperando que isso não seja apenas uma divagação bêbada e que ela esteja realmente dizendo o que eu acho que ela está dizendo.

— Você não fez o teste de novo?

— Não, e nem vou! — ela grita, e então ri mais antes de ficar séria. Mas, sabe, não exatamente sóbria, infelizmente. Apenas passamos para a parte da noite reservada aos choros e fungadas. — Não. Emily Flanagan é oficialmente uma líder de torcida velha e sem sal. Os testes começaram há duas semanas, e acabei de perceber que não tenho mais coragem para isso. E estou velha demais para essa merda, Wrenny. Contei para você que os meus joelhos travaram quando eu estava sentada no vaso sanitário fazendo xixi no mês passado depois de um treino de quatro horas? Eu estava presa na porra do banheiro, triste e sozinha com os joelhos doloridos. Eu não quero mais ficar triste e sozinha no banheiro, Wren!

— Ok, querida, acalme-se — digo a ela o mais gentilmente possível no meio de um jogo de futebol americano do ensino médio, levando em conta que tenho que falar alto só para que ela possa me ouvir acima de todo esse barulho.

— Enfim, entreguei minha demissão. Já arrumei meu apartamento, e queria fazer uma surpresa para você quando tudo estivesse finalizado, e agora está, e no momento estou com algumas garotas, comemorando que finalmente vou voltar para casa. Estou aqui em... porra, eu nem sei de quem é a casa, mas acho que estamos na da Valley. É uma casa muito bonita. De qualquer forma, adivinhe quem acabou de entrar e que não está mais fora dos limites e que vou beijar pra caramba? — Emily fala quase mais rápido do que eu posso acompanhar, mas entendo mesmo assim.

*Ai, meu Deus, não...*

— Emily, *não* fique com o quarterback do Vipers quando você estiver bêbada! — grito, bem quando a multidão fica quieta durante o pedido de tempo de uma das equipes.

Murphy me olha com cara de poucos amigos, Shepherd ri e passa o braço em volta do meu ombro, e eu simplesmente sorrio e aceno para todos ao meu redor e volto para minha melhor amiga em seu momento de necessidade bêbada.

— Porra, esse homem é um tesão — Emily fala do outro lado.

— Emily Jean Flanagan, não! — eu a repreendo, mas já sei que é tarde demais.

**TARA SIVEC**

— Cara, estou voltando para casa amanhã. Esta é a minha única chance de mostrar a ele tudo o que esteve perdendo nos últimos quatro anos. A vida é uma só, caralho! Vejo vocês amanhã!

— Emily, você vai se arrepender...

A linha fica muda antes que eu possa terminar de dizer que ela vai se arrepender de beijar o cara por quem teve uma queda enorme nos quatro anos em que foi líder de torcida dos Vipers, e ela provavelmente nem vai se lembrar disso amanhã.

*Puta merda, Emily estará de volta amanhã!*

— Você está bem? — Shepherd pergunta, enquanto eu volto a guardar o celular no bolso do moletom, e me puxa mais para perto de si quando uma brisa fresca sopra, e eu estremeço.

— Estou mais do que bem. Vou te contar tudo mais tarde.

— Você pode me contar enquanto conversamos sobre chamar alguém para fazer a limpeza da casa — ele diz, me dando um beijo rápido, e eu faço uma careta para ele quando os jogadores voltam a entrar em campo.

— Nós não vamos contratar uma pessoa para fazer a limpeza, Shepherd. Isso já seria me mimar demais.

— Como quiser, minha rainha — Shepherd responde com uma piscadinha e um sorriso, e eu simplesmente balanço a cabeça, sabendo que vou me fazer ser ouvida sobre esse assunto. Porque eu tenho uma voz e força de vontade, e não precisamos de uma faxineira, caramba.

Narrador: Wren, de fato, contratou uma faxineira, declarando após dois dias de limpeza daquela monstruosidade de casa e apenas passando por três quartos que: "Isso é ridículo. Contrate quem você quiser!"

E eles viveram felizes para sempre, cercados de amor, barulho, unicórnios, glitter e adesivos de Lisa Frank.

*fim*

# AGRADECIMENTOS

O MAIOR OBRIGADA DO MUNDO A KAYLA ROBICHAUX QUE É INCRÍVEL E MARAVILHOSA E PERFEITA E MESMO QUE EU NÃO DEDIQUE O LIVRO A VOCÊ COLOQUEI EM LETRAS MAIÚSCULAS E SEM PONTUAÇÃO PORQUE EU SEI O QUANTO VOCÊ AMA ISSO!

Obrigada a Pamela Carrion e Gina Behrends, por mais uma vez salvarem minha sanidade enquanto escrevia este livro e por me ajudarem a torná-lo menos combustível para avivar fogo. Eu adoro vocês mais do que posso expressar.

Obrigada à rainha do romance de beisebol, Jenn Sterling, por me emprestar Jack Carter, o senhor dos heróis do beisebol.

Obrigada aos meus incríveis leitores, os *Troublemakers*, cujos nomes peguei emprestado para este livro. De nada por não ter passado herpes a nenhum de vocês. A não ser por April Miller. Mas não há uma April Miller nos *Troublemakers* no momento em que estou digitando isso, então tudo bem. Se você estiver por aí, April Miller, tenho certeza de que você é uma pessoa muito fofa e isso não é de forma alguma um reflexo de seu personagem maravilhoso e sem herpes.

Obrigada aos meus leitores que continuam a me seguir nesta jornada louca de palavras sem fim.

E um grande obrigada a todas as mães do beisebol por aí. Aquelas que têm mais camisetas de equipes em seus armários do que roupas normais. Aquelas que nunca se esquecem de encher o cooler com bebidas e petiscos, que estão sempre aspirando sementes de girassol do porta-malas, que estão prontas para acabar com qualquer pai da equipe adversária que sequer pense em dizer uma palavra negativa sobre seu bebê, que

**TARA SIVEC**

xinga a pessoa que decidiu usar calça branca no beisebol que nunca fica limpa ao lavá-la à meia-noite na noite anterior a um jogo, que moram em seus carros indo e voltando de os treinos e que comem muito delivery durante a temporada porque é impossível cozinhar. E que nunca, nunca reclamam, porque sabem que um dia, em breve, não haverá coolers para encher, nem sementes de girassol para aspirar, nem um garotinho com cabelo balançando ao vento no *home plate*. Vocês são incríveis. E de qualquer maneira, dormir é superestimado.

A The Gift Box é uma editora brasileira, com publicações de autores nacionais e estrangeiros, que surgiu no mercado em janeiro de 2018. Nossos livros estão sempre entre os mais vendidos da Amazon e já receberam diversos destaques em blogs literários e na própria Amazon.

Somos uma empresa jovem, cheia de energia e paixão pela literatura de romance e queremos incentivar cada vez mais a leitura e o crescimento de nossos autores e parceiros.

Acompanhe a The Gift Box nas redes sociais para ficar por dentro de todas as novidades.

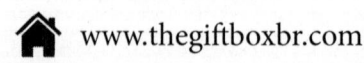 www.thegiftboxbr.com

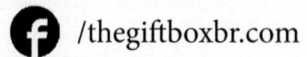 /thegiftboxbr.com

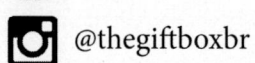 @thegiftboxbr

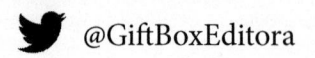 @GiftBoxEditora